수원삼성
때문에 산다

SUWON 1995

수원삼성
때문에 산다

SUWON 1995

브레인스토어

CONTENTS

Chapter 1.

푸른 날개의 시작
BORN BLUE

Chapter 2.

새로운 시대
CHANGING BLUE

CONTENTS

Chapter 3.

푸른 영웅들
TRUE BLUE

Chapter 1.
푸른 날개의 시작

BORN BLUE

1

날갯짓, 블루윙즈의 태동

1990년대는 한국의 프로축구가 본격화됐던 시기였다. 대한축구협회 (정몽준 회장)는 2002년 FIFA 월드컵 유치에 전력을 쏟았다. 1988년 서울올림픽의 효과를 실감했던 정부도 축구 붐을 지원했다. 한국은 월드컵을 유치할 자격과 명분을 쌓아야 했다. 1996년 애틀랜타올림픽을 향해 러시아 출신 아나톨리 비쇼베츠가 영입됐다. 1988년 서울올림픽에서 구소련 대표팀과 함께 금메달을 획득한 주인공이었다.

국내 프로축구리그의 규모를 키워야 한다는 공감대가 형성되면서 신생팀 창단이 이어졌다. 1994년 전북버팔로(이후 전북다이노스를 거쳐 2000년 전북현대모터스 전환)와 1995년 전남드래곤즈가 각각 리그에 참가하기 시작했다. 정몽준 회장이 이건희 삼성 회장을 직접 만나 대기업의 참여를 설득했다. 그때까지 농구단과 야구단을 운영했던 삼성은 이건희 회장의 검토 지시에 따라 배구단과 함께 축구단을 추가하기로 했다. 참고로 이듬해 삼성의 이건희 회장은 IOC위원으로 선출되어 스포츠마케팅의 활동 영역을 넓혔다.

월드컵 분위기가 한창 고조된 상황에서 삼성은 1995년 2월 '삼성 프로축구단 창단 발표식'을 가졌다. 국내 9호 구단이었다. 창단 프로젝트의 책임자는 윤성규 단장, 초대 사령탑은 1994년 미국월드컵에서 대한민국 국가대표팀을 이끌었던 김호 감독이었다. 윤성규 단장은 소위 독일통이었다. 1960년대 독일 쾰른체육대학교에서 유학한 뒤에 현지에 남아 축구 지도자 자격증을 획득했고, 중고교 체육교사로 근무했다. 축구에 관한 전문 지식과 언어는 물론이고 당시 세계 최정상이었던 분데스리가의 활황세를 현지에서 직접 지켜봤다. 대한민국 국가대표팀이나 선수가 유럽에 나갈 때도 현지에서 발 벗고 지원한 주인공이 바로 윤성규 단장이었다.

1994년 미국월드컵에서 김호 감독은 국가대표팀을 이끌고 조별리그 2무 1패라는 역대 최고 성적을 거뒀다. 국가대표팀 지휘봉은 비쇼베츠 감독에게 넘어간 상태였지만, 김호 감독은 당시 국내 지도자 중에서 박종환 천안일화 감독과 함께 가장 높은 평가를 받았다. 무엇보다 그의 축구 철학이 삼성이 추구하는 '유럽형 구단'과 잘 어울렸다. 김호 감독은 선진 축구 트렌드를 따라가려고 애썼던 지도자였다. 신생팀 수원삼성블루윙즈가 파격적으로 백4 수비 전술을 구사한 것도 김호 감독의 의지였다. 당시 국내 축구에서는 백3와 스위퍼를 두는 게 일반적이었다. 훈련 전후의 컨디셔닝, 클럽하우스에서의 생활 등 그는 세세한 부분까지 '프로페셔널다움'을 쉼없이 선수들에게 주입했다.

윤성규 단장이 '빅픽처'를 제시하고, 김호 감독이 그라운드 위에서 새로운 바람을 불어넣을 때, 축구단 행정을 책임졌던 인물은 안기헌 초대 사무국장이었다. 프로축구단을 새로 만드는 일은 결코 쉽지 않은 작업이다. 축구 자체를 잘 알 뿐 아니라 국내 프로축구계의 안팎도 속속들이 꿴 실무 경험이 필수적이었다. 당시 안기헌 계장은 포항제철 축구단에서 근무 중이었다.

안기헌, 당시 국장 축구단을 만들려면 전문 인력이 있어야 해요. 삼성에 아마추어 축구부가 있다가 해체된 지가 오래됐어요. 다른 종목들이 있어도 축구에 대해서 아는 사람이 있어야 했죠. 그때 저는 포항제철 축구단에서 계장으로 일하면서 선수단을 관리하는 일을 하고 있었어요. 어떤 경로를 통해서였는지는 모르겠지만, 내 이름이 올라왔나 봐요. 회사에서 시청 앞 신세계빌딩에 방을 하나 내줬어요. 거기서 일하면서 스카우트도 하고 여러 가지 행정 업무를 처리했어요. 그걸 고맙게 여겨주셨는지 그다음에 삼성물산에서 또 연락이 왔어요. 윤성규 단장이었어요.

창단 업무는 쉽지 않았다. 기존 구단의 인수가 아니었기 때문이다. 프로축구단을 운영하는 데에 필요한 모든 것을 새로 만드는 작업이었다.

대충 할 수도 없는 노릇이었다. 삼성이란 이름에 걸맞아야 했다. 팀 전력
은 강해야 했고 겉모습은 세련돼야 했다. 그룹 차원에서도 '삼성이 만들
면 달라야 한다'라는 신념이 맹렬히 발동했다. 삼성이 구축한 브랜드 이
미지를 축구단이 손상해서는 안 될 말이었다. 창단 프로젝트에 투입된
인력들은 제대로 된 유럽식 축구단을 만들고 싶었다. 그들은 유럽으로
떠났다.

안기헌, 당시 국장   세련된 이미지는 만들려고 해서 만들어지는 게 아니잖
아요. 윤성규 단장과 내가 고민을 많이 했어요. 방향성을 제시해야 하는
데 우리가 아는 게 너무 부족했죠. 국내 구단부터 해외 구단까지 벤치마

킹을 열심히 했어요. 다행히 회사에서도 시간을 충분히 줬습니다. 그때 윤성규 단장에게서 정말 많이 배웠어요. 레버쿠젠, 볼프스부르크(폭스바겐), 바이에른뮌헨을 방문했어요. 영국의 첼시도 갔고, 스코틀랜드 몇 개 구단도 직접 찾아가 노하우를 배웠어요. 그렇게 다니면서 눈을 떴어요. 축구단이 축구만 하는 게 아니구나, 비즈니스도 하고, 관중과 함께 일체감도 만들어내고, 연고지 시민의 위상과 연계해서 축구를 하고 마케팅도 하고 해야 내 팀이라는 애향심을 불러일으킬 수 있다, 축구단이 축구만 해서는 안 된다, 그래야 기업과 연고지가 더 부각되고 시민과 언론으로부터 조명을 받을 수 있다는 사실을 배웠어요.

'빅픽처'의 내용을 채우는 작업은 이렇게 진행됐다. 이제 그런 아이디어들을 실물로 바꿔야 했다. 당장 1996시즌부터 팀에서 뛸 선수들을 수급해야 했다. 일선 현장에서 일했던 안기헌 국장은 모든 가용 네트워크를 동원했다. 우수한 선수를 순순히 내줄 팀은 당연히 없었다. 설득의 연속이었다. 훈련할 곳을 수배해야 했고, 선수들이 함께 생활할 숙소도 구해야 했다. 혼자서 감당할 수 없는 작업량이었다.

안기헌, 당시 국장 일단 팀을 만들어 놓고 나니까 앞이 깜깜했어요. 훈련시설, 경기장, 클럽하우스 아무것도 없잖아요. 어떻게 운동해야 할지 답답했습니다. 어느 정도 작업이 진행된 시점에서 프런트 직원을 채용해달라고 요청했어요. 축구단을 만들면 우선 돈을 쓰잖아요. 그러면 그 돈을 정리할 경리 전문가가 필요해요. 다음에는 총무가 있어야 합니다. 선수단 숙소로 쓸 집도 구해야 하고, 훈련장, 훈련 장비 등 이것저것 사야 할 게 많으니까요. 초기에는 운동장도 전부 빌려 썼어요. 규격이 되지도 않는 구장에서 가서 연습한 적도 있었고, 오산까지 내려가고 기흥으로 다니고, 이동하는데 차는 밀리고, 식당 알아보고… 김호 감독도 진짜 고생이 많았어요.

안기헌 국장의 요청을 받은 삼성은 곧바로 사내망에 프로축구단 인력 모집 공지를 띄웠다. 안기헌 국장의 요청대로 모집 직군은 인사 및 총무로 제한되었다. 당시 삼성전자의 연구개발 직군에서 근무하고 있던 리호승 대리가 공지를 확인했다. 리호승 대리는 축구 명문 경신고등학교 시절까지 엘리트 코스를 밟았던 축구인 출신이었다. 축구를 좋아했던 그로서는 더할 나위 없는 기회처럼 보였다. 그러나 당시 삼성전자의 연구개발 직군에서는 타 부서 전출이 쉽지 않았다. 핵심 직군이었기에 그룹 내에서 인재 유출을 막아야 한다는 관행의 뿌리가 깊었다.

리호승, 당시 대리 못 먹는 감 찔러나 보자는 마음으로 지원서를 냈어요. 금방 본사 인사팀에서 '미안하지만 자격이 안 된다'라는 대답이 돌아왔어요. 그런데 전화 통화하는 친구가 신입사원 인문 교육에서 지도했던 나를 봤다고 하는 겁니다. 그 친구에게 '정말 축구단에 가고 싶다. 서류만 올려주면 그다음은 내가 어떻게든 해결해보겠다'라고 부탁했어요. 한참 고민하다가 그 친구가 '그럼 서류만 올려놓겠다'라고 했습니다. 고마웠죠. 막상 면접을 보러 갔더니 다들 나보다 스펙이 좋고 외국어도 잘

하더라고요. 반도체에서 온 똑똑한 친구들도 많았어요. 나는 안 되겠다 싶었죠.

안기헌, 당시 국장 원래 (리)호승이는 뽑을 생각이 없었어요. 그런데 면접을 보니까 이 친구가 축구를 직접 해봐서 정말 잘 아는 거예요. 경리와 총무만 뽑을 계획이었지만, 내가 윤성규 단장에게 한 명만 더 뽑아달라고 요청했어요. 축구단을 만들려면 축구를 정말 잘 아는 사람이 필요하니까 호승이를 데려와서 홍보 업무를 시키면 잘할 것 같았어요. 유럽 같은 응원 문화, 서포터즈를 모으는 일부터 좀 해야겠다고 업무를 줬어요. 소리 지르고 열정적인 광적인 응원이 이루어질 수 있도록 네가 한번 해보라고 했죠. 외국인 선수들 관리하고, 팬들과 소통하고, 궂은일을 그 친구가 다 해줬어요.

1995년 말이 되면서 축구단은 조금씩 모양새를 갖춰 나갔다. 신인 드래프트에서 수원은 신생팀 우선지명권을 확보할 수 있었다. 대학교와 고등학교 졸업자 중에서 6명씩, 실업 선수 중에서 최대 5명까지 우선 지명할 수 있었다. 당시 드래프트에는 애틀랜타 올림픽 대표팀을 비롯한 각급 대어들이 적극적으로 참가했다. 신생팀 우선지명을 기피하는 것이 통상적인 업계 분위기였지만, 삼성이 만드는 신생팀에 대한 기대가 한껏 달아오른 덕분이었다.

김진우, 미드필더 그때(1995년) 신생팀 우선지명이 6명씩이었어요. 그런

데 전북과 전남이 동시에 창단하는 바람에 우선지명을 세 명씩 나눴어
요. 대구대에서 저랑 황연석이 일화로 간다는 기사가 신문에 나기도 했
어요. 그런 상황에서 내년에 삼성이 축구단을 만든다는 말이 나돌았어
요. 그래서 올해는 가지 말고 1년 기다리자고 해서 나는 주택은행으로
갔죠. 삼성의 이미지가 컸어요. 삼성이 창단한다고 하니까 다들 어마어
마할 거로 기대했어요. 그때 전남과 전북으로 갔던 선수들 중에서 삼성
축구팀이 생길 때까지 기다리려고 하다가 그렇게 못 해서 간 경우도 있
다고 들었어요.

드래프트가 한 달여 앞으로 다가온 시점에서 수원은 큰 난관에 봉착
했다. 한국프로축구연맹이 신생팀에 50~100억 원 수준의 발전기금을
요구한 것이다. 쉽게 말해 가입비였는데, 1년 전 창단한 전북이나 전남
이 납부한 발전기금은 불과 1억 원 수준이었다. 드래프트가 코앞으로 다
가온 시점에서 삼성 프로축구단으로서는 난감할 수밖에 없었다. 당시
주요 매체도 연맹 측의 과도한 요구를 비판했다. 양측의 협상과 조율이
오간 끝에 삼성이 '어느 정도 성의를 보이는' 수준에서 발전기금을 납부
하는 조건으로 연맹은 신생팀의 창단을 승인했다. 드래프트로부터 불과
이틀 전이었다.

처음 참가하는 드래프트에서 삼성 프로축구단은 총 16명을 우선지
명했다. 대학 우선지명에서 이기형, 박충균, 이경수(이상 올림픽 대표
팀), 이운재, 이병근, 조현두를 선택했다. 고졸 우선지명에서는 고종수,
설익찬, 박정석, 이용우, 김광수를 뽑았고, 실업 우선지명으로 박건하,

김두함, 김진우, 이진행, 전재복이 합류했다.

삼성이 만드는 신생팀이라곤 해도 당시도 신인들에게는 연봉 상한선이 존재했다. 대졸 선수가 최대 1,560만 원이었고, 실업 선수는 연차를 계산해 그보다 좀 더 나은 대우를 받았다. 구단으로서는 삼성이라는 이름 하나를 믿고 모인 선수들을 동기부여할 방법이 필요했다. 윤성규 단장은 유럽식 보상 체계를 적용하기로 했다. 팀과 개인의 퍼포먼스에 따라 돈을 받는 진짜 프로축구선수의 길이었다.

안기헌, 당시 국장 윤성규 단장과 내가 외국 구단들은 연봉 시스템을 어떻게 적용하고 있는지 봤어요. 포상 제도가 궁금했죠. 다들 기본급 외에 출전 수당과 승리 수당을 따로 운영하고 있더군요. 규정상 연봉 상한선이 정해져 있으니까 뭔가를 더 지원해주고 싶어도 불가능했어요. 그래서 우리는 자기가 노력한 만큼 대접받는 메리트 시스템이 필요하겠다 싶었어요. 첫 시즌부터 그렇게 적용했더니 선수들의 눈빛이 달라졌어요. 다행히 회사에서 그런 부분도 지원해줬어요. 우리가 처음 그런 메리트 시스템을 시작하니까 다른 구단들은 '삼성 때문에 힘들다'라고 불평한다는 얘기가 들렸어요. 하지만 그때 우리는 신생팀이었으니까 환경이 그럴 수밖에 없었어요.

1995년 12월 15일 수원삼성블루윙즈가 창단했다.

2

송림빌라와 프로페셔널리즘

신생팀 창단에서 실제 운영까지 가는 과정은 노고의 연속이었다. 드래프트에서 선발된 선수단의 첫 숙소는 사원 연수원이었다. 훈련장은 따로 없었다. 매일 천연잔디가 깔린 구장을 찾아 헤매야 했다. 구단의 비전과 가치는 원대했지만, 처음부터 완벽한 환경에서 선수단이 운영되기 시작하기엔 시간이 부족했다. 수원은 창단 첫해부터 챔피언결정전에 진출했고, 90년대 말 각종 타이틀을 수집하면서 국내 축구계에 센세이션을 일으켰다. 프로축구단의 기본 시설인 전용 훈련장이 없는 팀이 그런 실적을 쓸어 담았다는 사실은 놀라울 수밖에 없다.

리호승, 당시 대리 1995년 12월까지는 훈련을 맨땅에서도 했어요. 삼성전자 내에 잔디 구장이 없었거든요. 수원 지역 여기저기로 훈련장을 일일이 찾아다녀야 했어요. 공장 단지 내 삼성코닝에 하프사이즈보다 조금 큰 잔디 구장이 있어서 그곳을 빌려서 훈련하기도 했어요. 현재 클럽하우스는 2002년 김호 감독과 프런트 직원들이 간절하게 요청해서 생긴 곳이에요. 1996년부터 그때까지는 최강희 코치와 내가 훈련장을 찾으러 수원에서 용인까지 다 돌아다녔어요. 그때는 아침에 일어나서 무조건 하늘부터 봤죠. 비가 내리면 다들 운동장을 사용하지 못하게 했거든요. 그러면 여기저기 체육관을 수소문해야 했어요. 실내 훈련을 할 곳을 찾아서요. 드래프트로 뽑은 선수들을 모아서 훈련을 시작했어요. 훈련을 하려면 주무가 필요했어요. 옆에서 누군가 도와줄 사람이 있어야 하잖아요. 그게 없었어요. 그래서 제가 낮에는 사무실에서 업무를 보고 훈련할 때쯤 나가서 지원했어요. 끝나면 선수들 옷을 가져다가 세탁소에 맡겼죠. 처음에는 숙소가 없어서 선수들이 사원 연수원에서 지냈어요. 그럼 내가 선수들이 먹을 간식을 사다줬어요. 그리고 나서야 퇴근하고 다음 날 아침에 출근하고. 그러다가 해외 전지훈련이 잡혔는데 내가 여기 일을 두고 따라갈 수가 없잖아요. 그래서 삼성전자 체육 대회에서 함께 뛴 적이 있었던 비디오사업부의 홍창영을 데려왔어요.

구단은 동수원병원 근처에 있는 송림빌라를 임대하기로 했다. 선수들이 좀 더 편안함을 느낄 수 있는 환경이 필요했기 때문이다. 물론 프로 축구 선수들이 단체로 임대한 집합주택에 모여 생활하는 방식은 지극히 한국적 방식이다. 축구의 본고장 유럽에서는 이런 단체 생활은 존재하지 않는다. 숙소 시설을 갖추거나 훈련장 인근 주택을 임대하는 구단이 없진 않지만, 대부분 10대 유소년 선수들이 지내는 용도다. 아무리 수원 이 유럽형 구단 운영을 지향한다고 해도 어느 정도 로컬라이징은 필요 한 요소였다. 더군다나 전용 훈련장이 없는 상황이라면 송림빌라는 최 선의 선택이었을지 모른다.

김진우, 미드필더 대학교, 은행팀 시절 때 사용했던 숙소와 비교하면 크게 좋아진 부분은 없었던 것 같아요. 주택은행 시절에는 강남구 신사동에 있는 2층짜리 저택에서 지냈거든요. 마당도 넓었어요. 송림빌라도 넓긴 했지만 은행팀 숙소가 워낙 좋았기 때문에 큰 감흥은 없었죠. 그곳에서 선수들이 함께 먹고 자고 했어요. 식사 시간이 되면 상 차려주시고 선수 들이 모여서 그걸 먹고 하는 식이었어요. 삼성 축구팀이라서, 프로축구 단이라서 환경이 엄청나게 좋다고는 느끼지 못했어요. 천연잔디에서 훈 련을 한다는 정도였어요.

이운재, 골키퍼 요즘 구단의 클럽하우스는 축구 외적인 부분을 해주시는 스태프가 많잖아요. 송림빌라 시절에는 식사를 준비하는 분만 계셨어 요. 밥을 해주시면 거실에 밥상을 차리는 일은 후배들이 했어요. 청소 같 은 건 선수들이 직접 했고요. 그래도 집이 되게 넓었어요. 그런 집을 3채 인가 4채 정도 빌려서 사용했죠. 큰 방에는 3~4명, 작은 방에는 2명 정 도가 함께 사용했어요.

숙소에서 선수단의 기강을 잡은 주인공은 베테랑 윤성효였다. 기상, 식사, 훈련, 휴식 등 자기 관리 측면에서 철저히 지켜져야 할 부분에서 윤성효는 특유의 억센 리더십을 발휘했다. 조금이라도 게으름을 피우는 후배들에겐 불호령이 떨어졌다. 후배들은 그를 '방범대장'이라고 불렀다. 훗날 윤성효는 현역 은퇴 후, 2010년 5월 사임한 차범근 감독의 후임으로 수원의 제3대 감독으로 돌아온다.

송림빌라는 창단 선수들뿐 아니라 팬들에게도 아련한 추억거리로 남는다. 수원이 만들어질 때부터 서포터즈로 활동했던 올드 팬은 90년대를 기억하면서 대번에 '송림빌라'를 떠올렸다.

최진, DIF 팀장 동수원병원 바로 뒤에 빌라가 있었어요. 송림빌라. 구단 역사에서 보면 그곳이 첫 클럽하우스 격이었어요. 빌라 앞에 조그만 커피숍이 있었는데 선수단의 사랑방 구실을 했죠. 거기 가면 선수들을 만날 수 있었어요. 포토카드를 잔뜩 들고 가서 선수들에게 사인을 해달라고 졸랐어요. 자리에 없는 선수의 포토카드가 나오면 이야기를 나누던 선수가 전화를 걸어 불러줬어요. '야, 종수야, 지금 여기 커피숍인데 좀 나와라'라고. 그러면 고종수가 나와서 사인해주고 우리와 이야기하고 그랬죠.

인프라 시설이 부족한 상황이 유럽식 축구, 선진 축구를 추구해야 한다는 창단 구상을 가로막진 않았다. 그런 부분에서 김호 감독의 철학이 큰 역할을 해냈다. 그는 헤드코치라기보다 총감독에 가까웠다. 실제 훈련 진행은 조광래, 최강희 코치의 몫이었다. 김호 감독은 선수단 전체가 어떻게 운영돼야 하는지에 초점을 맞췄다. 본사 측과 소통하면서 계속 훈련 인프라 개선을 요구했고, 선수들에게는 프로가 갖춰야 할 마음가짐, 사회인으로서 알아둬야 할 재테크 등을 강조했다.

이병근, 미드필더 김호 감독님은 선수들이 조금이라도 편하게 축구에 집중할 수 있는 환경을 만들려고 노력하셨던 것 같아요. 전술은 조광래 수석코치가 거의 다 짰어요. 김호 감독은 '프로라면 다른 일이 많더라도 선수는 운동에 집중해야 한다'라는 말씀을 자주 하셨어요. 빨래도 해주시는 분이 따로 계셨어요. 지금은 당연해 보여도 그때는 선수들이 직접 자기 옷을 빨았던 시절이었거든요.

안기헌, 당시 국장 수중전을 하면 축구화를 딱 건조시키고 잘 말려야 해요. 선수들은 그런 부분에 예민하거든요. 유럽에서 그런 부분도 보고 와서 선수단 운영에 접목했어요. 세탁과 축구화 관리를 전문적으로 해주는 스태프가 있으면 운동의 효율을 높일 수 있어요. 선수들이 굉장히 좋아했죠. 작은 부분이지만 선수들은 '내가 프로선수구나', '나를 인정해주는구나', '나를 대접해주는구나'라는 인상을 받을 수 있었으니까요. 다른 구단의 선수들이 그런 부분을 굉장히 부러워했어요.

구단의 초기 인프라 계획 중에서 다른 방향으로 나아간 요소는 홈경기장이었다. 수원은 창단 시점에서 2만 3천 석 규모의 축구 전용 경기장을 짓는다는 계획을 이미 확정한 상태였다. 그룹 차원에서 홈경기장을 마련한 뒤에 기부채납 과정을 거쳐 포항의 스틸야드처럼 장기임대로 가져간다는 청사진이었다. 창단의 큰 그림을 그렸던 주인공들은 제대로 된 구단의 롤모델을 찾아 유럽을 돌아다녔다. 홈그라운드를 본령으로 삼아 다양한 사업을 펼치는 유럽 구단들의 상식은 수원 창단 프로젝트에 강렬한 영감을 줬다. 유럽형 구단으로 가려면 홈경기장의 안정적 운영이 필수적이었다.

리호승, 당시 대리 처음 비서실에 인사하러 갔을 때 창단 관련 서류를 봤어요. 그때 이미 축구 전용 경기장을 짓는 품의서까지 만들어져 있었어요. 규모는 2만 3천 석으로 하는 경기장을 지어서 기부채납하고 우리가 이렇게 사용한다는 내용이었고, 창단 시점에서 이미 홈경기장 건립 품의까지 전부 승인된 상태였어요.

　해당 계획은 1997년 외환 위기로 인해 방향이 틀어졌다. 전대미문의 국가 부도 위기는 삼성 그룹의 자금줄도 틀어막았다. 기초공사가 이미 진행된 시점에서 삼성은 경기장 건립에서 손을 뗐고, 수원시와 경기도가 공사를 넘겨 받았다. 수원시가 '1인 1의자' 캠페인까지 동원하는 등 당초 홈경기장 건립 계획은 우여곡절 끝에 2001년 5월 '수원월드컵경기장', 통칭 빅버드로 완료되었다. 당초 관중석 4개 면을 모두 덮을 예정이었던 지붕도 경기장 건축비 조달 문제로 인해 지금의 E석과 W석에만 설치되었다.

90년대만 해도 국내 프로 축구의 모습은 지금과 크게 달랐다. 아마추어와 프로의 차이가 그리 뚜렷하지 않았다. 각종 조건에 따라 실업 축구팀을 선택하는 선수가 있었고, 프로축구단이라고 해서 실업팀보다 팀운영에서 확실히 앞선다고 말하기 어려웠다. 선수들 스스로 인식도 프로페셔널리즘은 확고하지 않았다. 선수단에서는 여전히 선수들이 자기옷을 직접 빨았고, 선수들을 지도하는 코칭 기법도 유럽에 비해 크게 뒤떨어졌다. 수원에서 축구화를 따로 관리해주는 스태프가 있었다는 사실자체가 당시로서는 파격적인 시도였다고 할 수 있다. 아마추어 티를 벗지 못한 수원 창단 멤버들에게 가장 큰 본보기가 된 선수는 루마니아 출신 공격수 파벨 바데아였다.

1996시즌을 앞두고 수원이 영입한 외국인 선수는 총 다섯 명이었다.

브라질 출신 공격수 알라올 팔라시오 주니오르가 구단 역사상 첫 외국인 선수로 등록됐다. 두 번째가 바데아, 마지막 조각이 러시아 10대 윙어 데니스 락티오노프다. 덴마크 출신 골키퍼 헨릭은 1년 임대 형식이었고, 중앙 수비수 포지션에 알바니아 출신 아드난 오셀리(등록명 '아디')가 합류했다. 바데아는 1996년부터 세 시즌 간 수원에서 뛰면서 초창기 팬들에게 강렬한 인상을 남겼다. 정교한 볼컨트롤과 센스 넘치는 드리블 돌파, 넘치는 투지가 바데아의 트레이드마크였다.

리호승, 당시 대리 바데아는 원래 전남의 전지훈련 캠프에서 테스트 중이었어요. 당시 이회택 감독 시절이었는데 의사결정에서 시간이 걸리고 있었어요. 계속 보기만 하고 계약을 해주지 않으니까 선수 쪽에서도 조바심이 날 수밖에 없었죠. 그런 상황에서 선수의 에이전트와 우리가 연락이 닿아 수원으로 왔어요. 그때 전남이 연맹에 이의를 제기해서 막 싸움이 나고 그랬죠. 전남은 '왜 남의 선수를 빼앗아 가느냐?'라고 하고, 수원은 '아니, 너희가 계약 안 해주고 질질 시간만 끄니까 선수가 우리 쪽으로 오겠다고 한 것 아니냐?'라고 맞섰어요.

이병근, 풀백 처음에는 프로라는 걸 잘 몰랐죠. 트레이너 겸 선수로 있었던 윤성효 선배로부터 훈련, 몸 관리 같은 걸 많이 배웠어요. 하지만 프로에 와서 제일 많이 배울 수 있었던 선수는 바데아였어요. 정말 프로페셔널한 선수였어요. 바데아는 항상 한 시간 전에 훈련장에 왔어요. 프로는 하루에 한 번만 운동하니까 시간이 남아 할 게 없어서 그런가

보다 생각했어요. 그게 아니더라고요. 프로선수로서 훈련 전후로 준비하고 마사지 받고 그러더라고요. 외국인 선수들을 보면서 프로 선수가 어떻게 관리해야 하는지를 많이 배웠어요.

리호승, 당시 대리 바데아는 프로페셔널이 뭔지를 보여준 선수였어요. 내일 경기가 있다고 하면 축구화 손질을 딱 해놔요. 경기를 어떻게 준비해야 하고, 훈련이 끝나면 정리 운동을 어떻게 해야 하는지 등 그때는 개념이 없었던 시절이었거든요. 바데아가 그렇게 하는 걸 보면서 다른 선수들이 많이 배웠죠. 날씨에 따라서 스터드를 다르게 손질한 축구화를 준비했어요. 진짜 프로였어요.

초창기 외국인 선수 중에서 프로페셔널한 모습을 가장 잘 보여준 주인공은 1997년부터 네 시즌 간 뛰었던 수비수 코스민 올러로이우(등록명 '올리')였다. 바데아와 같은 루마니아 클럽에서 영입된 올리는 1998년 첫 우승에도 혁혁한 공을 세웠다. 특유의 리더십과 철저한 자기 관리는 국내 선수들에게 소중한 노하우로서 활용되었다.

이병근, 풀백 올리는 이제 유명한 감독이 됐잖아요. 올리도 정말 프로답게 생활했어요. 그런 모습을 곁에서 지켜보면서 정말 많이 배웠어요. 좀 웃긴 얘기일 수도 있는데 내가 성관계의 횟수와 주기도 물어본 적이 있어요. 나름 그런 부분도 중요하다고 생각했거든요. 평소에는 이렇게 저렇게 하고 경기를 앞두고는 하지 않는다고 하더군요. 코칭스태프가 시키는 대로 열심히 따라 했지만, 그런 훈련 외적인 부분들은 외국인 선수들에게 많이 배웠다고 생각해요.

세상 만물은 진화한다. 인류는 사족보행에서 직립보행으로 진화했다. 지금은 당연해 보이는 국가, 국민, 민족의 확고한 개념은 생겨난 지가 200년 정도밖에 되지 않는다. 조직도 진화한다. 수원은 신생팀으로서 1995년 태어났다. 처음부터 성인의 모습으로 태어나는 인간이 없듯이 블루윙즈도 갓난아이 같은 상태로 태어나 지금에 이르렀다. 드래프트로 한곳에 모인 선수들은 조금씩 프로다움을 체득하면서 진정한 프로 축구 선수로 조금씩 진화할 수 있었다.

3

당신이 아는 축구 서포팅의 출발점

90년대 중반까지 국내 프로축구계에는 서포터즈 개념이 없었다. 유니폼을 판매하는 구단이 없었다. 당연히 관중석에서 유니폼을 입고 응원하는 팬이 존재할 수 없었다. 연고지 개념도 희박했다. 프로구단이 연고지와 일체화한다는 의무감이 없었으므로 '우리 팬', '우리 서포터즈'라는 개념은 존재하지 않았다. 한국프로축구연맹은 80~90년대를 거치면서 연고지 범위를 광역에서 점차 도시 단위로 좁혀 갔다. 구단명에 연고지 명칭을 의무적으로 표기하는 현재의 제도가 처음 적용된 시즌이바로 수원이 데뷔했던 1996년이었다. 기존 구단들과 달리 수원이 창단시점부터 연고지명이 맨 앞에 오는 '수원 삼성 블루윙즈'라는 정식 명칭으로 사용한 시대적 배경이었다.

　서포터즈가 없어도 응원은 필요했다. 당시 프로축구단은 홈경기에 치어리딩팀을 투입해 현장 분위기를 띄웠다. 그러나 축구 경기와 치어리딩은 궁합이 맞지 않았다. 종목 특성상 축구 경기는 언제 어떤 상황이 벌어질지 모르기 때문이다. 언제 경기가 중단될지, 언제 결정적 상황이 벌어질지를 예측할 수 없기에 언제 음악을 틀고 언제 치어리더들이 안무를 시작하거나 끝내야 할지를 알 수가 없었다. 당시 K리그 현장에서는 늘 어색한 치어리딩과 원시적인 축구 경기가 동시에 따로 노는 생경함이 일상적이었다. 유럽과 남미에서는 어떻게 응원하는지, 구단과 팬들이 어떤 형태로 연결되는지에 대한 정보가 부족했고, 누군가 알려고 하지도 않은 탓이었다.

창단을 준비하면서 수원은 유럽 시장조사에 열을 올렸다. 유럽 현장에서 안기헌 국장은 구단과 선수단뿐 아니라 '제대로 된 구단'이 되기 위해 수원은 반드시 서포터즈가 필요하다는 점을 절실히 깨달았다. 돈 받고 웃으며 응원을 이끄는 치어리더가 아니라 마음속 깊숙한 곳부터 구단과 일체화되는 사람들이 필요했다. 이기든 지든 항상 구단과 함께 하는 유럽 팬들, 그런 무리가 만들어내는 풍경이 필요했다.

안기헌, 당시 국장 국민적 관심과 사랑을 받으려면 일단 경기력이 뒷받침 돼야 한다고 생각했어요. 김호 감독과 스카우트가 집중적으로 그 부분에 집중하도록 했고, 우리는 떠들썩한 응원 문화를 어떻게 만들어내느냐, 들썩들썩하는 경기장 환경을 어떻게 만들지에 대한 답을 찾아야 했죠. 국내에는 아직 없는 우리만의 응원 문화를 만들어야 한다고 생각했어요. 열정적으로 응원하는 서포터즈가 꼭 필요했어요.

이민재, 그랑블루 초대 회장 수원에 프로축구단이 생긴다고 기사가 크게 났어요. 심지어 삼성이 만든다는 거예요. 그때 분위기는 삼성은 야구, 대우는 축구였어요. 대한축구협회장직이 김우중 대우 회장에서 정몽준 현대중공업 회장으로 넘어가면서 현대가 축구에 어마어마하게 투자하기 시작했어요. 그래서 대우, 현대, 삼성 사이에서는 라이벌 의식이 엄청나게 심했어요. 그런 상황에서 삼성이 축구팀을 만든다고 하니까 이슈가 크게 됐죠.

나는 원래 인천 출신이라서 야구를 좋아했어요. 그런데 삼성이 수원에 축구팀을 만든다고 하니까 '삼성이 하면 좀 다르지 않을까?'라는 마음이 생겼어요. 그때 스포츠신문 1면에 어떤 기사가 났는지 아세요? 마라도나 사진을 걸어놓고 '수원이 마라도나를 데려올 수도 있다'라는 내용이었어요. 2002년 월드컵 유치 열기가 워낙 뜨거워서 그때는 막 그랬어요 정말.

90년대 중반은 PC통신 시대였다. 유선 전화선을 타고 모인 젊은 세대는 파란 화면 위에서 다양한 분야의 관심과 취미, 정보를 교환했다. 국내뿐 아니라 해외 축구에 관심이 많았던 축구 마니아들이 이곳에 모였다. 젊은 축구 팬들은 유럽과 남미 등 축구 본고장에서 팬들이 어떻게 응원하는지, 경기장 분위기는 어떻게 연출되는지에 관한 정보를 기성 언론이나 프로구단보다 훨씬 많이 갖고 있었다. 하이텔 축구 동아리 회원들은 국내 축구판에서도 근사한 서포팅 풍경을 보고 싶어했다. 당시 대학생이었던 이은호 현 수원삼성 프런트도 그중 한 명이었다.

이은호, 프런트 저는 독일에서 태어났어요. 한국에 대해서 아무도 몰랐던 때였죠. 중국에서 왔니, 일본에서 왔니, 그다음에는 전쟁 때문에 유명한 베트남에서 왔느냐고 물었어요. 그래서 '차붐 나라에서 왔다'라고 하면 그제야 사람들이 알아줬어요. 축구라는 게 이런 힘이 있구나 싶어서 좋아하기 시작했어요. 초등학교 때 한국으로 돌아왔는데 신기한 게 아무도 축구를 안 하는 거예요. 고등학교 때, PC통신이 생겼어요. 그때도 축구 동아리는 없었어요. 농구 동아리의 게시판 하나를 빌린 곳에 축구 동호회가 있었어요. 축구 동호회에 있는 사람들 모두 유럽 축구에 어느 정도 동경을 갖고 있었어요. '치어리더는 진짜 아니다'라는 공감대 속에 구단마다 연락해서 치어리더를 쓰지 말아달라고 요청했지만 소용없었어요. 결국 저희가 직접 현장에서 치어리더를 대체할 퍼포먼스를 보여주자고 결심했어요. 당시 동대문에서는 더블헤더처럼 하루에 두 경기씩 했어요. 첫 번째 경기는 유공, 두 번째 경기는 포철을 응원하는 식으로 응원 퍼포먼스를 했어요. 1995년 한 시즌 동안 계속 그렇게 했지만 큰 변화는 없었어요. 우리는 다 합쳐서 20명도 되지 않았거든요.

이민재, 그랑블루 초대 회장 그때 PC통신 축구 동아리는 대부분 황선홍, 윤정환 등 선수 팬클럽이었어요. 거기서 처음 팀의 팬클럽이 생긴 곳이 수원이었어요. 바로 가입했죠. 내가 아마 일곱 번째인가 그럴 거예요.

리호승, 당시 대리 12월 15일 팬들이 대학로에서 하는 행사에 나를 초대했어요. 신생팀에 관해 질의응답에 응해줄 수 있느냐고 말이죠. 내부에서 보고했더니 '가서 잘 설명해주고 오라'고 했어요. CI북도 챙겨갔어요. 유공 직원이 있었고, 스포츠서울 기자도 한 명 있었어요. 그 자리에서 우리는 구단을 어떻게 운영하려고 한다, 어떻게 준비하고 있다 등등 이야기를 쭉 풀었어요. 치어리더를 쓸 것이냐고 해서 '아니다. 우리는 치어리더 쓸 생각이 없다'라고 선언했죠. 그랬더니 갑자기 거기 있던 사람들이 기립박수를 치더라고요. 소름이 쫙 돋더라고요. 그 모임이 끝나자마자 다섯 명인가 '우리는 이제 수원을 지지하겠다'라고 했어요. 그렇게 처음 서포터즈가 만들어졌어요.

카페 칸타타에 모였던 젊은 팬들은 수원만 접촉한 것이 아니었다. 부천유공(현 제주유나이티드), 안양LG, 일화천마 등에 직접 연락을 넣어 프로축구판에서 선진적 응원 문화를 도입해야 한다고 설득했다. 현실은 만만치 않았다. 대부분 시큰둥한 반응이었다. 유공은 '알겠다. 치어리더를 쓰지 않겠다'라고 하면서도 빅매치가 열리면 어김없이 치어리더들을 동원했다. 당시 프로구단은 그야말로 자기들만의 섬에 갇힌 시간을 보내고 있었다. 안기헌 당시 국장이 말하는 "축구단이 축구만 하고 있었다"라는 부분이었다. 유일하게 팬들의 목소리에 귀를 기울인 곳이 바로 신생팀 수원이었다.

이은호, 프런트 제대로 회신해주는 곳이 수원밖에 없었어요. 창단구단으로서 뭔가 새롭게 해야 하니까 수원은 피드백도 빨랐어요. 한국의 축구 문화를 진짜 바꾸려고 하는구나 싶었죠. 그때 정말 답답했던 게 또 있었어요. 팬들이 유니폼을 구입할 방법이 없었다는 거예요. 1년 내내 구단들에 유니폼을 사고 싶다고 말했지만 아무도 팔지 않았어요. 어떤 구단은 '너희가 유니폼 입고 선수를 사칭할 수도 있다'라는 이유를 댔어요. 그랬던 시절이었어요. 그때 처음 유니폼을 팬들에게 판 구단이 바로 수원이었어요.

수원은 구단 차원에서 서포터즈 활동을 적극적으로 지원했다. 유니폼과 머플러 판매, 축구 본연의 육성 응원, 원정 응원단 등을 시도했다. 지금은 기본 중 기본으로 자리 잡은 축구 문화이지만, 당시 수원의 이런 행보는 그야말로 파격이었다. 물론 초창기 현장에서는 새롭게 등장한 수원의 서포팅 문화가 고생을 겪기도 했다. 수원종합운동장에서 열리는 홈경기에서 한줌의 서포터즈는 본부석 중앙에 자리를 잡았다. 유럽과 남미 등지에서 따온 각종 구호와 응원가를 목청껏 부르며 그때까지 없었던 전혀 다른 응원 퍼포먼스를 연출했다. 그런데 문제가 생겼다. 이런 문화가 생소한 아저씨 팬들이 "앉아라!", "시끄럽다!"라면서 손가락질을 하기 시작했다. 민폐를 끼쳐선 안 된다는 생각에 신생 서포터즈는 조금씩 위치를 옆으로 움직였다. 그러다가 정착한 곳이 바로 골대 뒤였다. 지금의 N석은 그렇게 탄생했다.

이민재, 그랑블루 초대 회장　그렇게 잘 가다가 하이텔 동아리를 만든 이은호가 갑자기 군대에 가고, 한태일은 스파르타식 입시 학원에 들어갔어요. 남은 사람들은 대부분 온라인에서 관전평 쓰고 평론하고 그런 취향이었어요. 동아리가 전혀 관리가 안 되는 상황이 됐어요. 그래서 그 전부터 알고 지냈던 '붉은악마' 초대 회장 신인철 씨와 만나서 '우리가 한번 해보자'라고 했어요. 그래서 내가 서포터즈를 이끌기 시작했어요.

　초창기 서포터즈의 활동은 기초적인 부분이었다. 선수단의 경기 일정, 서포터즈 집합 장소 및 시각, 원정 응원 버스 정보 등을 ARS 서비스로 제공했다. 앞서 언급한 것처럼 당시는 인터넷이 대중화되기 전이었다. 대중에게 메시지를 전달하는 방법이 지극히 제한적이었다는 뜻이다. 수원은 구단 차원에서 서포터즈 활동을 지원했다. 원정 버스 비용을 부담했으며 팬들이 모이는 곳마다 리호승 대리가 직접 가서 다양한 의견을 청취했다. 유럽 축구 문화를 동경했던 팬들에겐 수원이야말로 뜻이 통하는 동지나 다름없었다. 이런 노력과 과정을 거치면서 수원은 신생팀에도 불구하고 막강한 팬층을 확보할 수 있는 디딤돌을 놓을 수 있었다.

수원의 서포터즈인 그랑블루의 영향력은 프로축구판에 국한되지 않았다. 1995년부터 2002년에 이르기까지 이어진 한국의 축구 응원 문화 대변혁으로 이어졌기 때문이다. 그랑블루 초창기 멤버들은 부천과 안양 팬들과 함께 대한민국 축구 국가대표팀 서포터즈인 '붉은악마'로 연결되었다. 이들을 처음 한국 축구에 불붙게 했던 경기는 1997년 9월 '도쿄대첩'이었다. 프랑스월드컵 아시아 최종예선에서 대한민국은 일본 원정을 떠났다. 만원 관중이 운집한 도쿄국립경기장 한편에 재일교포와 함께 붉은악마 젊은이들이 자리를 잡았다. 이들은 기존의 응원과는 다른 세련된 서포팅 퍼포먼스를 펼쳤다. 한국은 서정원과 이민성의 후반 연속골에 힘입어 짜릿한 2-1 역전승을 거뒀다.

이때부터 국내에서는 서포터즈 규모가 기하급수적으로 늘었고, 그 파도가 넘쳐 프로축구 서포터즈 문화까지 흘러들었다. 하지만 당시 도쿄대첩 현장에 있었던 붉은악마 회원들은 일본 현지의 앞선 응원 문화에 기가 죽어 돌아오기도 했다. 국가대표팀 유니폼을 입은 팬들, 다양한 머플러와 응원 구호 등, 일본에서는 이미 유럽 축구의 문화가 정착되어 있었다. 붉은악마와 그랑블루 회원들은 열심히 벤치마킹을 하면서 국내 프로축구 경기장에서 새로운 응원 문화의 씨앗을 뿌렸다. 이민구 신부가 축구와 수원에 빠져든 계기도 1998년 월드컵이었다.

이민구, 수원 팬 축구를 본격적으로 접하게 된 계기가 1998년 프랑스 월드컵 최종 예선전이었어요. 당시 국가대표팀 경기를 보며 축구에 대한 관심이 커졌고 자연스럽게 K리그에도 눈길이 가기 시작했죠. 수원삼성 블루윙즈를 선택한 결정적인 계기는 차범근 감독님이 수원 감독직을 맡았을 때였어요. 내가 차 감독님과 개인적으로 알게 된 인연도 있었지만 수원의 공격적이고 다이내믹한 축구 스타일이 나를 끌어당겼어요. 그 이후로 수원은 내게 단순한 축구팀 이상의 존재가 되었죠. 차범근 감독님이 수원에 기여한 부분도 크지만 진정으로 수원에 깊이 빠지게 된 원동력은 팀의 전술적 매력과 경기장에서 느낀 열정적인 응원이었어요.

그런 노력은 사상 첫 월드컵 원정 응원단 조직이란 결실로 맺어졌다. 병역을 마치고 돌아온 이은호 프로가 혼자 배낭여행 겸 다녀올 계획이 뜻하지 않게 원정응원단으로 번식했다. 프랑스 현장에서 붉은악마 초기 멤버들은 멕시코, 네덜란드, 벨기에 팬들이 보여준 문화를 보고 재차 충격을 받았다. 오랜 축구 역사를 자랑하는 국가의 팬들은 남녀노소 너 나 할 것 없이 자연스럽게 유니폼을 입고 색깔을 맞춰 입은 차림으로 축구를 즐기는 모습이었다. 2002년 월드컵을 앞두고 그랑블루 멤버가 주축이 된 붉은악마는 부천의 응원가를 따서 '오 필승 코리아'를 만들었고, 수원의 구호를 개사해 '대~한! 민! 국!'을 만들었다. 2002 월드컵 3위 결정전에서 붉은악마가 펼쳤던 'C U @K리그' 문구도 이은호 프로의 아이디어였다.

그랑블루는 자가 발전하고 증폭하면서 현재의 '프렌테 트리콜로'로 진화했다. 빅버드 최고의 볼거리는 다름 아닌 프렌테 트리콜로의 서포팅이라는 의견이 많을 정도다. 수원 팬들은 가는 곳마다 압도적 규모를 자랑하면서 축구 풍경을 만든다. 가슴을 울리는 응원가를 부르고, 아드레날린 분비를 촉진하는 드럼과 탐의 향연이 펼쳐진다. 하프타임에 연출되는 우산 퍼포먼스는 K리그 최고 명물 중 하나로 사랑받는다. 수원은 한국 축구의 응원 문화를 바꿨다. 지금 당신이 아는 서포팅 풍경이 출발했던 때가 바로 수원이 창단했던 1995년 12월이었기 때문이다.

나의 사랑, 나의 수원
이민재 그랑블루 초대 회장

수원의 역사는 곧 한국 축구 응원 문화의 역사다. 수원 서포터즈가 생기기 전까지 축구 경기장에서는 앰프에서 터져 나오는 최신 가요에 맞춰 춤추는 치어리더가 표준이었다. 꽹과리와 북을 동원하고 아리랑 목동을 불렀다. 그랑블루는 앰프와 치어리딩을 육성 응원으로 대체했다. 선수 개인을 따르는 팬클럽을 구단 자체를 지지하는 서포터즈로 바꿨다. 이들이 없었다면 우리에겐 2002년 여름 한마음, 한목소리로 외쳤던 '대한민국' 구호도, '오 필승 코리아'도 없었다.

이민재 씨는 그랑블루 초대 회장이다. 그는 수원이 창단할 때부터 지금까지 30년째 함께한 인물이다. 지금 N석의 풍경을 처음부터 만든 주인공 중 한 명이란 뜻이다. 1995년 '삼성전자가 축구단을 만든다고?'라는 소문을 듣고 축구 경기장을 찾았고, 수원의 지지자들과 함께 '우리도 유럽처럼 응원하고 싶다'라는 꿈을 이뤘다. 서포터즈가 내부 분열을 거쳐 현재의 '프렌테 트리콜로'로 합쳐지는 과정에도 늘 이민재 씨가 있었다. 지금은 추억과 전설이 되어 전해지는 각종 사건 사고 현장에서도 그의 이름이 빠지지 않는다. 수원 창단 멤버인 리호승 당시 대리는 "어휴, 내가 경찰서에서 그 녀석 빼온 것만 몇 번인 줄 아세요?'라고 말한다.

이민재 씨에게 수원은 일상이다. 화려했던 시절을 현장에서 직접 목격했다는 추억은 그를 웃게 한다. 예전과 너무나 달라진 요즘은 한숨이 새어나온다. 강등되던 날, 그의 직장 동료들은 다 큰 어른이 스마트폰을 보면서 펑펑 우는 모습을 보는 진귀한 경험을 할 수 있었다. 예순이 넘어서도 이민재 씨는 수원의 젊은 지지자들과 함께 해외 원정 응원을 함께 떠나는 모습을 꿈꾼다. K리그 팬 문화를 이야기할 때마다 빠지지 않는 이름 '민재형'은 오늘도 N석에서 수원을 지지한다.

Q. 수원삼성블루윙즈의 창단 소식을 처음 어떻게 접했나요?

A. 창단 소식을 전하는 기사가 굉장히 크게, 많이 났어요. 당시 야구는 삼성, 축구는 대우였어요. 김우중 씨가 축구협회장을 했고 로얄즈가 엄청나게 투자를 많이 했잖아요. 이후 축구협회장 자리가 정몽준 씨에게 가면서 현대가 어마어마하게 투자했고요. 대우, 현대, 삼성, 금성 이렇게 재계 라이벌리가 강하고 치열했죠. 그런 분위기에서 삼성이 축구단을 만든다고 하니 이슈가 정말 크게 됐던 것 같아요. 삼성이 하면 다르지 않을까 하는 기대가 컸던 것 같습니다.

Q. 처음부터 유럽식 서포팅 문화를 의도했던 부분인가요?

A. 매주 일요일인가 차범근 감독이 뛰었던 분데스리가 경기 하이라이트를 보여줬어요. 그거 보면 너무 멋있더라고요. 서포터즈가 다 같이 박수 치고 응원하고, 플래카드를 걸고 머플러 하고. 우리는 그런 걸 몰랐어요. 관중석도 꽉 차더라고요. 아, 저렇게 보는 게 축구의 정석이구나 싶었어요. 우리는 한심했죠. 꽹과리 치고, 호루라기 불고. 하하. 수원 서포터즈가 그런 응원 문화를 직접 보여주니까 학생들이 '아저씨, 그거 어떻게 하는 거예요?'라면서 물어보고, 그러다가 점점 인원수가 늘어났어요. 처음에는 본부석에서 하다가 사람이 많아져서 골대 뒤로 옮겼어요.

Q. 수원 서포팅은 응원가나 구호도 매력적이잖아요?

A. 맨 처음에 우리가 '수~원! 삼! 성!'을 썼어요. 그러다가 우리가 붉은 악마를 만들면서 그걸 '대~한! 민! 국!'으로 바꿔 썼어요. 요즘 최고는 '나의 사랑 나의 수원'이죠. 원래 밴드 노브레인의 '리틀 베이비'라는 노래인데 가사만 바꿨어요. 반응이 좋았고 노브레인 쪽에서도 연락이 오고 해서 우리 서포터즈가 된 거죠. 그런데 안양한테 좀 미안한 게 있어요. 원래 노브레인 노래를 처음 응원가로 쓴 게 안양이었어요. '청년폭도맹진가'였죠. 지금도 쓰고 있어요. 노브레인은 안양을 상징하는 밴드처럼 있었는데, 시간이 지나면서 안양은 팀이 없어졌고, 우리와 연결되고 그랬잖아요. 그래서 안양한테 좀 미안해요.

Q. 경기장에 있으면 어떤 기분인가요?

A. 항상 주말이 되면 일상이니까 당연히 와서 보는 것 같아요. 예전 같으면 기분 좋아서 오지만 요새는 워낙 못하니까 '오늘은 또 어떻게 하려나' 그런 것도 있고요. 지금 2부 리그에 있지만 초심으로 돌아간 것 같아요. 옛날에는 다른 팀들에 서포터가 없었으니까 어디든 원정을 가도 전부 우리 홈 경기였거든요. 뭔가 다 깨부수고 다니는 기분이었어요. 접수한다는 느낌. 요즘 팬들도 그런 기분을 다시 느끼는 것 같아요. 원정 가서 완전히 폭격한다 그러면서요. 그게 또 짜릿하거든요. 자부심도 느끼게 되고. 이렇게 많이 뭉쳐 다니면요.

Q. 1부에 있든, 2부에 있든 규모가 유지되는 게 수원 팬들의 진짜 힘인 것 같아요.

A. 서포터즈는 숫자가 중요해요. 지금 안 좋은 상황인데 많아진 거잖아요. 2부로 내려가서 서포터즈가 많아지는 건 기현상이고, 귀현상이에요. 예전에는 성적에 따라서 늘었다 줄었다 그랬어요. 지금은 굳건하게 사람들이 계속 와주고 있어요. 예전부터 전해져 내려왔던 기초가 있었던 덕분에 그게 더 탄탄해질 수 있었던 것 같아요. 팀 성적만 좀 받쳐주면 진짜 더 많아질 수 있는데 그게 아쉽죠. 지금은 너희는 못하네, 에이 우리는 응원이나 열심히 할게, 이걸로 재미를 삼을게, 이런 식인 것 같아요, 하하. 다음 날 유튜브에 올라온 응원 영상을 보면서 더 만족하는 것 같아요.

Q. 2023년 강등이 확정됐을 때, 어디서 뭐 하고 계셨나요?

A. 그날 평택에서 회사일은 끝났는데 경기장까지 갈 시간이 맞지 않아서

직원들과 고기 먹으면서 술 한잔하면서 스마트폰으로 생중계를 봤어요.
직원들은 내가 축구를 좋아하는 걸 아니까요. 옆에 있던 직원들이 '형, 어
떻게 됐어?'라고 묻는데 강등이 딱 된 거예요. 갑자기 눈물이 막 흘렀어요.
직원들이 '형, 술 먹다가 왜 울어?'라면서 달래줬어요. 내가 축구를 좋아
하는 줄은 알았지만 그 정도인지는 몰랐던 거죠. 떨어지는 팀의 팬 반응을
바로 앞에서 본 거잖아요. 다들 신기한 거죠. 야구는 그런 게 없잖아요. 한
화, 롯데가 아무리 못해도 다른 리그로 떨어지진 않잖아요. 그런데 축구는
아예 떨어져 버리니까요. 이건 정말 축구 팬들만 아는 기분이죠.

Q. 2024시즌에도 팬들 응원은 여전해요. 어떤 부분이 달라졌다고 생각하세요?

A. 자존심이죠. 지금까지 우리가 싸웠던 상대팀이 아니니까요. 우리가 지
금처럼 팬이 늘어난 상태에서 AFC챔피언스리그에 나가면 해외 원정도 함
께 가는 거잖아요? 해외 원정을 다니면 그 맛이 또 쫀득쫀득해요. '수원 서
포터즈는 아시아에서도 이 정도야'라는 걸 보여줄 수 있잖아요. 지금 우리
가 일본 팀과 한다면 얼마나 많이 가겠어요? 전세 비행기로 갈 수도 있는
환경인데 팀이 그걸 못 하니까 너무 아쉬워요.

Q. 수원 팬으로서 어떤 말을 들을 때가 제일 기분이 좋나요?

A. 예전에는 '와, 너희 진짜 잘한다', '선수들 대단하다'라는 얘기였어요.
요즘은 '너희 팬 많다'라는 말이고요. 유튜브에서 팬이 많은 영상을 보면
기분이 좋아요. 응원 하나만큼은 국내 최고라고 할 때 기분 좋고요. 솔직히
요즘은 뿌듯한 게 그것밖에 없어요, 하하.

Q. 수원과 30년 동안 함께한 소회나 감상을 들려주세요.

A. 안 볼 수가 없으니까, 직장 다니듯이 경기장에 가서 축구를 보는 것도 하나의 낙이에요. 인생의 낙. 정말 많이 늙을 때까지는 보겠죠. 그때는 좀 우승하는 것도 봤으면 좋겠어요. 우승한 지가 너무 오래됐어요. 지금 이렇게 많은 팬이 우승의 기쁨을 못 누렸잖아요. 이 사람들도 우승하는 장면을 보면 얼마나 좋을까, 그런 생각을 해요. 나는 리그 우승 네 번을 전부 봤지만 단 한 번도 못 본 사람이 태반이잖아요. 특히 젊은 친구들이 그러니까 아쉬워요. 팬들이 이렇게 많을 때 한 번 딱 우승하면 정말 대단할 텐데 말이죠.

예전에는 우승하는 게 당연하다고 생각했어요. 1998년 우승하고 1999년도 우승했어요. 차범근 감독 때도 우승했고. 우리는 마음만 먹으면 언제든 우승하는 팀이라고 생각했어요. 그런데 그 이후로는 '어? 이게 아니구나?' 라는 걸 느꼈어요. 그러다가 2부까지 떨어져 버리니까 진짜 천당에서 지옥으로 떨어진 기분이에요. 팬들이 늘어난 게 다행이긴 해도 이 사람들이 최고의 기쁨을 아직 만끽하지 못하는 게 제일 아쉬워요. 팀을 응원한다는 건 어쩌면 우승하는 모습을 한 번 보기 위함인데 지금 그게 안 되니까요. 뭐, 우리가 노력한다고 되는 것도 아니고요.

4

신생팀의 우승을 불허하다

1996시즌 수원은 프로축구에 데뷔했다. 역사상 아홉 번째 프로구단이었다. 해당 시즌의 공식 명칭은 '1996 라피도컵 한국프로축구대회'였다. 3월부터 리그컵인 '아디다스컵'을 진행하고, 정규 리그에 해당하는 '라피도컵'은 5월부터 7월까지 전기, 8월부터 11월까지 후기로 구분해 진행됐다. 전후기 1위 팀이 챔피언결정전을 홈 앤드 어웨이 방식으로 치러 최종 챔피언을 가리는 방식이었다.

프로축구판에서 첫발을 떼는 수원은 관심과 경계의 대상이었다. 삼성이란 후광은 팬들의 기대를 키웠지만, 경쟁 구단들로서는 신생팀의 기세를 꺾어야 한다는 심리가 발동했다. 더군다나 수원은 드래프트에서 우수 자원을 싹쓸이한 상태였다. 삼성의 축구단 창단 소식에 선수들은 드래프트 신청을 늦췄고, 전북과 전남은 그만큼 원하는 선수를 영입하지 못했다는 피해 의식을 품었다. 실제로 수원은 창단을 앞두고 각급 우수 선수들을 대상으로 설득 작업에 집중해 성과를 얻었다. 조광래 수석 코치와 최강희 코치, 정규풍 스카우트는 전국 각지를 돌아다니면서 창단 구단의 포부에 걸맞은 자원을 확보하느라 애썼다. 앞서 프로축구리그에서 경쟁하던 8개 구단으로서는 수원의 이런 인재 영입 작업을 곱게 봐줄 리가 없었다. 부산대우로얄즈, 안양LG, 울산현대호랑이는 모기업의 라이벌 의식이 발동했고, 천안일화천마 역시 프로 무대에서 잔뼈가 굵은 자부심이 강했다. 잘난 신입생의 데뷔 시즌이 평탄할 수 없었던 시대적 배경이었다.

이병근, 풀백 유니버시아드에 다녀와서 우리(한양대)가 마지막 대회에서 우승했어요. 동대문에서 준결승전을 치르고 나오는데 조광래 코치와 최강희 코치가 제게 오셨어요. 그러더니 나를 뽑으려고 한다고 말씀하시더라고요. '왜 이런 제안이 내게 오지?'라고 생각했어요. 수원은 올림픽 대표팀 선수들을 많이 데려간다고 알고 있었으니까요. 그때 나는 좀 안정적으로 선수 생활을 하고 싶어 국민은행으로 가기로 했던 상태였어요. 그런데 조광래 코치가 그런 문제도 다 풀어주고 드래프트에서 뽑을 거라고 확답을 줬어요.

김호 초대 감독은 선진 축구에 대한 열망을 '백4 수비 전술' 형태로 실천했다. 팀 전술을 만들어 가는 과정에서는 감독뿐 아니라 코칭스태프의 노력이 빠지지 않았다. 김호 감독은 팀 전체의 플레이스타일과 기본 전술을 이야기했고, 그런 그림을 그라운드 위에서 실현하기에 필요한 세부적 부분은 조광래 수석코치와 최강희 코치가 책임졌다. 초대 코칭스태프는 급조한 팀의 한계를 훈련량으로 극복하려고 했다.

이병근, 풀백 김호 감독은 주로 큰 부분을 이야기했고, 세부 전술은 거의 조광래 수석코치가 짰어요. 최강희 코치와 두 분이서 매일 새벽부터 출근해서 훈련 프로그램을 짜고 그랬죠. 훈련이 정말 힘들었어요. 나중에 대구에서 사장(조광래)과 감독으로 만났잖아요. 그때 수원 시절 이야기하면서 '그때 정말 훈련 독하게 했다'라고 말하면서 함께 웃었어요. 훈련이 독했지만 선수들도 잘 소화했어요. 개인 능력에서 다른 팀보다는 좋았던 덕분에 새로운 전술이라고 해도 다들 잘 받아들이고 소화해준 덕분에 첫 시즌부터 센세이션을 일으키지 않았나 싶어요.

김진우, 미드필더 실업에서 박건하, 김두함이 최고 대우를 받고 갔어요. 계약금 기준으로요. 그다음이 이진행, 그리고 나였어요. 연봉은 규정으로 딱 정해져 있었어요. 그때 4-4-2 전술을 썼어요. 당시는 다들 백4 수비가 아니었어요. 처음에는 나도 자리를 잡지 못했어요.

이운재, 골키퍼 저는 적응했다 안 했다를 말할 상황이 아니었어요. 그때는 내가 너무 어렸기 때문에 적응이라기보다 그냥 가서 열심히 하겠다는 것밖에 없는 거죠. 적응한다는 개념은 선수가 어느 정도 위치나 나이가 있어야 생겨요. 그때 나는 대학교를 졸업하고 프로에 갔잖아요. 프로에 대한 정보도 없었어요. 무조건 프로에서 살아남기 위해서 최선을 다해야 하고, 내 인생의 포커스를 거기에 맞춰야 하겠다는 것 외에 다른 생각은 할 수가 없었어요.

3월 30일 수원은 역사적 첫 경기를 치렀다. 울산공설운동장에서 열린 아디다스컵 1차전이었다. 상대는 리그컵의 디펜딩챔피언인 울산현대호랑이였다. 당시 울산은 천안일화천마, 부산대우로얄즈, 포항아톰즈와 함께 우승 전력으로 평가되는 강호였다. 유상철을 비롯해 국가대표 센터백 최영일, 스타 골키퍼 김병지는 물론 '가물치' 김현석, 정상급 풀백 신홍기, 골잡이 송주석과 김종건 등이 버티고 있었다. 신생팀 수원으로서는 따끔한 신병 신고식을 치러야 할 것처럼 보였다. 김호 감독은 덴마크에서 빌려온 헨릭에게 골대를 맡겼다. 신성환, 김진우, 김동해, 이병근이 백4 라인을 구성했다. 미드필드 포지션에서는 루마니아 출신 바데아를 필두로 윤성효, 전재복, 조대현이 섰고, 공격은 데니스와 실업 특급 박건하가 배치됐다. 킥오프 휘슬이 수원의 역사적 첫발을 알렸다. 그리고 전반전이 끝나기도 전에 간판 공격수 박건하가 머리로만 두 골을 터트리는 맹위를 떨쳤다. 65분 김호 감독은 19세 러시아 출신 미드필더 데니스를 대신해 18세 고졸 신인 고종수를 투입하며 신생팀다운 신선함을 선보였다. 수원은 후반전을 1실점으로 막았다. 원정에서 강호를 2-1로 꺾은 완벽한 데뷔전이었다.

이병근, 풀백 울산과 첫 경기를 했어요. 그때 아마 내가 퇴장당했을 거예요(89분 경고 누적 퇴장). (박)건하 형이 두 골 넣어서 우리가 2-1로 이겼어요. 우리가 백4를 사용하면서 미드필드에서 아기자기하게 풀어나가는 모습이 좋았어요. 어린 선수들이 잘 뭉쳐서 뛰다 보니까 후반전에는 항상 우리한테 고전하는 팀이 많았죠. 대한민국에서 백4 전술을 쓰는 팀이 거의 없었기 때문에 우리가 좀 신선했던 것 같아요.

안기헌, 당시 국장 김호 감독은 과감하게 어린 선수를 키우는 스타일이었어요. 지금 당장은 미흡하지만 고종수, 데니스, 산드로처럼 어린 선수들을 기용했어요. 다른 팀에 가면 게임을 못 뛰는데 김호 감독은 달랐어요. 처음에는 좀 불안하게 몇 경기를 치르더라도 나중에 클 수 있다고 믿었어요.

장밋빛으로 출발할 줄 알았던 수원의 데뷔 시즌은 일찌감치 한계에 봉착했다. 올림픽 대표팀 자원을 다수 선발한 선택이 시즌 초반에는 역풍으로 작용했다. 1996년 애틀랜타올림픽을 준비하는 일정이 너무 빡빡했기 때문이다. 대한축구협회는 2002년 월드컵 유치에 조금이라도 도움이 된다는 판단하에 올림픽 호성적을 지상 과제로 삼았다. 올림픽 대표팀은 2월 미국 전지훈련에 이어 3월 말레이시아에서 열린 아시아 예선에 출전했다. 아나톨리 비쇼베츠 감독은 협회의 전폭적인 지원과 프로구단의 대승적 협조에 힘입어 정예 멤버들을 계속 차출했다. 수원에 합류한 조현두, 이경수, 이기형, 박충균은 계속 대표팀에서 시간을 보

냈다. 올림픽 본선 진출이 확정된 아시아 예선 마지막 경기가 3월 27일
종료되었다. 올림픽 대표팀 선수들이 불과 사흘 뒤에 열릴 예정인 소속
팀 수원의 역사적 첫 경기에 출전할 수는 없는 노릇이었다. 올림픽 대표
팀은 5월과 7월에도 평가전을 소화했고, 최종적으로 7월 25일 애틀랜타
현지에서 일정을 마감했다. 수원은 주전 이탈의 공백을 넘지 못한 채 첫
대회인 '아디다스컵'을 최종 6위로 마쳤다.

김진우, 미드필더 솔직히 내가 주전이라고 느꼈던 건 1998년 후반기였어
요. 그 전까지는 경기를 많이 뛰었어도 1.5군 정도 위치였어요. 올림픽
대표팀이다 국가대표팀이다 해서 선수들이 많이 빠졌거든요. 박충균,
이기형, 이경수, 조현두 등이 전부 빠지니까 자리가 많이 비었어요. 그래
서 이병근과 내가 많이 뛸 수 있었죠.

　정규리그에 해당하는 '라피도컵' 데뷔전은 5월 11일 전북전이었다.
아디다스컵 데뷔전처럼 정규리그 첫 경기에서도 수원은 2-0 승리로 상
쾌한 데뷔승을 기록했다. 이광종의 선제골과 이진행의 추가골이었다.
수원은 개막 7경기에서 6승 1패로 내달렸지만, 7월 들어 경기력이 출렁
이면서 결국 전반기를 3위로 끝마쳤다. 신생팀치곤 나쁘지 않은 결과였
다. 더 반가운 소식은 8월부터 시작하는 후반기부터 올림픽 대표팀 자원
이 본격 가동된다는 점이었다. 신생팀 수원은 파죽지세로 치고 나간 끝
에 16전 9승 6무 1패로 후반기 1위를 차지했다. 유일한 패배였던 포항
원정 0-3 결과도 외국인 선수 교체 실수에 의한 몰수패였다. 김호 감독

이 추구한 플레이스타일은 시간이 갈수록 다져진 조직력과 올림픽 대표
팀 자원들의 합류로 인해 빛을 발할 수 있었다. '삼성이 하면 다르다'는
말은 프로 데뷔 시즌 챔피언결정전 진출이라는 성과로 입증되었다.

1996시즌 패권을 가리는 챔피언결정전은 11월 9일과 16일에 열렸다.
전기 1위 울산과 후기 1위 수원의 맞대결이었다. 당시 프로축구판이 조
합할 수 있는 가장 공교로운 매치업이었다. 90년대는 한국 경제가 중국
호재를 발판 삼아 세계적 수준으로 도약하는 시기였다. 맨 앞에 선 쌍두
마차는 다름 아닌 삼성과 현대 그룹이었다. 언론은 스포츠판에서 벌어
지는 두 재벌가의 대결을 '쩐의 전쟁'이라는 식으로 포장하며 분위기를
띄웠다. 일간지의 제목도 두 팀의 명칭 대신에 '현대와 삼성'이라며 모

기업명으로 표기했다. 정규리그에서도 두 팀은 전후기 4차례 맞대결에서 2승 2패로 승부를 가리지 못했다. 하지만 축구판의 전망은 울산 쪽으로 기울었다. 울산은 프로 바닥에서 산전수전 다 겪은 베테랑들이 버티고 있었다. 무엇보다 울산의 구단주는 막강한 권력자인 정몽준 대한축구협회장이었다.

울산공설운동장에서 열린 1차전에서 수원은 21분 조현두가 선제골을 터트렸다. 하지만 전반 추가시간에 수원의 공격수 유리가 경고 누적으로 레드카드를 받고 말았다. 수적 열세에도 불구하고 수원은 후반 45분을 무실점을 버텨 귀중한 원정 승리를 챙겼다. 수원 홈경기장에서 열리는 2차전은 일주일 뒤였다. 언론은 신생팀 수원의 우승 가능성을 언급하며 팬들의 기대를 부추겼다. 하지만 축구판에서는 울산의 역전 우승을 점치는 목소리가 컸다. 신생팀이 이렇게 우승해버리면 기존 구단들의 체면이 깎인다는 것이다. 더군다나 그 희생양이 정몽준 회장이 소유한 울산이라면 더더욱 난처하다는 음모론도 제기됐다.

16일 오후 3시 수원종합운동장 한가운데에서 정종 주심이 킥오프 휘슬을 불었다. 본부석 가운데에 자리를 잡은 그랑블루가 커다란 깃발을 휘날리며 서포팅을 시작했다. 수원은 이 경기만 버티면 창단 첫해 챔피언 등극이라는 신기원을 이룩할 수 있다는 꿈에 부풀었다. 한껏 달아오른 분위기 속에서 수원의 젊은 선수들은 경기 초반부터 긴장감이 정점에 달했다. 노련한 울산은 그런 지점을 영리하게 찔렀다. 평범한 상황에서도 거친 몸싸움으로 수원 선수들의 심기를 건드렸다. 8분 박충균이 프리킥 처리 장면에서 엉뚱한 경고를 받았다. 볼을 너무 앞쪽에 뒀다는 판정이었다. 박충균은 물론 수원 벤치에서 격하게 항의했다. 축구에서는 너무나 흔한 상황이었기 때문이다. 경기 전부터 나돌았던 현대 편파 괴담이 사실인 것처럼 느껴질 수도 있었다. 31분 울산의 유상철이 아크 오른쪽에서 프리킥 기회를 만들었다. 노련한 김현석이 수원 골대 왼쪽 톱 코너를 정확히 찔러 합산 1-1 동점골을 뽑아냈다.

여전히 동점 상황이었지만 수원 선수들의 자제력은 급속히 감소하기 시작했다. 박충균이 경합 상황에서 상대를 가격해 두 번째 경고를 받고 말았다. 1차전에 이어 2차전에서도 수적 열세에 빠졌다는 사실 앞에서도 김호 감독은 침착함을 유지했다. 문제는 선수들이었다. 전반 막판 5분 동안에만 수원 2명, 울산 3명이 거친 반칙으로 경고를 받았다. 잔뜩 흥분한 선수들은 끔찍한 태클을 주고받았다.

김진우, 미드필더 첫 골을 너무 어이없게 먹고 박충균이 이른 시간에 퇴장을 당했어요. 그 전에 박충균은 프리킥 상황에서 볼을 너무 앞으로 던져 놓았다고 경고를 받은 상태였어요. 다들 그렇게 하잖아요. 그냥 넘어갈 수 있는 상황이었는데 거기서 첫 번째 경고를 받은 게 화근이었어요. 나는 윙어로 시작했다가 다시 레프트백으로 내려가야 했어요.

안기헌, 당시 국장 선수들이 프리킥을 차려 볼을 둘 때 앞으로 툭 던지잖아요. 한 1m 정도 앞에 볼을 놓았다고 해서 경고를 준 겁니다. 그럴 때는 다들 볼을 뒤에 놓으라고 하는데 그냥 와서 비신사적인 행동이라면서 경고를 줬어요. 그때는 굉장히 불공평한, 공정하지 않은 축구를 했다고 느꼈어요. 더는 얘기하지 않겠습니다만.

하프타임이 끝나고 시작된 후반전에서도 경기 내용은 점점 더 폭력적으로 치달을 뿐이었다. 이기근이 합산스코어에서 한 골 앞서는 골을 터트렸지만, 바데아가 울산의 윤재훈과 엉켜 넘어지는 과정에서 쌍방 가격으로 나란히 퇴장당했다. 수원은 9명, 울산은 10명인 상태에서 유상철의 통렬한 중거리슛이 작렬했다. 이대로 가면 3차전으로 넘어가는 상황이었다. 그러나 울산이 집중력과 저력을 발휘했다. 교체 투입된 황승주가 왼쪽 측면에서 단독 드리블로 치고 들어가 오른발로 울산의 세 번째 골을 터트렸다. 수원 선수들은 흥분을 주체하지 못했다. 경기 막판 윤성효까지 퇴장당하자 김호 감독까지 폭발하고 말았다. 수원 벤치가 격렬하게 항의하면서 경기 재개를 거부했다. 윤성규 단장이 그라운드로 내려와 김호 감독을 말렸다. 최강희 코치는 눈물까지 흘리면서 분통을 터트렸다. 시간이 흐른 뒤에 경기는 재개됐고, 결국 수원은 2차전에서 1-3으로 패했다. 울산이 합산 스코어 3-2로 창단 첫 우승을 차지했다.

김진우, 미드필더 울산은 리그 초대 멤버였으면서도 한 번도 우승하지 못했어요. 그래서 뭔가 다들 현대가 우승하기를 바랐을 것 같아요. 신생팀에 우승을 주면 안 된다는 심리도 있었을 겁니다. 하지만 그런 걸 떠나서 우리가 마지막에 너무 못했어요. 그때는 나도 좀 흥분했어요. 다들 흥분이 지나쳐서 안 나가도 되는 장면에서도 막 나갔죠. 1-2로 져도 3차전으로 갈 수 있는 상황이었는데 다들 흥분해서 싸울 생각만 했어요. 울산 쪽

에서도 우리가 젊어서 흥분하기 쉽다는 부분을 적극적으로 노렸다고도
생각해요.

신생팀으로서 첫 도전 만에 우승하겠다는 수원의 꿈은 최악의 형태
로 꺼졌다. 1996년 챔피언결정전은 두 경기에서 양 팀 합쳐 경고 18장,
경고누적 퇴장 4명, 다이렉트 퇴장 1명을 양산했다. 두 경기에서 양 팀의
반칙 합계가 무려 97개에 달했다. 경기 막판 일시 중단, 관중석 이물질
투척 등까지 벌어진 챔피언결정 2차전은 지금까지 한국 프로축구 역사
상 최악의 난투극으로 기록된다. 챔피언결정 2차전에서 휘슬을 불었던
주심의 이름 두 글자는 수원의 모든 팬에게 지금까지 주홍색으로 또렷
이 기억된다. 선수단은 분을 삭이지 못했지만, 구단 임원진은 우승에 실
패했다는 결과보다 폭력적이었던 내용을 일갈했다.

리호승, 당시 대리   우리가 우승 잔치하기로 했던 호텔로 돌아왔어요. 지금
으로 치면 구단주라고 할 수 있는 김광호 부회장이 와서 선수단에 일갈
했어요. 창피하다고 하시면서요. '이기고 지고를 떠나서 이런 축구를 한
다는 것을 용납하기 어렵다. 이런 식으로 우승해서 뭐 하느냐'라고 심하
게 질타했어요. 최강희 코치는 '우리가 얼마나 고생했는데 저렇게 말씀
하시느냐'라면서 또 불평하고. 분위기가 정말 싸했어요. 그때 만약 우리
가 우승했으면 역사에 남을 순 있었겠지만, 그룹에서는 잘했다는 얘기
를 듣지 못했을 것 같아요.

희대의 난투극이 있은 뒤, 한국프로축구연맹 이사회는 향후 챔피언 결정전에 외국인 심판을 배정하기로 했다. 라피도컵의 흥분이 가라앉은 12월 수원은 FA컵에서도 결승전에 진출했지만 포항아톰즈에 승부차기로 패해 재차 우승 열망이 꺼졌다. 경기장 안팎에서 화려했던 수원의 첫 시즌은 빈손으로 끝났다. 삼성 그룹에서는 첫 시즌 준우승이란 성과를 높이 평가해 구단 직원들을 특진시키기로 결정했다. 그러나 파격적인 포상은 이루어지지 않았다. 안기헌 국장이 "우리가 당연히 해야 할 일을 했을 뿐"이라면서 거절했기 때문이다.

5

K리그 르네상스는 푸른색

창단 시점에서 수원삼성블루윙즈의 내부 목표는 '3년 내 리그 우승, 5년 내 아시아 제패'였다. 창단 첫해에 아쉽게 리그 우승을 놓쳤고, 두 번째 시즌은 숨 고르기로 채워졌다. 1997시즌 왕좌는 부산대우로얄즈에 돌아갔다. 한국 축구 레전드 김주성이 수비수로 변신해 버렸고 동유럽 공격수 샤샤와 마니치가 득점을 책임진 결과였다. 그리고 1998년 수원의 세 번째 시즌이 열렸다.

개막을 한 달 남긴 시점에서 조광래 수석코치가 사임했다. 팀 내 리더였던 윤성효가 플레잉코치로서 그 자리를 채웠다. 시즌 개막을 앞두고 전력 강화 작업은 충실히 진행됐다. 부산의 스트라이커 샤샤가 합류했다. 최강희 코치가 '꼭 데려와야 한다'라고 노래를 불렀던 신홍기(울산현대)도 푸른 유니폼으로 갈아입었다. 신홍기는 공격력이 좋은 풀백인 동시에 카리스마 넘치는 리더였다. 클럽하우스에서 신홍기는 수원의 어린 선수들에게 프로 의식을 강조하면서 팀을 휘어잡았다. 그동안 폐결핵으로 고생했던 골키퍼 이운재도 드디어 정상 경기력을 회복해 골문에 투입됐다.

이병근, 풀백 윤성효 형님이 독특하잖아요. 아침마다 돌아다니면서 '이 새끼들, 지금 몇 신데 자고 있노?'라면서 혼냈어요. 감독, 코치보다 더 무서웠죠. 아주대학교에서 운동하든지 아니면 산으로 뛰고 그랬어요. (윤)성효 형님도 팀을 강하게 만든 사람 중 한 명이었다고 생각해요. 그런 모습들이 경기장에서 나타난 덕분에 팀이 강해질 수 있었다고 생각해요.

1998년 K리그는 각종 호재로 활활 불탔다. 4년 앞으로 다가온 2002년 월드컵 붐이 일어났다. 프랑스월드컵에서 고종수(수원)와 이동국(포항)이 강렬한 임팩트를 남겼다. 부산에서는 '역대급' 실력과 외모를 갖춘 안정환까지 출현했다. 소위 'K리그 르네상스'였다. 고종수의 퍼포먼스는 압도적이었다. 한 차원 다른 볼컨트롤과 왼발 킥 능력은 고종수를 K리그 최고 스타로 만들었다. 고종수 앞으로 매일 300통 이상의 팬레터와 선물이 쏟아졌다. 구단은 선수단 숙소에 아예 별실을 만들어 '고종수 선물방'을 따로 운영해야 했다.

한껏 달아오른 분위기 속에서 9월 23일 부산과 수원은 맞대결을 펼쳤다. 안정환과 고종수의 매치업은 3만 2천여 관중을 구덕구장으로 끌어 들였다. 하지만 이날 양 팀은 경쟁심을 주체하지 못해 난투극을 벌였고 2명씩 퇴장당하고 말았다. 후반전 교체로 투입된 데니스는 눈앞에서 동료 이병근이 주먹에 맞아 쓰러지는 장면을 목격했다. 분을 참지 못해 데니스는 김주성을 폭행했고, 레드카드를 받은 상태에서 다시 쓰러져 있던 그의 목을 발로 짓이겼다. 한국프로축구연맹 상벌위원회는 데니스에게 출장정지 6개월, 제재금 300만 원이란 엄벌을 내렸다.

불꽃 튀는 정규 레이스에서 수원은 18전 10승 2무 6패로 1위를 차지하며 두 번째 챔피언결정전 초대장을 거머쥐었다. 수원은 더는 신생팀이나 애송이가 아니었다. 서포터즈 '그랑블루'는 국내 최대 규모를 자랑하며 전국을 누볐다. 사상 첫 월드컵 원정 응원단을 꾸렸던 이은호 프로(당시 복학생)는 "프랑스월드컵이 끝나자 붉은악마와 그랑블루의 회원이 기하급수적으로 늘었다"라고 회상한다. 창단 세 번째 해 만에 챔피언결정전으로 돌아온 수원은 전력, 규모, 인기 면에서 이미 국내 최고의 빅클럽으로 진화해 있었다.

이병근, 풀백 정말 하루가 다르게 팬들이 늘어났어요. 경기장에 들어가면 팬들이 불어나는 게 눈에 보일 정도였죠. 우리 뒤에 서포터즈가 점점 늘어났고 그만큼 소리도 커졌어요. 정말 어마어마했어요.

10월 28일과 31일 각각 맞붙을 수원의 챔피언결정전 상대는 다름 아닌 울산현대였다. 플레이오프에서 울산은 동해안 더비 맞수 포항을 승부차기 끝에 따돌렸다. 패색이 짙던 2차전 종료 직전, 골키퍼 김병지는 김현석의 프리킥 크로스를 받아 극적인 합산 동점골을 터트려 인생 최고의 장면을 연출했다. 울산은 강했다. 육각형 선수 유상철을 비롯해 김현석, 김종건, 정정수, 박정배 등 2년 전 우승 전력을 탄탄히 유지하고 있었다.

이운재, 골키퍼 그때(1996년)는 창단이었기 때문에 한 번 더 기다리면서 단단해질 수 있었어요. 다음에 기회가 왔을 때 그걸 놓치지 않겠다는 마음이 컸는데 그게 2년 뒤에 딱 왔어요. 우리도 좋았지만 현대도 좋았죠. 1996년에 당했던 부분을 돌려줘야 한다는 생각이 감독님과 코칭스태프, 선수들에게 되게 컸던 것 같아요. 두 번 당하면 안 된다는 생각을 많이 했어요.

울산공설운동장에서 챔피언결정전 1차전이 열렸다. 35,830명이 한꺼번에 몰렸다. 킥오프 이후까지 팬들은 계속 들어왔다. 자리를 찾지 못한 팬들이 육상 트랙까지 내려오는 촌극이 벌어졌다. 그런데 이게 수원을 결정적으로 도왔다.

리호승, 당시 대리 1차전 전반 20분까지 우리가 엄청나게 밀렸어요. 경기를 하는데 주최 측에서 트랙까지 관중을 막 넣었죠. 내가 경기감독관에게 가서 '선수들이 위험하다. 경기 중단해라'라고 따졌어요. 그래서 심판이 경기를 중단했죠. 트랙까지 내려온 관중을 정리하느라 20분 정도 걸렸어요. 울산으로서는 리듬을 바짝 올렸다가 끊겼고, 우리 선수들은 겨우 정리가 된 겁니다. 장내 정리가 끝나고 경기가 속개됐는데 내용이 확 달라졌어요. 결국 우리가 신홍기의 프리킥 한 방으로 이겼어요. 경기 정말 잘 멈췄다 싶었어요.

2년 전처럼 수원은 울산 원정 1차전에서 승리했다. 그러나 나흘 뒤 열린 홈 2차전에 나서는 수원의 마음가짐은 달랐다. 상대의 거친 태클 앞에서 자제력을 잃지 않았다. 유상철의 폭발적인 공격력도 끈끈한 수비와 이운재의 선방으로 잘 버텼다. 양 팀은 반칙을 58개나 주고받았을 정도로 격렬하게 맞붙으면서도 불상사로 번지진 않았다. 경기는 무득점 무승부로 종료됐다. 수원이 합산 스코어 1-0으로 창단 첫 우승을 차지한 것이다. 스무 살 플레이메이커 고종수는 리그 역대 최연소 MVP를 거머쥐었다. '3년 내 리그 우승'이란 목표는 완벽한 형태로 달성됐다.

리그 우승은 수원이 왕조를 건국하기에 필요했던 마지막 퍼즐 조각과 같았다. 탄탄한 스쿼드, 짜임새 있는 조직력, 젊은 팀다운 패기와 막후에서 이루어지는 독한 훈련에 '우승했다'라는 자신감과 경험까지 추가됐기 때문이다. 삼성그룹 비서실은 "국가대표팀 선발 11명 중에서 7~8명은 수원 선수가 돼야 한다"라는 비공식 메시지를 구단에 전달했다. 돈이 필요하면 얼마든지 지원하겠다는 약속도 함께였다. 강렬한 야망은 서정원 영입으로 이어졌다. 국내 최고 대우는 물론 한 시즌 만에 유럽으로 재이적해도 협조하겠다는 통 큰 조건이었다. 전 소속팀 안양LG는 서정원을 상대로 법정 소송을 불사했다.

서정원, 공격수 메스에서 새 감독이 선수를 15명이나 바꿨어요. 감독이 나를 쓰지 않자 3만 관중이 '쎄오, 쎄오' 하면서 외치면서 별명이 생겼죠. 나중에 스위스 구단으로 임대 가라고 하더군요. 그냥 싫었어요. 이럴 바에 잠깐 한국으로 갔다가 다시 나와야겠다고 생각했어요. 한국으로 돌아갈 이야기가 마무리된 뒤에 메스에서 몇 경기만 뛰어 달라고 해서 뛰었죠. 그때 몸 상태가 좋아서 내가 너무 잘했어요. 그랬더니 갑자기 또 분데스리가의 카를스루에에서 오라는 거예요. 돌아오기까지 우여곡절이 정말 많았어요.

하필 시즌 첫 경기인 슈퍼컵에서 수원은 안양과 만났다. 수원의 창단

공신 조광래가 안양의 감독이 되어 돌아온 것도 운명의 장난처럼 보였다. 안양 팬들은 푸른 유니폼을 입고 몸을 푸는 서정원을 저주했다. 빨갛게 불타올랐던 안양 팬들의 투지는 수원 앞에서 역부족이었다. 수원은 샤샤의 해트트릭을 앞세워 안양을 5-1로 대파하고 시즌 첫 트로피를 안았다. 서정원은 후반에 교체되어 들어가자마자 페널티킥을 얻는 등 클래스를 입증했다. 안양에 쌓인 감정이 많았던 듯이 페널티킥 획득에 서정원은 포효했고, 이 장면은 슈퍼매치 라이벌리를 낳은 장면 중 하나로 기억된다.

김한수, 프렌테 트리콜로 대표 1990년대 후반, 2000년대 초반만 해도 안양 경기는 전쟁 같은 느낌이었어요. 안양 원정이 있었으면 형들이 '야, 안양 원정 가면 조심해야 된다'라고 말해줬어요. 싸운다고요. 그런 분위기에서 항상 두근두근하면서 갔던 것 같아요.

곧이어 진행된 대한화재컵에서 수원은 시즌 두 번째 타이틀을 따냈고, 아디다스컵에서는 안양을 4-2로 격파해 세 번째 트로피를 수집했다. 1999년 5월부터 시작된 바이코리아컵 K리그 1위까지 수원(59점)으로 돌아가면서 그랑블루는 시즌 전관왕이란 전대미문의 꿈을 꾸기 시작했다.

1999시즌의 수원은 천하무적이었다. 정규 리그 27경기 중에서 90분 내 승리가 18차례나 됐다. 샤샤(17골 3도움), 박건하(8골 4도움), 서정원(7골 3도움), 비탈리(6골 6도움)로 이어진 공격진이 공격포인트를 무려 54개나 합작하면서 상대 수비진을 초토화했다. 뒤에 있던 김진우와 이진행, 올리, 이기형, 이병근, 신홍기 등이 기계처럼 작동하는 조직력을 과시했다. 놀라운 집중력의 비결은 자만하지 않는 팀 분위기였다.

서정원, 공격수 톡톡 튀고 개성 있는 선수들이 많았어요. 개성은 중요한 부분이죠. 하지만 그런 분위기 안에서 중심을 딱 잡았던 부분이 정말 중요했어요. 올리는 한국 문화를 되게 좋아했어요. 외국인이든 한국인이든 후배를 꾸짖으면서 막 뭐라고 했어요. 신홍기 그리고 저 같은 선배급도 선수들이 집중하도록 노력했어요. 실력 있고 개성도 있지만, 그렇게 성실한 선배들이 틀을 딱 잡고 갔던 부분이 주효했던 것 같아요.

이운재, 골키퍼 1998년 우승하면서 1999시즌에 짜임새가 높아졌어요. 선수들에게 진다는 생각 자체가 없었어요. 항상 나가면 당연히 이긴다, 이길 수 있다는 생각을 갖고 선수들이 뛰었죠. 선수단이 전체적으로 자신에 넘쳤어요. 그런 자신감은 말이죠, 겉으로 드러나요. 그러면 상대방도 그걸 느껴요. 기싸움이라고 할 수 있는데 처음부터 우리가 이기고 경기를 시작하는 기분이었어요.

리호승, 당시 대리 올리는 김호 감독한테 많이 배웠다고 항상 말해요. 감독 아래서 어떻게 지냈는지를 노트에 꼬박꼬박 적어 놓았어요. 나중에 유럽으로 돌아가서 지도자로 성공하면서도 그때 그 노트 내용을 참고했다고 하더라고요. UEFA컵 4강(2005-06시즌, 슈테아우아부쿠레슈티)까지 올라가면서 유럽에서도 인정받는 감독이 됐죠.

챔피언결정전 상대는 부산대우로얄즈였다. 해당 시즌 부산은 감독 사임과 후임자 급사라는 악재 뒤에 장외룡 감독대행이 지휘봉을 잡아 부천SK를 따돌리고 챔피언결정전에 오른 상태였다. 물론 부산도 쟁쟁한 스쿼드를 갖춘 팀이었다. 안정환이 여전히 공격을 이끌었고 마니치, 이정효, 이장관, 정재권, 김주성이 버티고 있었다. 그러나 1999년 수원은 너무 강했다. 부산 원정 1차전에서 수원은 설익찬과 박건하의 골을 앞세워 2-1로 승리했다. 홈 2차전에서 수원은 관중석을 빼곡히 채운 그랑블루가 보는 앞에서 또다시 2-1로 승리해 전인미답의 시즌 전관왕 고지에 도달하고야 말았다.

우승을 확정한 골든골이 샤샤의 핸드볼 반칙이었다는 점이 옥에 티였다. 공정한 판정을 목적으로 투입됐던 중국의 순바우지에 주심은 희대의 '신의 손' 사건을 완성시킨 장본인이 되어 역사에 남았다. 경기 후, 샤샤는 본인의 핸드볼 반칙을 인정하지 않았다. 기자단은 '괘씸죄'를 적용해 샤샤에게 돌아갈 시즌 MVP를 2위 팀의 에이스 안정환에게 수여했다. 역사상 첫 챔피언이 아닌 구단이 배출한 MVP였다.

이운재, 골키퍼 샤샤가 손으로 펀칭했죠. 요즘처럼 VAR 판독이 있었다면 금방 취소됐을 겁니다. 하지만 나는 샤샤가 얼마나 넣고 싶었던 걸까, 그런 간절함으로 이해하고 싶어요. 팀원으로서 결속력의 표현일지도 몰라요. 어떻게든 우승하고 싶었던 마음이 컸고, 운 좋게 주심이 그걸 못 본 거죠. 행운이었어요.

마지막 순간의 오점은 수원의 위대한 업적을 폄하하진 못했다. 1998년과 1999년, 수원은 우승 타이틀을 무려 5개나 거머쥐었다. 이듬해 첫 타이틀인 슈퍼컵까지 따지면, 수원의 기록은 6개 대회 연속 우승으로 늘어난다. 눈부신 성과를 더욱 값지게 해준 공로자는 바로 서포터즈였다. 1998년 프랑스월드컵을 전후로 국내에서는 축구 서포터즈 규모가 기하급수적으로 늘었다. 축구의 열정에 눈을 뜬 많은 팬들이 K리그로 눈을 돌렸다. 가장 세련되고 매력적인 수원은 새롭게 유입되는 팬들 대부분을 빨아들일 수 있었다.

이은호, 프런트 1996년 챔피언결정전 때는 다 해봤자 100명이 되지 않았어요. 주요 운영진이 (신)인철이 형이 모는 차 한 대로 같이 다녔거든요. 그랬던 전체 인원이 2년 만에 몇 천 단위로 불어났죠. 2001년 클럽챔피언십에서 우승한 것까지 생각하면 정말 하늘을 날아다니는 기분이었어요. 3년 안에 국내 리그 우승, 5년 안에 아시아 무대에서 정상에 선다, 그리고 10년 안에 세계적 명문이 된다고 했던 말이 진짜 실현되어 가고 있었으니까요.

해당 시기는 K리그가 역사상 가장 큰 대중적 인기를 끌었던 '르네상스'였다. 고종수, 이동국, 안정환의 트로이카 역시 리그 역사에서 찾아보기 어려울 정도로 뜨거운 사랑을 받았다. 200만 관중을 훌쩍 뛰어넘는 초절정 인기 속에서 수원의 가장 빛나는 역사가 완성됐다. 투자 규모가 가장 큰 팀, 톱퀄리티 선수들과 확실한 스타플레이어들을 보유한 팀, 그리고 K리그에서 가장 큰 서포터즈를 보유한 팀이 정점을 찍은 것이다. 황금시대였다.

6

김호 시대 저물다

수원의 리그 2연패를 맨 앞에서 이끌었던 주인공은 골잡이 샤샤였다. 큰 키를 앞세운 존재감과 본능적인 위치 선정 능력, 그리고 압도적 결정력으로 K리그 무대를 평정했다. 1995년 부산에서 시작해 2003년까지 9시즌 동안 샤샤는 통산 104골 37도움을 기록했다. 그가 남긴 독보적 기록은 우승이다. 1997년 부산에서 첫 우승을 시작으로 샤샤는 1998년과 1999년 수원의 리그 2연패, 그리고 2001년부터 성남일화의 리그 3연패 현장에서 모두 챔피언이 되었다.

리호승, 전 프런트 부산에서 우승시키고 샤샤가 왔어요. 그런데 월급을 캐시로 달라는 거 아니겠어요. 미쳤나 싶었죠. 어떻게든 현금을 만들어서 첫 월급을 현금으로 줬어요. 그러다가 생일이라고 해서 내가 혼자 케익을 사들고 아파트로 찾아갔어요. 깜짝 놀라면서 연신 고맙다고 하더군요. 둘이 케익을 먹으면서 이런저런 얘기를 하다가 월급 얘기가 나왔어요. 자기는 한국 사람을 믿지 않는다고 했어요. 왜 그러느냐고 했더니 전 팀에서 무슨 일이 있었나 봐요. 그래서 안 믿는다고. 내가 '야 인마, 삼성은 달라. 믿어봐'라고 안심시켰어요. 그다음부터 은행 계좌로 넣어줬어요. 그 녀석 때문에 속 많이 썩었어요. 맨날 속도위반 딱지 날아오고, 여자친구 어머니가 아프다고 해서 우리가 삼성의료원에서 치료받게 하고, 아이고.

경기장 밖에서 항상 말썽을 피웠지만 그라운드 위에서 샤샤는 최고의 골잡이였다. 수원이 왕좌를 지키려면 당연히 필요한 핵심 공격수였다. 그런데 1999시즌이 끝낸 김호 감독은 뜻밖의 결정을 내렸다. 리그 득점왕 샤샤를 일본 J리그에 팔아버린 것이다. 김호 감독은 "외국인 선수들은 한 팀에 오래 있으면 버릇이 나빠진다"라는 이유를 들었다. 구단 내에서도 의견이 분분했지만 감독은 고집을 꺾지 않았다.

김호 감독은 직접 육성한 선수를 활용해야 한다는 철학이 확고했다. 고졸 신인으로 입단해 K리그 MVP를 차지한 고종수가 본보기였다. 1995년 팀을 처음 꾸릴 때 김호 감독이 애틀랜타올림픽 대표팀의 주축을 최우선적으로 확보했던 이유이기도 했다. 경험이 부족한 어린 선수는 프로 무대에서 연착륙하기가 어렵다. 하지만 김호 감독은 "몇 경기 망쳤다고 해서 빼면 안 된다"라며 가능성에 투자했다. 바르셀로나에 라마시아가 있다면 수원에는 매탄이 있다. 2008년부터 본격적으로 가동된 매탄 시스템의 기원은 김호 초대 감독의 신념이라고 할 수 있다.

확실한 오늘의 골잡이 샤샤를 보낸 뒤에 수원에서 자리를 잡은 내일의 골게터는 브라질 출신의 산드로였다. 2000년 여름 이적시장에서 수원으로 이적했을 때 산드로는 스무 살이었다. 인생과 축구의 나이가 모두 어렸던 산드로는 모든 면에서 부족해 보였다. 하지만 김호 감독은 입단 테스트 과정을 지켜보면서 산드로의 잠재력을 꿰뚫어 보았다.

이병근, 풀백 처음에 산드로는 테스트로 왔어요. 김호 감독은 선수들을 기다릴 줄 알았던 분이세요. 팀 미팅에서도 감독은 항상 '처음 온 선수가 팀에 적응하려면 3~4개월은 기다려줘야 한다'는 말을 자주 했어요. 동료들과 소통도 잘돼야 실력도 나온다고 생각하셨던 것 같아요. 산드로는 테스트 기간도 꽤 길었던 걸로 기억해요. 결국 팀에서 큰 역할을 해주는 선수가 됐죠.

문제는 김호 감독의 신념이 지나치게 장기적이라는 점이었다. 삼성 그룹은 최고를 원했다. 수원도 미래 자원만큼 당장 눈앞에 놓인 실적도 중요한 프로 구단이었다. 2000년 수원은 슈퍼컵 우승으로 시즌을 시작했다. 김호 감독은 젊은 국내 선수들에게 무게를 뒀다. 그러나 데니스를 제외한 모든 외국인 선수를 바꾼 결정이 부메랑이 되어 돌아왔다. 10월 아디다스컵 타이틀을 방어하긴 했지만, 수원은 K리그에서 5위에 그쳤다. J리그에 적응하지 못한 샤샤가 시즌 도중에 돌아왔어도 예전처럼 활약해주진 못했다. 아시안클럽챔피언십(현 AFC챔피언스리그 엘리트)에 처음 출전해 국제 대회의 경험을 쌓았다는 점이 거의 유일한 시즌 수확이었다. 수원을 떠나 안양LG에서 심기일전한 조광래 감독이 보란듯이 리그 챔피언에 등극했다.

리호승, 전 프런트 리그 2연패를 하고 난 다음부터 김호 감독은 유소년을 키워야 한다는 말씀을 더 열심히 했어요. 그때부터 김두현, 조성환처럼 어린 선수들을 뽑기 시작한 거예요. 유소년을 키우는 게 중요하죠. 하지만 그룹에서는 계속 우승하기를 원하는 상황이었잖아요? 그럼 일단 우승하고 봐야죠. 프로 구단의 감독이라면 일단 그 부분을 해놓고, 구단주나 사장이 장기적인 차원에서 유소년을 챙겨야 한다고 생각해요. 김호 감독의 생각은 감독보다 구단주에게 더 어울리는 철학이라고 생각해요.

김진우, 미드필더 사실 1999년 우승하고 나서 리그에서는 우리가 힘을 쓰지 못했어요. 컵대회에서 우승했다고 하지만 그거야 몇 경기만 치르는 토너먼트잖아요. 아시아 대회라면 몰라도 국내에서는 리그 우승 말고는 그렇게 쳐주지 않으니까요.

2000년대 김호 감독의 선택은 아시아 무대에서 보상받았다. 수원은 2000년 아시안클럽챔피언십(현 AFC챔피언스리그 엘리트)에서 국제 대회에 데뷔했다. 첫 대회에서 거둔 4위 성적은 불만족스러웠지만 창단시 세웠던 '5년 내 아시아 제패' 목표를 향해 필수적인 경험치로는 손색이 없었다. 당시까지 K리그가 배출한 아시아챔피언은 1985-86시즌 대우로얄즈(현 부산아이파크), 1995년 일화천마(현 성남FC), 1997년 과 1998년 포항스틸러스까지 총 3개 구단이었다. 그라운드에서 삼성의 '일등주의' 정책을 구현해야 할 수원으로서는 아시안클럽챔피언십 우승은 의무라고 할 수 있었다.

2000-01시즌 대회에서 수원은 동부 지역 2위로 토너먼트에 진출했다. 준결승과 결승이 모두 수원에서 열려 수원으로서는 큰 꿈을 꿀 수 있었다. 5월 24일 준결승전에서 수원은 이란 강호 페르세폴리스에 선제골을 내준 뒤, 후반 들어 서정원의 동점골로 기사회생했다. 연장전이 눈에 보일 즈음 박건하의 역전 '극장골'이 터졌다. 아시아 정상에 도전한 지두 대회 만에 수원이 결승 무대에 오른 것이다.

리호승, 전 프런트 그때 박건하가 골을 넣고 벤치 쪽으로 달려왔어요. 저는 경기 진행하면서 AFC 마케팅 직원들과 함께 있었거든요. 그 친구들도 경기 내내 수원을 응원했어요. 수원에서 결승전이 열리는데 주빌로와 페르세폴리스가 붙으면 손님이 없어지잖아요. 그런 상황에서 박건하가 옷깃을 세우면서 우리가 있는 벤치 쪽으로 달려오는데 정말 소름이 쫙 돋았어요. 솔직히 2008년 우승했을 때보다 그 순간을 나는 더 잊을 수가 없어요.

결승전 상대는 J리그 강호 주빌로이와타였다. 당시 주빌로의 전력은 아시아 최강으로 평가됐다. 조별리그에서 이루어졌던 첫 만남에서 수원

은 주빌로에 0-3으로 완패했다. 당시 쐐기골을 터트렸던 일본 국가대표 스트라이커인 나카야마 마사시가 결승전에서도 선발 출전했다. 그의 공격 파트너는 신예 공격수이자 미래의 수원 식구가 된 다카하라 나오히로였다.

경기 시작 15분, 상대 진영 왼쪽에서 산드로가 볼을 받았다. 오른발로 힘차게 때린 볼이 산드로의 넘치는 패기를 잔뜩 품고 주빌로의 골대 왼쪽 구석에 꽂혔다. 수원의 선제골에 그랑블루는 열광했다. 이후 더욱 빛난 것은 수원 수비진의 끈적함이었다. 졸리, 최성환, 이병근, 신홍기, 김진우가 터프한 압박으로 상대의 아기자기한 패싱게임을 계속 차단했다. 주빌로는 수원의 악착같은 압박에 고전했다. 경기는 수원의 1-0 승리로 종료됐다. 수원이 아시아 정상에 서는 순간이었다. 본 대회의 우승 덕분에 수원은 당해 K리그에서 3위에 그치고도 다음 시즌 아시안클럽챔피언십 출전권을 획득할 수 있었다.

아시아 정상 등극과 함께 2001시즌에 있었던 또 하나의 커다란 변화는 수원월드컵경기장이었다. 5월 개장한 수원월드컵경기장은 FIFA컨페더레이션스컵을 거쳐 8월 19일 대망의 수원 첫 경기를 유치했다. 수원의 역사적 빅버드 데뷔전에서 첫 골을 터트린 주인공은 데니스였다. 러시아 10대 소년으로 수원의 창단을 함께했던 데니스도 김호 감독의 취향에 딱 들어맞는 자원이었다. 자기만의 박자로 드리블해 들어갈 때마다 프리킥이나 페널티킥을 자주 얻는 재주가 있었다. 1999시즌 우승 이후 김호 감독은 데니스를 중용하며 21세기형 수원을 만들려고 애썼다.

2000년대 초반 K리그의 패권자는 성남일화였다. 모기업의 공격적 투

자를 발판으로 성남은 국가대표급 자원을 싹쓸이했고 차경복 감독, 김
학범 수석코치의 세밀한 경기 운영이 리그 3연패의 금자탑을 쌓았다. 강
력한 성남 앞에서 미래지향적 수원은 역부족이었다. 2001년과 2002년
연속으로 수원은 리그를 3위로 마감했다. 그러나 한번 궤도에 오른 만큼
매 시즌 타이틀을 놓치지 않았다.

2002시즌 아시안클럽챔피언십에서 K리그의 수원은 16강전에서 스
리랑카의 손더스SC를 무려 18-0으로 박살 냈다. 충격을 받은 손더스는
2차전을 포기해버렸다. 함께 출전했던 안양도 방글라데시의 묵티조다
상사드를 1, 2차전 합산 11-0으로 대파해 8강 리그에 진출했다. 2월 제
주월드컵경기장에서 열린 동부 지역 8강 리그에서 수원과 안양은 각각
1, 2위를 차지하며 나란히 준결승전에 올랐다. 준결승과 결승으로 구성
되는 토너먼트 단계는 아시아 축구 명소 테헤란 아자디 스타디움에서
진행됐다. 수원은 나사프카르쉬(우즈베키스탄)을 3-0으로 제압했다.
뒤이어 열린 또 다른 준결승전에서 안양도 이란 홈팀인 에스테그랄을
2-1로 따돌렸다. 아시아 최강자를 가리는 결승전에서 K리그 파이널이
성사된 것이다.

수원과 안양이었다. 수원의 창단 감독과 코치가 이국 땅에서 아시아
최대 타이틀을 두고 격돌했다. '슈퍼매치'의 라이벌리가 본격화되기 전
이라는 시대 배경이 K리그 팬들로서는 살짝 아쉬울 따름이다. 결승전에
서 양 팀은 승부를 가리지 못했다. 모든 초점은 골키퍼 두 명에게 쏠렸
다. 2002년 월드컵 출전을 앞둔 이운재와 K리그 대표 수호신 신의손(사
리체프)이었다. 축구의 신은 이운재를 축복했다. 박요셉과 김성일의 킥

을 이운재가 막아냈다. 수원의 다섯 번째 키커로 나선 산드로가 신의손을 무너트리면서 수원이 아시아 티이틀 수성에 성공했다. 이병근, 이기형, 이운재 등의 창단 멤버와 김두현, 산드로, 고창현, 손대호, 조병국, 조성환 등의 젊은 피가 김호 감독의 팀빌딩 철학을 입증한 순간이기도 했다. 수원은 8월 아시안슈퍼컵, 12월 FA컵에서 각각 첫 우승을 차지하며 시즌 3관왕에 등극했다.

아시안슈퍼컵 1차전에서 나왔던 이기형의 초장거리 프리킥 장면은 수원 팬들 사이에서 지금도 짜릿하게 기억된다. 이듬해 수원과 안양의 지지대 더비에서도 잊을 수 없는 명장면이 연출됐다. 서정원의 오버헤드킥이다. 2003년 5월 18일 빅버드 홈경기에서 서정원은 오른쪽에서 넘어온 크로스를 본능적인 오버헤드킥으로 신의손을 무너트렸다. 이 장면은 2015년 수원이 창단 20주년을 맞이해 실시한 팬 투표에서 '역대 최고 골'로 선정되기도 했다.

서정원, 공격수, 전 감독 나는 오버헤드킥을 하자는 생각도 못 했어요. 그냥 뭐가 휙 올라오길래 나도 모르게 몸이, 솔직히 진짜 나도 모르게 그냥 자동적으로 몸이 움직였어요. 축구 인생에서 기억에 가장 강하게 남는 골이죠. 나도 이런 골을 넣을 수 있나 싶어서 놀랐어요. 팬들이 운동장에 꽉 차잖아요. 그러면 보는 사람도 그렇고 운동장에서 뛰는 사람도 업(up)이 돼요. 막 긴장이 되고 뭔가 들뜬 기분이 들어요. 꽉 찬 관중석을 보면 벌써 흥이 쫙 올라오고, 그러면 나오지 않은 뭔가가, 생각지도 못하는 그런 동작이 나올 수도 있어요. 그런 걸 만드는 게 팬인 것 같아요.

아쉽게도 2003시즌은 또 다른 의미로 상징적이었다. 1998년부터 이어진 트로피 행진이 멈춘 해였기 때문이다. 수원 스쿼드는 여전히 단단했다. 서정원을 비롯해 이병근, 김진우, 최성용, 박건하 등 베테랑들은 여전히 클래스가 넘쳤고, 가비와 나드손, 뚜따 등 외국인 자원도 절대 나쁘지 않았다. 김두현과 고창현이 고종수의 뒤를 이어 센스를 보탰다. 모기업 지원도 어마어마했다. 삼성에서는 2002년 월드컵이 끝나자 거스 히딩크 사단 영입을 원했을 정도였다.

하지만 김호 감독의 젊은 수원은 압도적 개인들로 무장한 경쟁자들 앞에서 마지막 고비를 넘지 못하기 일쑤였다. 어린 선수들을 중심으로 미래를 내다보는 구상은 긍정적이었지만, 눈앞에서 벌어지는 역부족 현상이 지나치게 또렷했다. 성남일화의 공세는 수원을 더 구석으로 몰았다. 2003년 7월 12일 열린 정규리그 성남과 수원의 출전 명단이 두 팀의 관계를 잘 보여준다. 성남의 출전명단에는 수원에서 이적한 이기형, 샤샤, 박충균, 데니스가 있었다. 국내 최고 플레이메이커로 평가되던 신태용과 윤정환도 동반 출격했다. 기라성 같은 이름들을 상대로 버틸 수 있는 수원의 에이스는 서정원 정도였다. 수원은 정규리그 44경기에서 승점 72점으로 3위에 그쳤다. 챔피언 성남과 승점 차이가 무려 19점에 달했다.

김진우, 미드필더 시즌 중반부터 김호 감독님이 떠날 수도 있다는 분위기가 있었죠. 구단에서 결정한 건지는 모르겠지만 후반기 들어가면서부터 선수들도 어느 정도 알고 있었던 것 같아요. 김호 감독님은 나를 이끌어주신 분이었어요. 아버지 같은 존재였습니다. 시즌이 끝나고 떠나시던 자리에서는 애써 웃었어요. 운동장에서 좋게 떠나는 게 낫잖아요. 지금 생각해보면 구단이나 윗쪽에서 감독 교체 작업이 있었겠죠. 그런 부분이 개인적으로는 좀 아쉬웠어요.

김호 감독님은 축구에 관해서 워낙 해박했어요. 나는 자주 안 불려간 편에 속하지만, 다른 선수들과 심지어 기자들도 한번 불려가면 한두 시간씩 강연을 들어야 했죠, 하하. 축구는 물론 사회 생활을 어떻게 해야 하는지도 세세하게 자주 말씀해주셨어요.

2003시즌 중반, 수원은 김호 시대에 종지부를 찍었다. 가을이 되자 구단 안팎에서 차범근 감독 영입설이 나돌기 시작했다. 언론 보도가 나간 지 일주일 만에 수원 안기헌 부단장은 김호 감독의 사임과 차범근 감독의 영입을 공식 발표했다. 1996년 프로 무대에 데뷔한 신생팀과 함께 김호 감독은 우승 타이틀을 12개나 들어 올렸다. 5시즌 연속 우승 기록이 작성됐던 1998년부터 2002년까지는 지금도 구단 역사에서 가장 찬란했던 황금기로 기록된다. 창단과 그랑블루의 탄생을 함께했던 서포터즈에게도 김호 감독이 가장 특별하게 남는 이유다.

이민재, 그랑블루 초대 회장 나는 김호 감독이 제일 좋아요. 우리 초대 감독이었고 개인적으로도 많이 존경하는 분이세요. 감독도 잘했고, 선수들도 잘했던 시절이었어요. 요즘 팬들은 그랬던 모습을 보지 못했다고 생각하면 좀 짠해요. 그 뒤로 차범근 감독이 오긴 했지만, 솔직히 전술적으로 대단했다고 생각하진 않아요. 그땐 안정환, 김남일, 이천수 등 감독이 사달라는 선수를 전부 다 사줬잖아요.

곽희주, 수비수 김호 감독님은 인성, 태도 같은 부분을 정말 많이 강조했어요. 말 그대로 너그러우셨죠. 앞으로 축구 말고 어떻게 될지 모르니까 그거에 대한 준비를 해야 한다는 말씀도 자주 하셨어요. 감독님 계실 때는 영어 수업도 있었어요. 과외 선생들이 저녁 8시쯤 오면 나 같은 어린 선수들은 무조건 참석해서 1시간 반 정도 수업을 받았어요. 머리 만질 시간에 축구 생각을 하라든가 그런 얘기도 많이 하셨어요. 손주를 걱정하는 할아버지 같은 느낌이랄까요?

팬이 팬을 부르는 N석

김한수 프렌테 트리콜로 대표

수원이 K리그를 지배하기 시작했던 시절부터 N석에 빠져서 지금까지 헤엄치고 있다. 야구와 너무 다른 축구 서포팅이 주는 긍정적인 '컬처쇼 크'가 원인이었다. 초창기 운영진답게 각종 사건사고 현장을 직접 목격했 다. 현재 프렌테 트리콜로의 대표로서 매 경기에서 확성기를 통해 서포팅 을 리딩한다. 본인은 선수 개개인을 응원하기보다 수원삼성이라는 클럽을 지지한다고 힘주어 말한다.

Q. 프렌테 트리콜로를 소개해주세요.

<u>A.</u> 먼저, 저는 수원 축구를 26년째 보고 있는 '프렌테 트리콜로(Frente Tricolor; 청백적 전선)' 대표 김한수입니다. 1998년, 19세 때부터였어요.

기본적으로 프렌테 트리콜로는 수원 축구 서포터 골 뒤 N석에 있는 모든 사람들을 지칭하는 단체고요. N석에 오면 누구든지 프렌테 트리콜로가 될 수 있어요. 모든 수원 팬은 '그랑블루'라고 하고, 프렌테 트리콜로가 그 아래에 있다고 해야 할까요? N석에 있는 '모든 사람은 프렌테 트리콜로'라고 생각하면 됩니다.

프렌테 트리콜로에는 운영진이 있어요. 제가 대표로 있고 행정 쪽을 맡는 쪽이 '카베사', 악기를 치는 팀은 '라반다 데 우만'이라고 해요. 줄여서 그냥 '반다'라고도 합니다. 그리고 현장팀인 '228엘리트'가 있습니다. 다들 사비로 경기장에 다녀요. 수원이라는 팀에 응원으로서 도움을 주는 것도 있지만 그 외적으로 내가 좀 더 참여하고 싶다는 마음으로 하는 거죠. 회비는 전혀 없어요. 회원 명부도 없어요. 경기장에 한 번 오더라도 N석에 오는 모든 사람을 그냥 '프렌테 트리콜로'라고 합니다.

Q. N석에 사람이 제일 많았던 때가 언제였나요?

A. 아마 2008년도? 그때는 일부 공짜표도 있었지만, 그래도 그때가 아마 수원 축구의 전성기였다고 생각해요. 2010년대를 지나면서 좀 하락세였죠. 그게 코로나19 지나면서, 특히 올 시즌 들어서 사람이 많아졌어요. 수원뿐 아니라 다른 팀들도 전반적으로 팬이 많이 늘어나더라고요. 여성 팬도 많아졌고요. 예전부터 점점 많이 늘어나긴 했지만요. 요즘은 서포터즈만 따지면 대충 3천에서 5천 명 정도인 것 같아요. 원정 경기는 그쪽에서 열어주는 만큼은 거의 다 꽉 채워요. 더 열어주면 더 올 것 같기도 해요. 서포터즈석 표를 구하지 못한 팬들은 일반석에서 보니까요.

Q. 경기장에 중립 팬이 있다면 아무래도 수원 쪽에 마음이 기울 것 같아요. 사람도 많고 소리도 크니까요.

A. 이왕이면 멋진 팀, 멋진 서포터에 마음이 더 끌리지 않을까요? 하하. 1998년도에 처음 축구장을 갔어요. 그때 프랑스월드컵이 열렸잖아요. 월드컵이 딱 끝나고 고등학교 친구랑 '주말에 심심한데 축구 한번 보러 가볼까?'라고 됐어요. 당시 OB 베어스(두산 베어스) 야구 경기를 같이 보러 다니던 친구였거든요. 그런데 우리가 월드컵을 되게 재미있게 봤나 봐요. 솔직히 요즘도 국가대표팀 경기는 거의 직관하지 않거든요. 그래서 제일 가까운 곳을 검색해봤는데 그게 수원이었어요. 일반석에 딱 앉아서 축구를 보는데 저쪽에 파란색 옷을 입고 응원하는 사람들이 있는 거예요. 문화 충격이었어요. 야구장 응원이랑 판이하게 다르더라고요. '이거 뭐지?', '와, 내가 있을 곳은 야구장이 아니라 축구장이구나'라고 생각했어요. 나도 저기 끼고 싶다고요. 그날 경기 끝나고 바로 유니폼을 사고 지금까지 계속 축구 경기장을 다닌 거예요. 그렇게 시작했어요.

Q. 경기 당일 서포터즈 현장 분위기가 예전과 많이 달라진 것 같아요. 경기장에 스트레스를 풀러 가는 건데 야유하고 욕하고 그런 것도 이제 좀 눈치 보이는 분위기인 것 같아요.

A. 굉장히 잘못된 것이지만, 예전에는 서포터즈끼리 싸움도 되게 많이 했어요. 예전에 대구에서 싸운 사건 아시죠? FA컵인가 우리가 2-3으로 졌어요. 서로 온라인에서 좀 언쟁이 있다가 대구 원정 경기가 또 잡혔죠. 원정가기 전부터 '쟤네 지금 싸울 준비하고 있다'라는 얘기가 들렸어요. 원정버스를 타면서 진짜 싸우러 가는 느낌이었죠. 그런데 그날 우리가 똑같은

스코어로 또 졌어요. 저쪽에서 여섯 명쯤 대구 팬들이 우리 쪽으로 걸어오는 거예요. 전부터 분위기가 있었으니까 긴장했죠. 갑자기 한 사람이 막 달려오는 거예요. 저희도 바로 나갔죠. 그때 그분 크게 다쳤어요. 당시 저는 어려서 경찰서 가볼 일도 없었고 또 약간 평탄하게 살던 편이라서 그때가 인생의 굴곡이었다고 할 수 있어요. 솔직히 되게 무서웠어요. 요즘은 절대 못해요. 다들 카메라 들이대면 위축되죠. 개인화가 많이 진행되는 것 같아요. 다른 사람 때문에 본인이 피해를 보는 상황을 굉장히 싫어하죠. 예전에는 그랑블루의 한 사람이 어떤 실수를 했다고 해도 '같은 그랑블루이니까' 정도의 느낌이었는데 요즘은 달라요. 저 사람 때문에 수원 서포터즈가 왜 욕을 먹어야 하느냐 라는 생각이 커졌어요.

Q. N석에 있다가 시간이 지나면서 W석으로 옮기거나 혹은 사는 게 퍽퍽해서 경기장 찾는 횟수가 줄거나 그런 경우도 많잖아요?

A. 서포터즈도 늘었다 줄었다 하죠. 구단이 돈을 적게 쓰면 좋은 선수를 못 데려오잖아요. 사람들도 그런 걸 느낄 수 있고요. '에이 재미없어'라고 생각하는 사람이 있는가 하면 나처럼 그런 부분들에 크게 신경 쓰지 않는 사람도 있고요. 그런데 2부로 떨어지고 나서 사람이 더 늘었잖아요. 수원의 문화가 좀 바뀌는 것 같기도 해요. 예전에는 성적 떨어져서 축구를 안 보는 사람이 있었는데 이제는 그냥 즐기는 문화가 된 것 같아요. 이기면 좋고 지면 속상하지만 그 자체로도 즐길 수 있다는 생각이 많아진 게 아닌가 싶어요. 수원은 팬이 팬을 부른다는 얘기를 많이 하거든요. 경기 결과에 따라서 들쑥날쑥하는 것보다 수원의 매력을 더 어필하면 이런 분위기가

이어지지 않을까 싶어요.

Q. 2023년 강등되던 날은 어떻게 기억되나요?

A. 강등되기 전에 사실 '강등되면 어떤 기분일까?'라는 생각을 좀 해봤어요. 하늘이 무너지는 느낌일까? 그리고 마지막 경기에 갔죠. 딱 끝나는 순간, '아, 우리 이제 2부 가는구나. 어쩔 수 없다'라는 생각만 들었어요. 우리가 어떻게 할 수가 없잖아요. 공허함은 있었지만 사실 생각보다 그렇게 힘들진 않았던 것 같아요. 2부에 가서도 우리끼리 행복 축구 하면 된다, 2부에서는 올해보다는 좀 더 이기는 경기가 많겠지, 그런 생각을 했던 것 같아요. 어쨌든 인생에서 지우고 싶은 날이 있다면 첫사랑과 헤어졌던 날과 수원이 강등됐던 날이겠네요.

Q. 직접 경험해본 2부는 어떤 느낌인가요?

A. 사실 1부에 있을 때는 '2부로 떨어지면 무슨 기분일까?'라는 생각을 했어요. 걱정까진 아니었고요. 막상 떨어지고 나서 경기장에 왔는데 상대하는 팀만 달라졌을 뿐, 우리가 어떤 리그에 있느냐는 그렇게 중요하지 더라고요. 물론 1부와 2부의 차이는 크지만, 생각만큼 결정적이진 않다는 느낌이에요. 그냥 수원 축구가 좋아서 가는 거니까 사실 팀이 어디에 있든 상관은 없을 것 같아요.

Q. 개인적으로 최고의 순간은 언제였나요?

A. 수원 팬이라면 누구나 눈 오는 날 우승했을 때, 그 경기를 최고로 뽑

지 않을까요? 정말 영화 같았죠. 경기 끝날 때쯤에 눈발이 날리는데 정말 대단했어요. 그때 그 경기가 제일 기억이 나는 것 같아요. 그때 서울도 선수들이 대단했잖아요. 기성용도 있었고, 멤버들이 좋았죠. 감독도 양쪽이 차범근 대 귀네슈였잖아요. 정말 그때는 대단했어요. 지금도 술 마시다가 '그때 그랬지'라면서 가끔 이야기가 나와요.

Q. 최고의 경기는 언제였나요?

A. 아마도 서울전 5-1 경기요. 그때 정대세가 제일 화끈했어요. 그때 정말 재밌었죠. 그러고 나서 계속 한동안 못 이겼을걸요. 하하. 진짜로 그런 경기가 눈앞에서 나오면 미치죠. 한 골로만 이겨도 좋은데 다섯 골을 넣었으니까요. 그때 아마 그걸로 서울을 놀리는 티셔츠도 만들었던 걸로 기억해요. 다음 슈퍼매치 때 그걸 만들어서 갖고 갔는데 졌을 거예요, 하하. 반대로 최악의 슈퍼매치는 언제였는지 따로 꼽는 게 무의미할 것 같아요. 하도 많이 져서요. 질 때마다 최악이지 않았을까 싶긴 하네요. 서울한테 지면 항상 같은 기분이어서 딱히 차이가 나진 않는 것 같아요. 일단 분하고, 선수들을 원망할 때도 있고요. 다른 팀한테는 '질 수도 있지'인데 서울한테 지면 또 다르죠. 한동안 못 이겼을 때는 진짜 경기장 가기가 싫을 정도였어요.

Chapter 2.
새로운 시대

CHANGING BLUE

1

차붐 시대

　한국 축구에서 '차범근'은 거대한 이름이다. 1980년대까지 국제 축구 무대에서 한국은 먼지 같은 존재였다. 1954년 스위스월드컵에 한 번 출전했다가 헝가리전에서 0-9라는 드문 스코어라인을 작성했던 나라 그 이상도 이하도 아니었다. 1966년 잉글랜드월드컵에서 8강 돌풍을 일으켰던 북한이 더 유명한 '코리아'였다. 그런 상황을 혼자 힘으로 뒤집기 시작했던 존재가 바로 분데스리가 스타 '차붐'이었다.

　2003시즌을 보내면서 삼성 그룹의 판단은 점점 단단해졌다. 아시아 정상 등극이란 기념비적 성과가 있었지만 국내 무대에서 성남일화의 초강세에 계속 밀리는 상황이 중대 결심을 앞당겼다. 김호 감독으로부터 바통을 넘겨받을 만한 지도자는 누가 있을까? 2002년 월드컵 4강 신화를 쓴 거스 히딩크 사단까지 내부적으로 검토됐다. 이론적으로 풍부한 자금은 선택지가 넓어 보인다. 현실은 약간 다르다. 그만한 가치를 충족할 최적의 인물을 찾기는 생각만큼 쉽지 않다. 고민 끝에 수원이 찾아간 인물은 차범근 감독이었다.

안기헌, 전 단장 지금이나 그때나 감독은 굉장히 중요한 위치에 있는 자리입니다. 핵심적인 요소이기에 중요하죠. 당시 삼성의 축구단 감독은 아무나 못 가는 자리였어요. 구단의 위상이 컸기 때문에 그에 걸맞은 사람이 누구일까 라는 고민을 회사에서 많이 했어요.

사실 당시까지 차범근 감독의 지도자 행보는 꽃밭이 아니었다. 1991년부터 울산현대에서 지휘봉을 잡았던 네 시즌 동안 리그 우승에 실패했고, 1998년 프랑스월드컵 대회 도중 경질과 중국 무대를 거치면서 일선 현장에서 잠시 물러난 시기였다. 사나웠던 월드컵 민심이 점차 잦아들었다. 쉽게 사라질 수 없는 선수 시절의 후광은 대중에 여전히 유효했다. K리그 일선으로 복귀하는 데에 가장 큰 장애물은 차범근 감독 본인 안에 생겼던 마음의 상처였다. 특히 월드컵 실패 후 이어졌던 국내 언론의 적대적 스탠스에 대한 반감이 심대했다.

안기헌, 전 단장 설득하기가 쉽지 않았어요. 처음부터 차 감독이 내키지 않아 했거든요. 축구계 공헌이 있지만 반대 여론을 우려하는 부분도 있었던 것 같아요. 본인의 생각이 다르게 보도되고 이야기로 퍼져 나가는 상황을 굉장히 싫어했어요. 처음 만나서 우리의 뜻을 잘 설명하고 했는데 힘들 것 같다는 생각이 들었어요. 하지만 인내심을 갖고 계속 접촉하면서 설명했어요. 구체적인 내용까지 밝히긴 좀 그렇지만, 어쨌든 여러 가지 이야기를 나누면서 결국 승낙을 받았죠. 차범근 감독이 온다고 하니까 회사에서 굉장히 좋아했어요.

리호승, 전 프런트 2003년도에 이미 차범근 감독을 영입하기로 얘기가 됐어요. 여차저차 이유로 시간이 걸리다가 2004년도에 결정이 난 거죠. 2003년에 이미 삼성 그룹에서는 김호 감독에 대한 신뢰가 없어진 상태였던 것 같아요.

차범근 감독의 국내 복귀는 엄청난 사건이었다. 실패와 별개로 한국 축구계에서 그는 여전히 엄청난 인물이었기 때문이다. 각 언론사가 수원과 차범근 감독의 결합에 큰 의미를 부여했다. 김호 감독 시대가 저물었다는 섭섭함도 순탄하게 새로운 기대감으로 전이할 수 있었다.

변화를 가장 직접적으로 경험한 쪽은 물론 선수단이었다. 어느 팀이든 사령탑 교체는 대대적 변화를 의미한다. 새로운 세상이 열렸다는 사실은 훈련 첫날부터 현실로 나타났다. 차범근 감독은 선수들과 처음 만난 자리에서 간단한 인사와 함께 "자, 일단 좀 뛰자"라며 조깅을 자처했다. 본인이 생각하는 최고의 '아이스브레이킹'이었던 셈이다. 가벼운 몸풀기로 보였던 첫 훈련은 운동장을 열 바퀴나 도는 고강도 메뉴로 판명났다. 동계훈련을 막 시작하는 시점이었기에 선수들의 몸 상태는 당연

히 100%가 아니었다. 하나둘씩 거친 숨을 헐떡거렸다. 그러나 나가떨어질 수 없었다. 신임 감독의 첫 훈련이었고, 무엇보다 차범근 감독 본인이 제일 앞에서 완주했기 때문이다.

이병근, 풀백 차 감독님이 오면서 제가 첫 주장이었거든요. 잘 맞을 거라고 생각했는데 참 힘들었어요. 김호 감독님 계실 때 좀 자유롭게 하는 편이었는데 차 감독님은 뭐든지 딱 들어와야 했어요. 점심시간, 훈련 시간, 미팅 시간 그런 것들이요. 경기가 있는 날에는 10시나 10시 반 되면 무조건 단체로 산책을 나갔어요. 더운데도 무조건 걸었어요. 그런 게 좋다고 하는 선수들도 있었지만 적응이 쉽게 되지는 않았죠.

곽희주, 수비수 고참 형들이 많이 힘들었을 거예요. 운동량이 너무 많았거든요. 저야 그때 어려서 아무리 운동을 강하게 해도 회복이 빨랐어요. 부상이나 피로도 적었어요. 하지만 지금 생각해 보면 그때 형들은 진짜 많이 힘들었겠다는 생각이 들어요.

차범근 감독은 체력 훈련을 강조했다. 알아서 훈련하는 자유도 컸던 환경이 갑자기 고강도로 돌변하자 선수들 사이에서 불만이 나오기 시작했다. 하지만 '차붐 축구'에서 강철 같은 체력은 필수적이었다. 90분 내내 뛰면서 상대를 압박하는 스타일을 추구했기 때문이다. 보루시아묀헨글라트바흐, 리버풀, 바이에른묀헨, 아약스, 함부르크 등 1970~80년대를 풍미했던 세계적 클럽들은 '볼 사냥(ball hunting)'이란 개념 아래서 쉴 새 없이 상대를 압박했다. 그런 환경을 직접 경험했던 차범근 감독에 겐 압박이 기본 중 기본에 해당하는 움직임이었다.

곽희주, 수비수 차범근 감독님의 축구는 피지컬의 완성이 없으면 실행하 기가 어려웠어요. 압박해라, 내려가라, 그런 게 없었어요. 그냥 무조건 90분 동안 자연히 압박이 되는 축구였어요. 항상 공격수를 절대 돌아서 게 하면 안 돼요. 그런 걸 되게 싫어하세요. 상대에게 틈을 주지 않는 축 구를 구사하려고 하셨고, 그러니까 그걸 만들어 가는 과정에서 운동량 이 진짜 많을 수밖에 없었어요.

김호 체제에서 개성과 인간이 중시됐다. 아무리 어린 선수라도 잠재 력이 보이면 코칭스태프는 선수가 알을 깨고 나올 때까지 기다렸다. 축 구 외에도 김호 전 감독은 사회인으로서 갖춰야 할 덕목까지 선수들에 게 세세하게 조언했다. 덕분에 고종수, 데니스, 산드로처럼 어린 선수들 이 마음껏 재능을 꽃피울 수 있었다.

2004년 막이 오른 차붐 시대는 모든 초점이 축구에 맞춰졌다. 차범근 감독은 냉정할 만큼 프로페셔널이었다. 디테일하게 지도하지 않아도 그 라운드 위에서 알아서 잘 뛰는 선수, 즉 경험이 풍부한 완성형 자원이 중 용되기 시작했다. 2004시즌을 앞두고 합류한 김대의가 대표적 사례였 다. 2000년대 초반 성남 3연패의 주역이자 2002시즌 리그 MVP였던 김 대의는 차범근 감독과 국가대표팀에서 연을 맺은 리그 최고 윙어였다.

김대의, 미드필더 2003시즌이 끝날 즈음에 나도 여러 구단과 이야기가 있었는데 결국 수원으로 가기로 했어요. 차범근 감독이 직접 전화를 주셨던 게 마음을 움직였어요. 나는 수원이 고향이었고 가족도 전부 거기서 살고 있었어요. 친척들도 '네가 수원으로 오면 좋겠다'라고 말씀하셨어요. 그러던 차에 차 감독님이 전화를 주신 겁니다.

안기헌, 전 단장 김호 감독은 과감하게 어린 선수를 많이 키우는 스타일이죠. 고종수, 데니스, 산드로가 클 수 있었던 배경이었어요. 처음 그 선수들은 다른 팀에 가면 경기에 뛰기 어려운 상태였어요. 그런 선수들을 계속 투입해서 솔직히 옆에서 보기에 불안했어요. 처음 2, 3경기에서 지더라도 나중에 5, 6경기를 이길 수 있으면 된다는 식이었어요. 차범근 감독은 뭔가 가벼운 느낌이랄까, 그런 걸 싫어했어요. 중량감 있는 축구를 선호하는 스타일이었어요.

이병근, 풀백 젊은 선수, 잘 뛰는 선수, 빠른 선수들을 선호했어요. 김호 감독님은 뭐랄까, 볼을 찰 줄 아는 선수들끼리 모여서 만들어가면 우리가 더 지배하고 이길 수 있다는 식이었어요.

차범근 감독은 전임자와 달리 선수들의 축구 외적인 부분을 살피지 않았다. 유럽 본토에서 프로 생활을 했던 차범근 감독에게는 선수들이 가르쳐야 할 인생 후배가 아니었다. 프로선수라면 축구를 위해 필요한 모든 부분을 스스로 알아서 준비해야 한다는 생각이 강했다. 수문장 이운재는 "차범근 감독님은 그냥 딱 축구만 하세요"라고 회상한다.

손주들을 대하는 할아버지 같았던 전 체제와 비교하면 너무나 큰 변화일 수밖에 없었다. 당장 선수단 식사 자리에서도 변화가 생겼다. 마음에 드는 자리에서 자유롭게 식사를 했던 시절은 끝났다. 차범근 감독은 프로로서의 품격과 지위를 강조했다. 1군 선수들만 앉을 수 있는 자리가 지정됐고 칸막이를 쳤다. 1군 선수들은 그에 맞는 대우를 받아야 한다는 생각이었다. 새내기 수비수 곽희주는 차범근 감독의 프로다운 행동에 놀랐다고 말한다.

곽희주, 수비수 감독님은 그냥 딱 '프로페셔널'이었어요. 감독님은 항상 본인 사진이 있는 사인지를 따로 갖고 다녔어요. 팬들이 사인을 요청하면 반드시 그 사인지에만 했어요. 어린애들은 막 라면 봉지를 들고 와서 사인해달라고 하기도 했는데, 감독님이 '라면 봉지에 사인을 해주면 그 사인의 가치도 떨어진다'라고 하셨어요. 프로축구선수가 어떻게 행동해야 하는지에 관한 정보가 별로 없었던 시절이었는데 차 감독님을 보면서 많이 배웠어요.

이병근, 풀백 김호 감독님은 선수들이 크게 잘못만 안 하면 그렇게 관여를 하지 않으셨어요. 온화한 성품이었어요. 선수들을 늘 기다려줬어요. 개인 운동을 이렇게 하고 오라는 정도였어요. 차범근 감독님은 규율 안에 딱 들어와야 한다고 생각했어요. 이게 싫은 선수들은 내보내서라도 팀을 끌고 가야 한다는 방식이었죠.

사실 프로 2년 차 곽희주는 차범근 체제가 시작되면서 첫 번째 낙오자가 될 뻔했다. 쟁쟁한 스타플레이어들과 경쟁하면서 곽희주는 스스로 자신감이 떨어지고 있었다. 동계훈련이 한층 강화되면서 피지컬에서도 한계를 느끼기 시작했다. 대학교에서 갑자기 수원의 일원이 됐던 곽희주는 너무 어렸고, 결국 무단 이탈을 감행했다가 대천 앞바다에서 발각되어 간신히 선수단에 복귀했다.

곽희주, 수비수 더 잘하는 형들보다 더 잘하는 플레이를 하려고 무리하다 보니까 슬럼프가 왔어요. 신체적인 한계도 조금 느꼈고요. 그래서 축구를 아예 떠나고 싶었어요. 우선 훈련이 너무 하기 싫었어요. 그래서 일주일 정도 안정을 찾으면서 마음을 다잡고 다시 시작할 수 있는 시간이 필요해서 차 감독님께 사정을 말씀드렸어요. 그런데 감독님께서 고민을 들어주기보다 '야, 나와서 훈련해'라고 좀 거칠게 말했어요. 그게 너무 마음의 상처가 돼서 팀에서 몸이 그냥 나와버렸어요. 정말 아마추어 같은 생각이었죠. 프로는 계약기간이라는 게 있는데 말이죠.

수원과 차범근 감독, 그리고 선수단은 쉽지 않은 적응기를 거쳐야 했다. 전기 리그에서 수원은 4위에 그쳤다. 감독 한 사람이 바뀌었다고 해도 팀이 단번에 일신하기는 어려운 노릇이었지만 세상은 '차붐 시대'에 곱지 않은 시선을 보냈다. 이름값과 기대감 모두 컸기 때문이었다. 감독과 선수단은 조금씩 주파수를 맞춰야 했다. 차범근 감독은 선수들의 상황에 맞춰 자신의 이상적 플레이스타일을 조절해야 했고, 선수들은 사령탑이 나아가려는 방향성을 인지해야 했다. 창단 멤버 김진우는 그런 과정을 거친 대표적 사례였다. 감독 교체 직후 김진우는 아예 버려진 카드처럼 보였다. 리그 2연패 주역은 주전에서 벤치로, 벤치에서 관중석으로 점점 멀어졌다.

김진우, 미드필더 초반 몇 개월 동안 나는 차 감독님한테 인정을 못 받았어요. 전지훈련 다녀오고 나서는 3군에서 뛰기도 했어요. 그래도 처음에는 엔트리에 넣어주다가 다음에는 들어가지 못했어요. 그러더니 (이)병근이가 내 자리에서 뛰었어요. 병근이가 두 번째 경기에서 쇄골이 나갔어요. 그러니까 나를 부르더라고요.

이병근, 풀백 아마 두 번째 경기가 홈이었던 것 같은데 헤딩을 경합하는 상황에서 박원재였던가? 내 관자놀이를 이렇게 탁 쳤는데 내가 쓰러져 버린 거예요. 깨어나 보니까 앰뷸런스 안에 있더라고요. '이게 뭐지?'라면서 나가려고 했는데 (안기헌) 단장님이 뛰어내려와서 상황을 설명해줬어요. 나가려고 했는데 여기(쇄골)가 부러진 것 같더라고요.

김진우, 미드필더 나는 경기 중에 잘 보이지 않는 스타일이었어요. 눈에 아예 띄지 않는 스타일. 그런데 차 감독님은 경기가 끝나고 버스로 이동할 때부터 비디오 영상을 봤어요. 그렇게 영상을 보더니 그때부터 내 상황이 바뀌었어요. 나중에 챔피언결정전에서 나더러 따바레즈(포항)를 잘 잡아줬다고 굉장히 고맙다고 하시더라고요. 사실 그 경기에서 내가 승부차기를 넣지 못했거든요. 그런데도 차 감독님이 굉장히 고마워하셨어요.

　차붐 체제의 적응기는 전기 리그에서 완료됐다. 후반기 들어 수원의 경기력은 급상승했다. 고강도 체력 훈련의 효과가 나오기 시작했을 뿐 아니라 감독이 원하는 스타일에 대한 선수단의 이해도가 높아진 덕분이었다. 최전방에서 브라질 출신 듀오 나드손과 마르셀이 리그에서도 20골을 합작했다. 수원은 후반기 12경기에서 7승 2무 3패를 기록하며 우승을 차지했다. 정규 리그 종료 후, 플레이오프에서 수원은 전남을 1-0으로 제치고 챔피언결정전 진출을 확정했다. 1999시즌 우승으로부터 5년 만에 서는 영광의 무대였다.

　최순호 감독이 이끄는 포항스틸러스는 따바레즈와 우성용이 공격진에서 호흡을 맞췄다. 베테랑 미드필더 김기동이 중원에서 밸런스를 책임졌고 영리한 플레이메이커 코난이 공격의 혈을 뚫었다. 골문에서는 이운재와 함께 K리그 골키퍼의 쌍벽을 이루는 김병지가 건재했다. 스틸야드에서 벌어진 1차전에서 두 팀은 득점 없이 비겼다. 2004년 왕좌가 가려질 곳은 수원의 홈경기장인 빅버드였다. 수원에서 넘어간 박항서 포항 코치도 친정의 장단점을 잘 파악하고 있었기에 두 팀은 일진일퇴를 거듭했다.

　3만 6천여 명이 모인 챔피언결정전 2차전도 박빙으로 진행됐다. 결정적 득점 기회는 포항 쪽이 만들었다. 코난과 이민성이 각각 수원의 골대를 강타했다. 차범근 감독의 신임을 얻어 선발 출전한 젊은 수비수 곽희주와 조성환이 잘 버텼다. 고참으로 헌신하는 최성용과 이병근, 김진우가 허리에서 투쟁적으로 부딪혔다. 김두현과 김대의가 상대 수비진을 찌르는 역할을 수행했다. 베테랑 콤비인 서정원과 박건하는 연장전에 교체로 투입해 살얼음 승부에서 생길지도 모를 틈을 메웠다. 결국 두 팀은 2경기 연속 한 골도 기록하지 못한 채 잔인한 승부차기가 시작됐다. 대한민국 국가대표 1, 2순위 골키퍼가 마지막 순간에 맞붙은 꼴이었다. '도쿄대첩'의 주인공 이민성이 강하게 찬 페널티킥이 크로스바에 튕겨 나왔다. 이날 하루에만 이민성은 골대를 두 번이나 때리는 불운을 삼켜야 했다. 그러나 뒤이어 네 번째 키커로 나선 김진우의 슛이 김병지의 선방에 막히고 말았다. 마지막 키커 우르모브가 침착하게 페널티킥을 성공한 수원이 4-3으로 앞선 상태에서 포항의 마지막 키커가 페널티킥 지점에 조심스럽게 볼을 놓았다. 김병지였다.

이운재, 골키퍼 골키퍼는요, 양쪽으로 팔을 벌려서 이 안에 들어오는 것만 막으면 돼요. 골키퍼가 불리하다고들 생각하는데 제 생각은 반대예요. 키커가 불리합니다. 불안하니까요. 골키퍼는 본인이 팔을 뻗어서 막을 수 있는 곳으로 오는 것만 막으면 돼요. 위, 아래 2미터, 양 옆에 2미터, 딱 그 안으로 날아오는 슛이죠. 나는 미리 뛰지 않아요. 날아오는 볼을 보고 뜁니다.

이운재가 막으면 수원이 우승하는 순간이었다. 김병지는 여섯 번째 키커로 승부를 이월시키려면 무조건 넣어야 했다. N석의 그랑블루가 이운재의 등 뒤에서 에너지를 전달했다. 김병지는 볼만 노려봤다. 신중한 도움닫기가 끝나고 김병지가 오른발로 낮고 빠르게 왼쪽으로 볼을 찼다. 각도가 부족했다. 날아오는 킥을 보고 뛴 이운재가 국가대표팀 선배 김병지의 페널티킥을 막아냈다. 빅버드에서 푸른색 성취감이 대폭발했다. 1999년 전관왕의 영예로부터 5년 만에 리그 챔피언 타이틀을 탈환하는 순간이었다. 그리도 프로페셔널하기만 했던, 귀족처럼 고고해 보였던 차범근 감독의 눈에서 뜨거운 눈물이 흘렀다.

차범근, 감독(챔피언결정전 2차전 후) 아마 제가 얼만큼 기쁜지 상상이 안 될 거예요. 여기까지 14년 걸렸어요. 굉장히 긴 시간입니다. 우승하고 나니 그동안 힘들었던 것들이 한순간에 날아가는 기분이에요. 선수 때는 울어보지 않은 것 같은데 오늘은 그냥 눈물이 나네요.

  당시 영상에서 팬들에게 오랫동안 기억된 선수가 있었다. '베프' 최성용과 얼싸안고 펑펑 울던 베테랑 김대의였다. 성남에서부터 시작된 김대의의 K리그 우승 퍼레이드는 새롭게 이적한 수원까지 이어져 4년 연속 K리그 우승이라는 진기록을 썼다. 세 번이나 우승을 경험했던 선수였으니 감흥이 크지 않을 법도 한데 김대의는 네 번째 우승에서 가장 뜨겁게 울었다.

김대의, 미드필더 워낙 어렸을 때부터 동고동락했던 친구였어요. 성인이 되어 수원에서 다시 만났죠. 그때 차를 마시면서 (최)성용이한테 농담으로 '야, 내가 왔으니까 무조건 우승해야 한다'라고 했어요. 그게 일파만파 퍼져서 팬들도 알게 된 거예요. 사실 차 감독님이 부임하면서 첫 번째로 나를 영입하셨어요. 여러 가지로 부담이 컸죠. 그래서 죽기 살기로 뛰었어요. 성남에서 3년 동안 우승했을 때보다 2004년 수원에 와서 1년 뛴 게 더 많이 뛰어다녔던 것 같았어요. 그때도 워낙 멤버가 좋았고 혼자만 하는 게 아닌 거 알지만 어쨌든 부담이 있었어요. 우승하고 나서 그게 터진 거예요. 아, 나도 이제 크게 숨 좀 쉬어도 되겠구나 생각이 들었죠.

2
2008년 그날, 눈이 내렸다

영화와 드라마 속에서 주인공들은 키스하고 재회하고 포용한다. 그럴 때면 꼭 눈이 내린다. 눈밭을 뒹굴거나 새하얀 설원을 향해 "오겡끼데스까?"를 외친다. 도민준은 눈 내리는 날 천송이에게 키스하고, '가위손' 에드워드는 사랑하는 여인을 위해 눈을 만들어 축복한다. 축구와 눈? 에이, 그건 정말 어울리지 않는다. 극적인 득점 장면이라든가 결정적 승리를 강조하는 장치로서 함박눈이 활용된다고? 그럴 리가!

차붐 시대의 또다른 이름은 '레알 수원'이다. 압도적 예산 규모, 선진적 구단 운영, 세련된 마케팅과 국내 최대 서포터즈 등 수원은 한국의 레알마드리드로 불리기에 손색이 없었다. 차범근 감독은 최고의 선수를 원했고 모기업은 그런 요청을 기꺼이 수용했다. 출전명단 곳곳에 국가

수원삼성 때문에 산다

대표 스타들이 포진했다. 유럽 진출이 드물었던 시절, 선수들 사이에서 수원 계약서는 성공 인증서였다. 화려했던 만큼 드리운 그림자도 있었지만, '레알 수원'은 2008년 그날의 기억만으로도 모든 게 상쇄될 수 있는 시대였다.

2004시즌은 차범근 카드의 완벽한 성공처럼 보였다. 차범근 감독이 일으킨 다양한 변화가 결과적으로 리그 우승이란 형태로 나타났다. 한국 축구의 최대 거물이 감독으로 와서 따낸 우승이었기에 수원의 일등주의는 정답처럼 보였다. 그러나 통산 세 번째 우승 이후 빅버드의 3년은 희비가 맹렬히 교차했던 시간으로 남았다. 2005년 오랜 세월 수원을 지탱했던 서정원이 떠났고 여름 이적시장에서 김두현이 뒤를 이었다. 차범근 감독은 2002년 월드컵 4강 신화 주역인 송종국과 김남일을 영입했지만 팀은 길을 잃고 헤매면서 K리그에서 낙오했다. 경기장 밖에서도 사고가 발생했다. 대구 원정 응원을 떠났던 수원 서포터즈 일부가 홈팀 팬을 상대로 폭력을 휘둘러 철창 신세를 졌다.

2006시즌에도 전진과 후진이 엇갈렸다. 차범근 감독은 수원에서 선진 축구의 뿌리를 내리도록 애썼다. 2004년 리그 우승에 대한 보상으로 그는 클럽하우스를 요구했고 그 결과가 2006년 9월에 실현됐다. 그 전까지 삼성전자의 기숙사와 연습구장을 사용했던 선수단은 2006년 6월 깔끔하게 들어선 구단 첫 클럽하우스에 입주할 수 있었다.

김중달, 클럽하우스 소장 이곳은 첼시의 클럽하우스를 본떠 지었다고 들었어요. 현재 프로와 코칭스태프가 50명 정도 되고, 매탄 학생들이 45

명 정도 수준으로 유지됩니다. 중학생, 선생님들까지 하면 전체적으로 약 150명 정도가 지내고 있어요. 지상 3층, 지하 2층 그리고 천연잔디 3개 면을 갖추고 있어요. 객실은 총 34개 있습니다. 사실 나는 그 전까지 목욕업을 10년 정도 했어요. 처음 전임 소장의 소개로 여기 와서 보니까 일반 시설과 목욕 시설이 있더라고요. 충분히 감당할 수 있겠다 싶어서 입사하게 됐습니다.

김중달 소장은 1년 365일 클럽하우스를 책임진다. 학생들뿐 아니라 클럽하우스에서 지내는 1군의 미혼 선수들까지 생활 전체에 대한 편의를 제공한다. 2008년부터 근무하기 시작했기에 차범근 감독에 대한 추억은 소중할 수밖에 없다. 입사 후 수원의 전 경기를 현장에서 지켜봤을 정도로 애정도 각별하다.

김중달, 클럽하우스 소장 기뻤을 때는 당연히 우승하고 들어올 때죠. 차범근 감독 계실 때, 한 해에 우승을 두 번 한 적이 있었어요. 정말 기분 좋았어요. 차범근 감독은 카리스마가 넘쳤어요. 식당에서 1군이 먼저 먹고, 2군이 다음에 먹는 순서로 했어요. 칸막이가 있어서 유소년들 공간을 분리했어요. '너희도 열심히 노력해서 잘하면 저 칸막이 너머로 갈 수 있다'라는 걸 보여주고 싶었던 것 같아요.

선수단이 경기력에 집중할 수 있는 본거지가 생긴 해도 실망의 그림자가 진했다. K리그 전반기를 마치고 시작된 하우젠컵(리그컵)에서 수원은 최하위로 떨어졌다. 바닥을 치고 있는 와중에 차범근 감독은 공중파 방송의 2006년 독일월드컵 해설위원으로 자리를 비워 서포터즈로부터 큰 불만을 샀다. 구단 수뇌부는 레알베티스에서 뛰는 브라질 공격수 호베르트를 영입하려고 했다. 350만 달러짜리 이적 협상은 막판에 결렬됐지만 당시 수원이 느꼈던 위기감을 짐작할 수 있다. 이관우와 백지훈의 합류와 후반기 반등이 이어졌지만, 챔피언결정전에서 수원은 성남에 합산 2-3으로 무릎을 꿇었다. 공교롭게 해당 시즌의 리그 MVP는 수원에서 성남으로 떠난 김두현이었다.

2007시즌도 차붐 체제는 쳇바퀴를 돌았다. 화려한 이름이 보태지고 성과는 나오지 않는 악순환이었다. 수원은 인기 스타 안정환, 분데스리가 출신 에두를 연거푸 영입했다. 해당 시즌에만 수원은 2002년 월드컵 주전 4인(안정환, 김남일, 송종국, 이운재)을 보유했고, 2006년 월드컵 멤버였던 조원희와 백지훈까지 있었다. 차범근 체제에서 스타들의 영입은 기존 선수들에게 적지 않은 영향을 끼쳤다.

이병근, 풀백 차 감독님 있을 때 유명한 선수들이 계속 들어왔잖아요. 그때 왔던 선수들이 연봉 계약한 이야기를 들으면서 다들 깜짝 놀랐죠. 송종국도 그랬고 외국인 선수들도 굉장히 비쌌어요.

이운재, 골키퍼 기존에 있던 선수들이 대우를 많이 못 받는다는 생각을 많이 했죠. 바깥에서 데려오는 선수들은 엄청 조건이 좋았어요. 그런데 안에 있는 선수들의 조건은 그게 아니었죠. 그런 부분이 좀 답답하고 화가 날 때도 있었죠. 그 팀을 단단히 유지하고 있는 건 기존에 있던 선수들일 수도 있잖아요.

폭발적 윙어였던 김대의도 세월의 흐름과 동시에 찾아온 선수단 변화에 적응해야 했다. 차범근 감독의 신뢰는 굳건했지만 김대의도 프로로서 생존 전략을 찾아야 했다.

김대의, 미드필더 2006년, 2007년부터 풀백, 윙백으로 뛰었던 것 같아요. 체력은 뒤처진다고 생각한 적은 없어요. 차범근 감독님 때, 선수들의 체력 수준에 따라서 A조, B조, C조로 구분해서 뛰었어요. 은퇴할 때까지 나는 항상 A조였어요. 제가 직접 초시계를 들고 뛰었죠. 이후 모든 게 바뀌었어요. 결과적으로 차 감독님은 백3, 백4로 모두 우승했어요. 이때 마토가 휘저었고 (조)원희가 미드필더로 올라왔어요. 어린 선수들도 많았죠. 백지훈, 신영록, 서동현, 하태균 등이 그때 막 기회를 얻기 시작했어요. 대전에서 온 배기종도 있었죠. 흐름이 안 좋을 때는 차 감독님이 과감하게 어린 선수들을 기용했어요.

2007시즌의 리그 우승 희망은 뜻밖의 사건 앞에서 좌초했다. 정규 리그 2위 자격으로 수원은 준플레이오프를 통해 올라온 포항을 기다리고 있었다. 홈 경기를 이틀 앞둔 시점에서 폭탄이 터졌다. 그해 7월 동남아 4개국에서 있었던 AFC아시안컵 기간 중에 국가대표팀 4인이 술을 마셨다는 보도가 나온 것이다. 수원과 국가대표팀 주전 골키퍼 이운재가 포

함되었다는 사실이 곧 밝혀졌다. 보도 하루 만에 당시 영국에 있던 이동국을 제외한 3인이 축구회관에서 고개 숙여 사과했다. 다음 날 차범근 감독은 이운재를 선발 기용했지만 팀 분위기는 이미 망가진 상태였다.

이은호, 프런트 플레이오프를 하루 남기고 갑자기 아시안컵 음주 파동 기사가 터졌어요. 갑자기 (이)운재 형이 협회에 가서 눈물의 기자회견 하고 사과하고. 팀 분위기가 진짜 작살났어요. 이운재를 기용하네 마네 등등. 포항은 아래서부터 승승장구하면서 올라왔는데 우리는 주전 골키퍼가 뛰는지 안 뛰는지, 뭐 어떻게 되는지 모르는 거예요. 1년 동안 엄청나게 노력했는데 그 기사 한 방에 1년 농사가 끝나버렸어요.

홈에서 수원은 포항에 0-1로 패했다. 평상시 전력이나 해당 경기에 맞춰 준비했던 부분이 아무것도 나오지 않았다. 포항 원정 서포터즈는 수원 쪽을 긁는 플래카드를 내걸었다. 설상가상 차범근 감독은 아시안컵 음주 파동이 보도된 시점을 원망했다가 여론의 뭇매를 맞았다. 이운재는 다시 한번 고개를 떨궈야 했다.

이운재, 골키퍼 2008시즌을 준비하면서 굉장히 신경을 많이 썼어요. 2007년 음주 파동이 있었잖아요. 팀과 선수들에게 굉장히 미안했어요. 그런 일이 있다 보니까 2008시즌을 앞두고 동계훈련에서 땀을 엄청나게 흘렸어요. 개인 훈련도 많이 했고 선수들이 쉴 때 나 혼자 훈련하고 그랬죠. 사실 2008년에는 일 년 내내 그랬어요. 불미스러운 일, 미안한 일을 만들었으니까 뭐라도 해서 회복해야겠다는 생각이 컸어요.

2008년이 되면서 선수들의 눈빛이 바뀌었다. 자존심의 마지노선에 다다른 느낌이었다. 더는 물러날 곳이 없었다. 동계훈련부터 팀 분위기가 달랐다. 모든 선수가 독을 품은 덕분에 열심히 하자며 누군가 나설 필요가 딱히 없었다.

이은호, 프런트   제가 수원에 입사해서 그렇게 빡세게 하는 동계훈련은 처음 봤어요. 하루에 세 번을 돌렸어요. 새벽 타임에 한 번 운동하고, 아침 먹고 나서 오전에 한 번 훈련하고, 점심 먹고 오후에 한 번 또 훈련했어요. 훈련 강도가 어마어마했어요. 그런데 아무도 뭐라고 불평을 안 하더라고요. 다들 악에 받쳤어요.

최전방에서 에두가, 중원에서 조원희가, 최후방에서 마토와 곽희주가 경기를 지배했다. 정규 리그에서 수원은 성남, 서울과 치열하게 경쟁했다. 김호 감독 시절처럼 2008년의 팀은 이름값에 어울리는 노력과 집중력이 돋보였다. 차범근 감독은 리그와 리그컵(하우젠컵)에서 선택과 집중을 구분했다. 그런데 리그컵에서 출전 기회를 얻었던 젊은 선수들까지 긍정적인 퍼포먼스를 펼치면서 우승을 차지했다.

곽희주, 수비수   이때는 케미가 가장 좋았어요. 서로 누구한테 '야, 좀 열심히 해'라는 얘기를 할 필요가 없었어요. 다들 열심히 했거든요. 성격적으로도 순둥순둥한 친구들이 많았고요. 모질거나 이런 선수들이 없어서 그런 부분은 정말 잘 맞아떨어졌죠.

김대의, 미드필더 차 감독님은 경험 많은 선수들도 좋아했지만 사실 어린 선수들도 생각보다 되게 좋아했어요. 어린 선수들이 잠재력을 폭발하면 그것만큼 무서운 게 없다고 생각했죠. 뜻밖의 선수를 기용하는 것도 좋아했어요. 조원희가 그런 선수였죠. 기존에 뛰던 선수들이 좀 지치면 변화를 많이 줬어요. 그렇게 리그컵에서 우승했죠. 리그에서 많이 못 뛰던 선수들이 많이 들어갔는데 그 친구들이 되게 잘했어요. 그러는 동안에 기존에 있던 선수들의 컨디션이 다시 올라올 수 있었어요. 그러다 보니까 이제 누가 들어가도 다들 제 역할을 하는 상태가 됐어요.

정규 리그 1위의 선물은 충분한 휴식이었다. 수원은 최종전에서 인천을 상대한 뒤로 3주나 되는 여유를 얻었다. 챔피언결정전의 상대가 누가 될지는 알 수 없었지만 시즌 내내 달려왔던 선수단의 체력을 달래기에는 더할 나위 없는 기회였다. 동시에 휴식이 지나치게 길다는 걱정도 있었다. 실전 감각이 저하될 수도 있었기 때문이다.

결국 마지막 상대는 수원과 같은 승점으로 정규 리그를 마쳤던 서울이었다. 챔피언결정전에서 슈퍼매치가 성사된 것이다. 양 팀 팬들은 물론 중립 팬들조차 흥분할 수밖에 없는 매치업이었다. 정규 리그와 리그컵에서 두 팀은 2승 2패로 팽팽히 맞섰다. 차범근 감독과 세뇰 귀네슈 감독이 맞붙는다. 김대의, 송종국 등의 베테랑이 버티는 수원과 이청용,

기성용의 패기를 앞세우는 서울이 격돌한다. 두 팀의 외국인 진용도 '역대급'이었다. 수원에는 에두와 마토가 있었고, 서울에는 데얀과 아디가 있었다.

곽희주, 수비수 우선 부담도 있었죠. 슈퍼매치가 결승전이다 보니까요. 지금 생각해보면 서울도 멤버가 정말 좋았더라고요. 1차전 하기 전에 준비하는 시간이 좀 길었어요. 전체적 팀 컨디션이 이 떨어졌어요. 경주에 가서 연습 경기를 했는데 1군이 졌어요. 분위기가 안 좋았어요. 별로 좋지 않은 분위기에서 천천히 1차전을 준비했어요.

양상민, 수비수 리그 서울전에서 제가 실수를 해서 골을 먹었어요. 그때 막 울었거든요. 감독님께서 '네가 챔피언결정전에 나가면 중압감을 느낄 것 같다'라고 말씀하셨어요. 지금 생각해보면 "한 번 더 기회를 줘야 하는 거 아닌가"라는 생각도 들어요. 지금도 그 경기를 보면 울컥해요. 그때는 되게 서운하고 속상했어요. 팬분들한테 죄송하죠.

12월 3일 1차전이 열렸다. 서울월드컵경기장에 39,011명이 모였다. 전반전 내내 수원은 기를 펴지 못했다. 역시 실전 감각이 문제로 보였다. 서울은 아디의 선제골로 한 골 앞선 채 전반전을 마쳤다. 하프타임에 차범근 감독은 수비 진영을 백3에서 백4로 전환했다. 후반전 들어 수원의 시스템이 작동하기 시작했다. 79분이 지나는 시점에서 센터백 곽희주가 천금 같은 동점골을 터트렸다. 수원이 원정 1차전을 1-1 무승부로 잘 막아냈다. 나흘 뒤 마지막 승부가 열릴 장소는 수원월드컵경기장이었다.

곽희주, 수비수 자신감이 있었어요. 2차전은 우리 홈에서 하는 거잖아요. 슈퍼매치 결과에 따라서 팬들의 실망할 수 있다는 걱정이 앞섰던 것 같아요. 무조건 이겨야 한다는 생각밖에 없었어요. 사실 그해 6월에 이상한 느낌을 확 받았어요. 무슨 신내림이라고 해야 할까요? 치료를 받고 있는데 갑자기 뭔가 느낌이 팍 왔어요. 우승 트로피를 든 것 같은 착각. 혼자 '어? 우리가 우승했나?'라고 착각할 정도였어요. 그 느낌을 오랫동안 갖고 있었고, 2차전을 앞두고도 그 느낌대로 갈 거라는 생각이 들었어요.

양상민, 수비수 2008년 수원은 무서운 게 없었던 팀이었어요. 나가서 경기를 이기는 것이 당연하다고 느꼈고, 비기면 지는 것이라고 생각했어요. 특히 주축인 형들이 그런 모습이었어요. 팀 목표 이상으로 개인 목표가 엄청 뚜렷했어요. 다들 경기에 나가고 싶어 했고, 나가면 그 능력을 다 보여줬던 시즌이었어요. 이게 진짜 원팀이다, 그런 느낌이었죠. 2008년에 나는 무슨 경기든 빠지면 되게 속상했어요.

수원월드컵경기장의 일전을 보기 위해 4만 1천 명이 모였다. 오전 내내 내렸던 눈은 제설기를 총동원하여 간신히 치운 상태였다. 다행히 킥오프 휘슬이 울릴 때 하늘은 맑았다. 11분 에두가 서울의 클리어링 실수를 놓치지 않고 왼발로 강하게 때린 슛이 골망을 흔들었다. 라이벌 서울도 물러서지 않았다. 25분 페널티박스 안에서 이청용이 이운재에게 걸려 넘어져 페널티킥을 획득했다. 누구보다 해당 시즌을 열심히 치렀던 이운재라고 해도 정조국의 페널티킥을 막아내진 못했다.

열광적인 분위기 속에서 아슬아슬하게 유지됐던 승부 균형은 36분 깨졌다. 에두가 페널티박스 안 오른쪽으로 파고들다가 완벽한 페널티킥을 얻어냈기 때문이다. 송종국이 키커로 나섰다. 서울 수문장 김호준이 페널티킥을 막았지만 행운의 여신은 이 볼을 송종국 앞에 떨궜다. 리바운드 슛은 원정 서포터즈가 보는 앞에서 골대 안으로 들어갔다.

두 팀은 후반전에도 팽팽히 맞섰다. 90분이 소진될 시점에서 수원과 서울은 슛을 27개나 주고받았다. 유효 슛은 수원이 12개, 서울이 5개였다. 수원의 2-1 승리가 굳어지면서 하늘에서는 하얀 눈이 내리기 시작했다. 그리고 펠릭스 주심이 휘슬을 길게 불었다. 조금씩 내리던 눈은 어느새 함박눈으로 변해 있었다. 2008년 수원의 챔피언 등극을 축복하는 계절의 선물이었다.

곽희주, 수비수 그때가 인생 최고의 순간이었던 것 같아요. 가장 이상적인 팀과 결승전을 했잖아요. 관중도 정말 많았고요. 팬분들이 아직도 기억하는 여러 가지 요소들이 너무나 많았어요. 눈이 내리면서 축복도 받았고. 가장 이상적인 경험이었던 것 같아요.

김대의, 미드필더 함박눈이 내리는구나. 팀에 몸 담았던 사람으로서도 그렇고 팬들도 그때 생각하면 다들 추억에 잠길 거예요. (이)운재 형과 내가 제일 나이가 많았거든요.

민상기, 수비수 저는 그날 '들것'조였어요. 현장에서 보고 있었죠. 진짜 감동이었어요. 끝나기 몇 분 전부터 갑자기 눈이 막 내리는 거예요. 정말 영화였죠. 그 장면을 직접 본 사람으로서 나도 리그에서 우승해보고 싶다, 한 번만 해보고 싶다, 그런 생각이 들어요. 팬분들은 더 간절하겠죠. 살면서 한 번만이라도 더 경험해보고 싶어요.

이은호, 프런트 아침에 눈이 와서 운동장에 하얗게 덮였어요. 큰일 났다면서 주변에 있던 제설기들을 섭외해서 잔디에 있는 눈을 다 치우고 난 다음에 간신히 킥오프했어요. 후반 추가 시간에 이기고 있는데 갑자기 눈이 내리는 거예요. 그날 행사를 진짜 완벽하게 준비했어요. 이길 때, 질 때 전부 다 냉정하게 말이죠. 서울이 우승할 수도 있었겠죠. 그런데 지금 영상을 봐도 저기서 서울이 우승하면 너무 안 어울리는 거예요. 영어에서 'deserve'라고 하잖아요. 딱 그거였어요.

하늘의 축복을 받으면서 수원은 통산 네 번째 별을 달았다. 빅버드에 있었던 모든 이에게 이날은 가장 특별한 날로 기억된다. 시즌 종료 후 거행된 K리그 대상 시상식에서 이운재는 93표 중 77표를 획득해 리그 MVP로 선정됐다. K리그 역사상 최초의 골키퍼 MVP 수상이었다. 골키퍼 부문에서 0표 수모를 당했던 이운재가 1년 만에 리그에서 가장 빛나는 영예를 차지한 것이다. 차범근 감독도 '올해의 감독'에 빛났다.

이운재, 골키퍼 계기와 동기가 없으면 시작할 수 없잖아요. 내게는 계기와 동기가 있었어요. 목표도 있었고 동료들에게 미안한 부분도 있었어요. 마냥 좋았던 한 해가 아니라 준비하면서 혹독한 해였다는 생각이 커요. 최고의 결과가 나왔으니까 사람들은 '2008년이 이운재에게 최고의 한 해였다'라고 말할 수도 있지만 다른 식으로 생각하면 또 다른 숙제가 생긴 것이고요.

모기업 삼성전자는 선수들의 연봉 10%에 해당하는 금액을 우승 보너스로 책정했다. 고액 연봉자들에겐 나쁘지 않지만 이제 막 시작하는 연봉이 적은 젊은 선수들에게는 작게 느껴질 수도 있는 조건이었다. 여기서 선수들의 원팀 정신이 재차 발휘됐다. 선배들이 모여 후배들의 보너스를 직접 챙겼다.

곽희주, 수비수 중고참 선수들이 몇 백만 원씩 걷었어요. 연봉 3~4천만 원대인 선수들은 10%를 받아봤자 300~400만 원밖에 되지 않잖아요. 우리 모두 보너스 수령액을 1,500만 원에 맞추자고 했어요. 더 받은 선수들이 자기 몫을 뗐어요. 어디든 돈 내라고 하면 반대하는 사람들이 있잖아요? 그때는 정말 아무도 없었어요. 다들 흔쾌히 갹출했죠.

이 책 『수원삼성 때문에 산다』를 작업하면서 많은 이를 인터뷰했다. 공통 질문 중 하나가 '2008년 눈 내리던 날'이었다. 녹음기 앞에 앉은 인터뷰이들은 2008년이라는 숫자만 들어도 표정이 밝아졌다. 하나같이 "크~", "그날은 정말, 와…", "우승은 했지. 눈은 내리지. 이건 뭐 그냥, 캬…"라면서 추억에 잠겼다. 수원의 모든 지지자에게 눈은 특별한 의미다. 함박눈이 펑펑 내렸던 2008년 12월 7일이 수원 구단 역사상 가장 완벽했던 날이기 때문이다.

3

매탄의 출발

2008년 수원 드라마의 끝은 해피엔딩이었다. 그러나 그 시즌이 역사에 남아야 할 이유가 또 있다. 클럽의 젖줄인 유스 시스템이 첫발을 내디뎠기 때문이다. 2008년 3월 매탄고등학교 축구부가 창단했다. 수원삼성 블루윙즈의 18세 이하 팀이다. 기존에 운영됐던 유소년반은 축구교실에 가까웠다. 매탄고와 2010년 출발한 매탄중학교는 본격적으로 미래 자원을 육성하는 기능을 담당하는 조직으로서 탄생했다. 1995년 창단, 2001년 빅버드 개장, 2006년 클럽하우스 개관에 이어 실현된 매탄중고 축구부 창단은 클럽 시스템이 완성됐다는 의미를 지닌다.

당시 1군에는 먹구름이 잔뜩 낀 상태였다. 차범근 체제는 두 번째 리그 우승 직후 급격히 주저앉았다. 2009년 수원은 리그에서 10위까지 밀

렸다. 두 자릿수 순위는 창단 이래 처음이었다. 조원희, 이정수, 마토 등 시스템의 코어에 해당하는 선수들이 빠졌다고 해도 디펜딩챔피언으로서 납득하기 어려운 침체였다. 급락 분위기가 이듬해까지 이어진 점이 더 나빴다. 2010시즌 들어 차범근 감독의 팀은 최악을 경신했다. 이운재는 경기마다 실점을 펑펑 허용한 끝에 그해 여름 남아공월드컵에서 주전 자리를 정성룡에게 내줘야 했다. 5월 1일 수원은 전남에 0-2로 무릎을 꿇었다. 리그 6경기 연속 패배이자 최하위 수모가 들이닥쳤다. 반등 기미는 보이지 않았다.

결국 5월 20일 차범근 감독은 기자간담회에서 6월 6일 전북전을 끝으로 물러나겠다고 밝혔다. 월드컵 휴식기 전 마지막 경기였다. 2008년 리그 우승팀이 겨우 1년 반 만에 망가졌다는 사실은 모든 이에게 충격을 던졌다. 구단 안팎에서는 선수들의 기강 해이를 실패 원인으로 꼽았다. 반대편에서는 차범근 감독의 전술 대응 한계를 지적하는 목소리도 들렸다.

리호승, 전 프런트 곁에서 본 바로는 차 감독은 좋은 점, 나쁜 점이 아주 선명했어요. 축구에 정말 순수했던 분이에요. 정말 열심히 하셨고요. 경기가 다가오면 입술이 다 부르텄어요. 하지만 결과적으로는 아쉬운 시간이 됐죠. 감독이 사달라는 선수를 구단이 다 사줬거든요. 그때 우리 주전 승리 수당이 얼마였는지 아세요? 두당 2천만 원이었어요. 그런데도 못 이겼죠. 정말 돌아버리겠더라고요. 차범근 감독이 리그에서 우승을 두 번 했지만, 솔직히 더 했어야 했다고 생각해요.

이민재, 그랑블루 초대 회장 차범근 감독은 전술적으로는 그렇게 대단하다고 느끼지 못했어요. 그때는 선수가 워낙 좋았잖아요. 안정환도 있었지, 김남일도 있었고요. 이천수까지 왔고… 사고 치고 가버리긴 했지만요.

국내에서 예산 규모가 가장 큰 수원이 새로운 감독을 물색하기에 후임자 인선을 둘러싸고 많은 추측이 오갔다. 앞선 감독 2인의 존재감과 구단의 예산 규모를 언급하면서 거물급 외국인 지도자의 이름이 거론되기도 했다. 하지만 위기감이 컸던 만큼 수원은 내부 사정을 잘 아는 강한 지도자가 필요했다. 차범근 감독이 물러난 지 일주일 뒤에 수원은 윤성효 숭실대학교 감독을 제 3대 감독으로 선임했다고 발표했다. 창단 멤버, 호랑이 선배의 귀환이었다. 숭실대 출신인 양상민에게는 운명처럼 느껴졌다.

양상민, 수비수 차 감독님께서 물러날 것 같다는 사실은 대충 알고 있었어요. 마지막 경기였던 전남전에서 이기고 서로 울고 그랬던 기억이 나요. 차 감독님이 사임한다고 발표하고 그 경기까지 기간이 좀 있었잖아요. 그런데 그때 갑자기 윤성효 감독님한테 전화가 왔어요. 원래 전화 같은 건 잘 하지 않는 분이거든요. 내가 '감독님, 혹시 수원에 오세요?'라고 물었어요. 그랬더니 '내가 왜 가냐 인마'라고 말씀하시더라고요. 그때 사실 외국인 감독이 오기로 했다는 소문을 들었어요. 그래서 혹시 윤성효 감독님이 코치로 오는 건가 싶었어요. 내가 다시 '코치로 오시는 거예요?'라고 여쭀더니 완전히 빵 터지면서 '내가 코치 자리에 왜 가?'라고 말씀하셨어요. 그런가 보다 했죠. 그리고 며칠 뒤에 숙소에 갔더니 거기에 딱 계시더라고요.

감독 교체 효과는 확실했다. 7월 18일 재개된 정규 리그에서 수원은 17경기 10승으로 반등에 성공했다. 최하위에서 기어오른 끝에 7위로 시즌을 마감했다. 윤성효 감독은 부임 첫 시즌에 FA컵 우승(통산 3회째)을 달성하는 성과를 남겼다. 그해 수원에 합류한 염기훈의 통렬한 왼발 중거리포가 부산의 골망을 갈랐다. 리그에서 당했던 슈퍼매치 1-3 패배도 4-2 승리로 되갚았다. 윤성효 체제는 2012년까지 지속했다. 모기업의 든든한 지원이 유지됐던 사실상 마지막 팀이었다.

그 기간 동안 경기장 밖에서는 매탄 유스 시스템이 열심히 뿌리를 내리고 있었다. 창단 시점부터 모든 환경이 완비된 것은 아니었다. 포항과 울산처럼 전통 있는 유스 시스템 쪽으로 축구 재원이 쏠리던 분위기였다. 신생 유스팀의 한계를 극복해야 했다. '원클럽맨' 김진우가 2008년 매탄고 코치로, 이듬해 창단 동기 박건하가 감독으로 구단의 미래를 책임졌다. 2010년 출발한 매탄중의 코칭스태프는 김진우 감독과 조현두, 주승진 코치로 꾸며졌다.

대전과 부산에서 현역 생활을 했던 주승진은 선배의 소개로 매탄중 코치직에 지원했다. 면접 자리에서 차범근 감독은 대번에 주승진을 알아봤다. 수원은 대전과 부산을 상대할 때마다 고전했고 자기를 괴롭혔던 상대 선수 중 한 명이 주승진이었기 때문이다. 차범근 감독은 주승진을 피치 위에서 열심히 하는 선수로 기억했다. 수원에서 잔뼈가 굵은 김진우와 조현두 그리고 주승진의 조합이 이렇게 완성됐다. 백승호, 송범근 등과 함께 시작했던 주승진 '코치'는 뛰어난 지도 역량을 발휘하면서 2018년까지 중고등학교 팀을 아우르며 '매탄소년단'의 기틀을 다졌다.

주승진, 전 감독대행 처음부터 좋은 선수들을 영입했는데 환경적인 준비가 덜 됐어요. 매탄고는 클럽하우스에 있었지만 중학교는 빌라에서 합숙 생활을 했어요. 환경이 열악했죠. 그때 백승호, 송범근 같은 친구들이 있었어요. 우리가 매니저 역할부터 트레이너, 코치까지 전부 했어요. 엄마 역할까지도요. 부모님들 기대치는 높은데 환경이 좀 그래서 김진우 감독님과 둘이서 관리하고 훈련시키고 정말 고군분투했어요.

밖으로 돌아야 했던 중학교 팀과 달리 고등학교 팀은 최상의 환경에서 시작할 수 있었다. 수원삼성이란 브랜드가 학부모들에게 신뢰를 보증한 덕분에 처음부터 최상의 시설과 우수한 자원을 갖춘 상태로 출발할 수 있었다. 수원에서만 200경기 넘게 출전하며 헌신했던 민상기는 '매탄 1기'라는 드문 타이틀을 소유한 주인공이다. 그런데 민상기는 처음 발을 내딛는 자가 짊어져야 할 무게감을 가장 먼저 기억한다.

민상기, 수비수 영국 왓포드에서 한국으로 돌아오면서 매탄에 왔어요. 클럽하우스 시설이 너무 좋더라고요. 생활하면서 스타플레이어들을 실제로 보니까 되게 신기했어요. 감독부터 차범근 감독님이셨잖아요. 하지만 처음이라서 어려움도 많았어요. 사람들이 보기에 매탄 1기가 많은 것을 누렸다고 생각할 수 있겠지만 처음이다 보니까 시행착오가 많았어요. 누군가 처음 걸어가면서 시작되는 게 길이 되는 거잖아요. 행복함보다는 약간 부담감, 압박감에 많이 시달렸던 것 같아요. 알게 모르게 견제와 시샘도 많이 받았고 치열하게 경쟁해야 했죠. 매탄은 전통이 오래된 팀이 아니지만 급성장을 이루다 보니까 그에 대한 희생도 많았다고 생각해요.

유스 시스템은 단순히 나이 어린 선수들의 팀을 운영하는 일에 그치지 않는다. 성인부터 18세, 15세, 12세까지 각 팀에서 동일한 축구 철학,

수원만의 축구 스타일을 정립해야 비로소 유스 시스템을 운영하는 의미가 바로 설 수 있다. 바르셀로나에서는 10대 나이로 1군 데뷔하는 사례가 많다. 단순히 우수한 자원을 매집한 결과가 아니다. 어릴 때부터 바르셀로나 스타일 안에서 조련된 선수들이기에 1군 실전에서도 별다른 적응 없이 뛸 가능한 밸류체인이다. 수원 유스도 그런 부분에 집중했다.

주승진, 전 감독대행 요즘 '게임모델'이라고 자주 표현하잖아요. 중학교 팀을 맡아서 몇 년 지난 뒤에 우리도 일원화하기로 했어요. 지도자들과 연 2회 워크샵을 하면서 게임모델을 만들었어요. 공격에서 수비, 수비에서 공격으로 전환될 때 우리는 어떻게 한다 등등을 정했죠. 많은 지도자가 노력과 아이디어를 보탰고, 구단에서 제도적인 부분을 뒷받침하면서 매탄 유스 시스템이 완성되어 갈 수 있었어요.

매탄 시스템은 창단 3, 4년 정도가 지나면서 폭발적 성과를 내기 시작했다. 백운기 전국고교축구대회를 비롯해 각종 대회에서 매탄 소년들은 타이틀을 휩쓸었다. 매탄에서 축구를 제대로 가르친다는 입소문이 퍼지면서 수원의 유스 시스템 효율은 더욱 상승할 수 있었다.

주승진, 전 감독대행 우리가 결과를 내기 시작했고 학부모들이 수원삼성이란 브랜드를 보고 많이 오셨어요. 입학 경쟁이 치열했죠. 유스 쪽에서 '매탄의 게임스타일이 괜찮다', '매탄은 훈련도 다르다'라는 소문이 나더라고요. 우리도 노력했어요. 멘털트레이닝이라든지 영양 교육 등 구단에서도 지원이 잘 됐어요. 피지컬코치들과 연계해서 선수들을 트레이닝센터에 보내주기도 했고요.

2013년 출발한 서정원 감독 체제에서는 매탄의 중요성이 더욱 부각됐다. 구단 운영 주체가 제일기획으로 넘어가면서 화려한 스타를 영입하기 어려워졌다는 배경도 있었지만, 수원 팬들로서는 매 시즌 피치 위에서 구단에 헌신하는 '우리 새끼들'은 예뻐 보일 수밖에 없었다. 마치 돈 벌러 왔다가 더 큰 돈을 벌러 떠나는 경력직보다 뼛속까지 푸른색인 매탄 출신의 충성스러운 모습이 팬들에겐 훨씬 값졌다. 혼란의 시기를 거치면서 1군에 헌신했던 민상기, 이종성, 구자룡, 권창훈, 유주안, 전세진(전진우), 김태환, 강현묵 등을 비롯해 2020년대의 정상빈, 오현규 등 매탄 브랜드는 수원 팬들에겐 잊을 수 없는 추억을 선사했다. 2024시즌 팀을 이끄는 이종성과 신예 박승수가 나란히 매탄고 선후배라는 사실은 시사하는 바가 크다.

주승진, 전 감독대행 축구는 결국 본인이 판단해서 결정, 실행해야 해요. 우리가 상황을 만들어주고 '이 안에서 판단은 너희가 하는 거야'라고 주문하죠. 요일별로 훈련 주제와 메뉴를 명확히 해줘요. 그러면 아이들도 뚜렷한 목적을 갖고 훈련에 임할 수 있어요. 체계적으로 교육받는다는 느낌이 생기죠. 매탄 아이들은 경기 중에 내가 무슨 이야기를 하면 나한테 막 신호를 보내요. 다른 지도자가 보면 '저 새끼, 싸가지없네. 어디 감독 말하는데 손 들고 말아?'라는 식으로 여길 수 있어요. 그런데 그게 우리만의 소통법이었어요. 그런 작은 차이가 변화를 만든다고 생각해요.

서정원 시대에서 수원과 매탄의 연대감은 극대화됐다. 엄혹해지는 현실의 영향도 있었지만 1군과 유스의 지도자들이 함께 빚은 성과라고 해야 옳다. 앞선 두 감독의 선수단 운영과 비교해 서정원 감독의 스타일은 크게 달랐다. 서정원 감독은 인간 관계를 중시했다. 솔직함을 전제로 하는 신뢰가 팀 전력 상승에 중요하다는 멘토 디트마르 크라머 감독의 가르침을 그대로 실천했다. 그런 관계는 1군 내에만 국한되지 않고 매탄이란 하위 조직까지 퍼졌다. 위에서 아래까지 수원이란 두 글자로 뭉치는 계기가 됐고, 이는 매탄 출신들에게 나타나는 충성심의 기점이 됐다.

주승진, 전 감독대행 서정원 감독님이 계실 때 멘토링 제도를 했어요. 한 달에 한 번씩 프로와 유스 선수들이 만나서 식사를 함께하면서 이야기를 나누는 프로그램이었어요. 염기훈이 한 그룹을 맡는 식이죠. 서로 교류하면서 메시지도 주고받아요. 그런데 그게 효과가 있었어요. 애들이 형들을 응원하기 시작했어요. 전보다 경기에 막 몰입하더라고요. 경기 중에 형이 했던 크로스를 묻고 프리킥 차는 방법을 알려달라고 하면 멘토가 직접 요령을 알려주면서 연대감이 커졌어요. 서정원 감독님은 소통을 중시한 덕분에 진짜 가족 같은 분위기가 형성됐어요. 그런 부분이 지속되지 못한 게 아쉬워요.

K리그 준프로 계약 1호인 오현규는 매탄과 수원의 충성심을 상징한

다. 2022시즌 오현규는 유럽으로 진출한 매탄고 선배 정상빈의 뒤를 잇는 '미래 포지션'을 담당했다. 해당 시즌에만 오현규는 13골 3도움을 기록하며 팀의 에이스 노릇을 톡톡히 해냈다. 매탄 충성심은 위기 속에서 빛났다. 혼란 속에서 밀려난 승강 플레이오프였다. 안양과 2차전에서 수원은 연장전 종료 직전에 터진 오현규의 결승골로 1부 잔류에 성공했다. 매탄 소년은 팀을 살린 뒤에 펑펑 울었다.

주승진, 전 감독대행 처음에는 나도 '애들이 어려서'라는 생각으로 크게 기대하지 않았어요. 그런데 안양과 경기에서 우리가 이겼잖아요? 그때까지 과정들이 바닥으로 떨어져서 팀이 완전히 망가진 상태였거든요. 그때 오현규, 전진우, 이종성이 진짜 똘똘 뭉쳐서 분위기를 다 살리더라고요. 어린 오현규가 울부짖었어요. 막 짖어대면서 형들을 깨우더라고요. 선배들도 그 덕분에 정신을 차릴 수 있었어요. 그걸 보면서 유스팀 키운 보람을 느꼈죠.

모든 유스시스템이 그렇듯이 매탄 시스템도 한계는 존재했다. 유스계에서 매탄이 실적을 남기면서 수원 유스 선수라는 소속감 자체가 계급장처럼 인식되었다. 그러나 프로의 벽은 높다. 아무리 매탄에서 축구를 배웠다고 해도 모든 선수가 프로축구선수가 될 수는 없는 노릇이었다. 수원은 매탄고 졸업자의 프로 진출 목표를 최대 50%로 설정했지만 현실은 20~30%에서 형성됐다. 축구계의 현실을 아는 사람이라면 이 숫자가 얼마나 대단한지를 쉽게 알 수 있다. K리그 산하 유스가 아닌 일반

고등학교의 축구부는 프로 진출자가 1년에 한 명 나올까 말까다.

주승진. 전 감독대행 첫째, 1군을 맡고 있는 감독이 추구하는 스타일에 맞는지, 선수가 얼마나 거기에 빠르게 적응하는지가 중요해요. 선수 개인의 성향에 관한 부분입니다. 유스 출신이 프로에서 성공할 확률이 낮은 또 다른 이유는 속도 차이 때문이에요. 달리기가 아니라 판단 속도를 말합니다. 아마추어 때는 액션 한 번 하고 나도 압박이 심하지 않으니까 여유가 있어요. 프로는 전환도 빠르고 압박도 빨라요. 처음에는 그런 속도에 적응하지 못하죠. 유스 때부터 그런 환경을 잘 세팅해서 최대한 연습을 시키는 게 관건입니다. 또 하나는 대회 경험이에요. 긴장감 있는 대회를 얼마나 경험해봤느냐가 중요해요. 국내 대회에 열 번 나가기보다 국제 대회 한두 번 나가는 게 커요. 우리는 매년 일본, 영국 등에서 열리는 대회에 출전해요. 한 번 나갔다 오는 아이들은 성장 속도가 확 달라져요. 일본만 가도 애들 눈빛이 달라져요.

지도자 주승진은 수원에서 매탄중, 매탄고를 거쳐 수원 1군에서 감독대행까지 경험했다. 1군의 기억은 탁하다. 현장은 생각처럼 돌아가지 않았다. 성인 선수들은 자기만의 스타일이 굳은 상태였기 때문에 큰 폭의 변화 요구에 거부감을 나타냈다. 당장 필요한 실적이 나오지 않자 외부로부터 큰 오해도 샀다. 당시 자신을 둘러싼 의혹에 관해 회상하면 지금도 그의 평정심이 흔들리기도 한다. 이 모든 것을 따뜻하게 어루만져주는 기억의 주인공은 매탄에서 직접 키웠던 제자들이다.

주승진, 전 감독대행 기억에 남은 아이들이 몇 있죠. (오)현규는 승부욕이 지독했어요. 맨유컵에 나갔을 때 다쳤어요. 그런데 병원 안 가겠다고, 무조건 뛰겠다며 떼를 썼어요. 그런 부분이 있기 때문에 지금도 유럽에서 잘 해내고 있다고 생각해요. (김)태환이도 생각이 많이 나요. 진짜 열정적이었어요. 변함이 없어요. 뽑을 때 15순위였거든요. 졸업할 때 1순위로 나갔어요. 앞장서서 친구들을 깨우고. 정말 소금 같은 존재였어요. 최고의 재능은 (전)세진이었어요. 지금은 전진우죠. 내가 가르쳤던 선수 중에서 진짜 제일 잘했어요. 수준이 달랐어요. 그 아이의 축구를 이해하지 못하는 지도자도 많아요. 나도 마찬가지였어요. 한번은 경기 중에 달려왔어요. 자기가 이렇게 이렇게 한번 해보고 싶다고, 하게 해달라고 그러더라고요. 나는 '연습 때 안 해본 거니까 안 돼'라고 말렸는데 끝까지 우겼어요. 자기가 진짜 해낼 수 있다면서요. 그래, 그럼 그 포지션에서 한번 해보라고 했죠. 그날 진짜 그림 같은 골을 때려 넣었어요. 그놈은 진짜 천재예요. 에인트호번에서 오퍼를 받았을 때 구단이 보냈어야 했어요. 그때 갔으면 무조건 성공했을 겁니다. 너무 아쉬워요.

2024시즌 수원 1군에서 박승수가 뛴다. 2007년에 태어나 고등학교 1학년 나이로 K리그 최연소 준프로 계약자가 됐다. 6월 19일 박승수는 코리아컵 16강전에서 포항을 상대로 프로에 데뷔해 매탄고 선배 전진우의 골을 도왔고, 11일 후 K리그2 안산그리너스전에서 17세 3개월 13일 나이로 K리그 역대 최연소 득점 신기록을 작성했다. 현재 수원은 있어야 할 자리에 없지만, 매탄 소년들의 미래는 여전히 밝다.

열정적 취미가 직업으로

최진 DIF 코리아 팀장

말 그대로 '성덕'이다. 1990년대 서포터즈의 막내로 형들을 쫓아다니다가 40대 중반이 된 지금은 수원삼성의 용품 및 굿즈를 대행하는 업무 파트너로서 일한다. 창단 시점부터 수집했던 각종 메모라빌리아(memorabilia)에는 당시 멤버들의 친필사인이 들어간 각종 희귀 아이템이 수두룩하다. 2002년 월드컵 당시 붉은악마의 활약상도 신문과 책자 등으로 잘 간직하고 있다. 빅버드에서 운영되는 '블루윙즈 오피셜 스토어'에 가면 그를 만날 수 있다.

Q. 간단히 본인 소개를 부탁드리겠습니다.

A. 수원이 창단했던 1995년부터 계속 팬, 서포터로서 활동을 해왔고요.

군대에 있던 2년여를 제외하면 거의 모든 경기를 본 것 같아요. 원정도 거의 다 갔고요. 일이나 학업 때문에 못 갔던 시기도 있었지만 못 가면 TV로라도 봤어요. 특별한 이유가 없으면 경기를 거의 놓치지 않았던 것 같아요.

Q. 처음 구단과 업무적으로 함께하게 된 계기는 뭐였나요?

A. 서포터즈 생활을 하면서 운영진을 했어요. 집도 가깝고 하다 보니까 잡무, 아르바이트도 하러 갔어요. 1998년, 1999년쯤에는 하이텔 동아리의 시삽을 하면서 원정 버스 운영을 담당했어요. 버스와 관련된 정산 같은 업무를 하다 보니까 구단 출입도 많아지면서 가까워졌던 것 같아요. 전단지도 돌려봤어요. 2015년부터는 상품화 사업 관련된 일을 하게 됐어요. 거의 10년이 되어 갑니다.

Q. 지금은 어떤 일을 하시나요?

A. 지금은 수원 삼성 상품화 사업을 담당하는 DIF 코리아 팀장이고, 주로 굿즈를 기획하고 있습니다. 푸마가 할 일과 수원이 할 일을 중간에서 도와서 한다는 것이 정확하고 이해하기 쉬운 표현인 것 같아요. '커머셜패키지딜(Commercial Package Deal)'입니다. 예전에는 용품 업체들이 후원하는 구조였잖아요. 그런데 2000년, 2010년대 중후반부터 업체들이 철수하기 시작했어요. 이제 구단도 용품을 구매해서 사용하는 구조로 가다 보니까 그 역할을 대행하는 업체들이 필요하게 됐어요. 앞서 말했듯 푸마와 구단의 중간다리 역할을 하는 거죠. 사실 유니폼을 사용한다는 게 굉장히 손이 많이 가거든요. 선수별로 옷도 맞춰야 하고, 그때그때 디자인도 개발하면

서 발표해야 하고, 마킹이라든가 이런 부분에서 굉장히 손이 많이 가요. 선수가 많으니까요.

Q. 1995년부터 지금까지 유니폼 판매가 가장 활발했을 때는 언제였나요?

A. 정확한 숫자는 확인이 필요하겠지만, 느낌상 지금인 것 같아요. 파이가 계속 커지는 과정인 것 같아요. 최근 몇 년만 보더라도 지난해보다 올해 판매가 늘었어요. 2019년부터 지금까지 쭉 신장하고 있다고 보면 됩니다. '레알 수원' 시절에도 연간 판매량이 1천 벌이 채 안 됐어요. 시장이 엄청 작았죠. 요즘은 문화 자체가 '블록코어'라고 해서 유니폼을 캐주얼하게 많이 입으시잖아요. 확실히 구매층이 다양해졌어요. 확 체감이 되는 부분입니다.

Q. K리그 전체로 봐도 유니폼 판매 시장이 커진 거죠?

A. 요즘 서울과 울산, 수원 정도가 규모 있게 나가요. 울산은 구매력이 있는 도시라서 유니폼이 비싸도 많이 나가요. 울산은 최근 몇 년 사이에 공격적으로 많이 바뀌었어요. 선수단 구성도 그렇고요. 수원도 기본적으로 파이는 계속 커져요. '2부라서, 성적이 좀 덜 나와서'라는 느낌보다는 뭔가 딱 치고 올려줄 스타가 없다는 느낌이에요. 통상적으로 판매량의 25% 정도는 스타가 좌우하거든요.

Q. 시즌별 유니폼을 준비하는 타임라인이 궁금해요.

A. 디자인 컨펌은 거의 1년 전 여름에는 다 끝나는 것 같아요. 봄쯤에 전

달되는 브랜드 템플릿에 디자인을 맞추고 하다 보면 거의 여름에는 끝나야 제작 들어가는 시간을 맞출 수 있어요. 푸마도 해외 생산을 하지만 굉장히 짧은 편이에요. 예전 아디다스 때는 거의 8~9개월 전에 디자인까지 다 끝나야 했어요. 지금 푸마는 5월 말, 6월 초 정도에 디자인이 완료돼요. 그다음에는 유니폼별로 수량을 정해서 발주하는 순서예요.

Q. 유니폼 디자인이나 판매에 있어서 팬들도 의견을 적극적으로 제시할 것 같아요.

A. 맞아요. 예전에는 유니폼 마킹 관련해서 얘기가 많이 나왔어요. 그때는 작업 자체가 1차원적이어서 사람이 찍다 보면 마킹이 잘 안 맞을 때가 있었거든요. 요즘은 외국에서 쓰는 레이저로 작업해서 그런 불만은 많이 사라졌어요. 요즘 팬들의 불만은 수량이죠. 유니폼이 한꺼번에 많이 팔리고 하니까 빨리 재입고해달라는 요청을 많이 하세요. 우리도 그런 부분을 감안해서 그때그때 수량을 맞추고 있어요. 팬분들은 예전에 유니폼을 사기 어려웠던 시절의 기억이 있어서 그런지 당장 사려고 할 때 없으면 왜 없냐고 굉장히 푸시를 많이 하세요. 이제 구조도 많이 좋아졌고 대비도 잘하고 있어서 나아지고 있어요.

Q. 개인적으로 제일 기억에 남는 유니폼은 어떤 디자인이었나요?

A. 저를 이 세계로 이끌어준 첫 유니폼. 다른 무엇과도 비교할 수 없는 유니폼이에요. 2000년대 초반 처음 아디다스를 입었던 시기, 2019년부터 처음 푸마를 입기 시작했던 시기 등, 뭔가 크게 바뀌었을 때 나왔던 유니폼들이 기억에 많이 남아요. 개인적으로 예뻤던 디자인은 2008년 '팀 가이

스트'입니다. 옆부분에 용비늘이 가늘게 들어가는 디자인이었어요. 2012년 유니폼도 예뻤어요. '블루피버'라고 아디다스 안에서도 굉장히 상위 등급이었어요. 그때 굿즈, 유니폼, 트레이닝복 이런 게 다 예뻤어요. 아디다스에서 팀을 A급, B급, B-급, C급, D급으로 나눠요. B급이 프랑스 마르세유 정도인데 수원이 AFC챔피언스리그도 나가면서 B급까지 올라간 거예요. B급 이상은 선수용과 레플리카 버전을 따로 출시할 수 있고, 디자인 자체를 아디다스 본사에서 해요. 그때가 팬으로서 뽕이 거의 극에 달했죠.

Q. 지금까지 유니폼이 제일 많이 팔린 선수는 누군가요?

A. 최근 몇 년 사이에는 염기훈이 압도적이었어요. 워낙 오래 뛰기도 했고요. 누적 판매량은 가히 압도적입니다. 염기훈 감독은 여러 모로 아쉽죠. 김병수 감독이 나갈 때만 하더라도 괜찮았어요. 누군가 남아서 살려야 했기 때문에 응원하는 팬도 많았어요. 그런데 그게 실패했던 판을 그대로 가져서 팬들이 실망했던 것 같아요.

Q. 처음 봤던 수원 경기가 기억나세요?

A. 수원 첫 홈경기. 아마 우리가 졌을 거예요. 덴마크에서 온 헨릭이라는 골키퍼가 경기 끝나고 팬들한테 미안하다고 막 인사했던 게 기억나요. 울산 가서 박건하가 헤더로 두 골 넣어서 이겼던 첫 경기는 TV중계로 봤어요. 고등학생 때였죠.

Q. 최고의 순간은 언제였나요?

A. 1998년 처음 우승할 때가 약간 기억나요. 그때 즉흥적이었던 것 같은데 우승하고 나서 화성 북문에서 남문까지 카퍼레이드를 했어요. 팬들이 막 따라가면서 좋아하고 그랬어요. 그때는 그런 걸 처음 경험하니까 되게 독특했어요. 2008년 눈 내리던 날 우승했던 것도 드라마틱했지만, 사실 그때 수원은 좀 과장해서 '우승해야지'라고 마음먹으면 우승할 수 있었던 시절이었잖아요. 첫 우승이 훨씬 기뻤어요. 1996년에 울산한테 정말 이상하게 당했잖아요. 선수들이 막 울고 그랬던 경험을 한 다음에 쟁취한 우승이라서 기억에 더 남는 것 같아요.

Q. 2023년 마지막 날 경기도 현장에서 일하고 있었겠네요?

A. 경기 시작하면 정비 시간이거든요. 그때는 매장을 닫아 놓기 때문에 들어가서 경기를 봅니다. 그런데 그날은 정말 못 보겠더라고요. 그해에 수원이 강원 상대로 승률이 좋았어요. 다 이겼거든요. 일단 이거 하나만 이겨 놓으면 살아남지 않을까 하는 희망을 갖고 봤죠. 그런데 전반전부터 기분이 별로 안 좋더라고요. 후반전 되면서부터는 사실 안 봤어요. 그냥 매장으로 돌아가서 혹시 사고라도 날까 봐서 마음의 준비를 하고 있었어요. 정말 사람들이 막 폭동이라도 일으킬지도 모르고 경기장 어디 기물을 부술지도 모르고요. 슬픈 감정도 있었지만 사실 걱정이 더 컸어요. 사고 나지 않을까 라는 생각이 먼저 들더라고요. 다행이라고 하긴 그렇지만 그래도 선방했던 것 같아요. 다 끝나고 나서 우리끼리 밖에서 맥주 한 잔을 마시니까 그때야 실감이 나더라고요.

Q. 팀이 서서히 내려갔던 시간을 돌이켜 보면 결국 수원의 최대 매력은 팬인 것 같아요.

A. 맞아요. 요즘 우리가 원정 가면 원정석은 매진되잖아요. 사실 상대팀들 관중은 평소에 1천, 2천 명 수준인데 수원이 오면 거의 1만 명이 되는 거죠. 그런 풍경 자체가 '수원 경기 보러 가자'라는 매력을 만드는 것 같아요. 솔직히 누군가가 '지금 수원에 누구 있어?'라고 물어보면 할 말이 없어요. 왜냐면 말해줘도 모를 테니까요. 수원이랑 하는 경기를 보러 오는 상대편 팬들도 선수가 아니라 경기장 분위기를 즐기러 오시는 것 같아요. 현장에 있으면 사람들이 축구를 보러 오는 게 아닌 것 같다는 걸 많이 느껴요. 축구가 매개체이지만 사람들의 발걸음을 여기로 옮기게 해주는 매력은 현장 분위기라고 생각해요.

수원은 N석에 있던 팬들이 W석으로 많이 넘어와요. 가족이 생기면 그렇게 하죠. 그래서 수원은 W석에 있는 사람들도 '찐팬'들이에요. N석, W석 모두 '찐팬'인 거죠. 그게 대충 1만 명 정도 되는 거니까요. 초창기부터 우리가 맨날 입에 달고 살았던 말이 있어요. 전 관중의 서포터즈화. 언젠가는 저기 E석도 우리처럼 서포터즈가 됐으면 좋겠다고 상상했어요. 아직 100%는 아니지만 지금 그렇게 되어 가고 있어요. 일반석에서도 옷 입고 응원 구호를 따라하고 있어요. 팀 성적은 자기 혼자 멋대로 가고 있지만, 우리 팬은 함께 가고 있다고 봐요. 우리가 추구했던 목표를 향해서 잘 가고 있기 때문에 팀 성적에 감정이 좌지우지되지 않을 수 있는 것 같아요.

4

쎄오의 악전고투

2010년대 들어 수원은 엄혹한 현실과 맞닥뜨렸다. 삼성 스포츠단 전체에 겨울이 온 것이다. 모기업에서 경영효율화라는 대전제를 던졌다. 창단한다고, 차범근 감독이라고, 국가대표팀 선수들로 스쿼드를 채운다고, 모든 분야에서 국내 최고를 지향했던 노선은 방향을 급하게 틀었다. 차라리 '멀티버스'라고 믿고 싶을 정도의 격변을 수원의 모든 이가 목격해야 했다. 지금의 수원을 만들었던 모든 환경이 송두리째 바뀌는 새로운 계절 속에서 '쎄오'는 악전고투해야 했다.

윤성효 체제는 오래가지 못했다. 부임 첫 시즌은 선방했다는 평가가 가능했지만, 이후 두 시즌에서 무관이 이어졌다. 당시 수원에 있어서 트로피가 없는 시즌은 큰 실패에 해당했다. 차범근 감독이 떠난 이후에도 삼성전자는 누구나 부러워할 만큼 넉넉하게 수원을 지원했다. 본사 차원에서 윤성효 체제는 인상이 너무 흐렸다. 창단 멤버라는 상징성이 있어도 윤성효 감독의 존재감은 전임자들에 비해서 떨어질 수밖에 없었다. 2년 반 동안 FA컵 우승 하나는 수원의 위상에 걸맞지 않은 결과였다. 이렇다 할 성과가 없는데 팬들의 눈길을 끌 만한 요소도 없는 시기처럼 보일 수밖에 없었다.

창단 멤버로서 윤성효 감독의 충성심은 의심할 여지가 없었다. 선수 시절 그는 솔선수범하면서 팀의 긴장감을 유지시켰다. 숭실대학교를 대학 축구 최강자로 만든 만큼 지도 수완도 갖춘 지도자였다. 하지만 의사소통이 서툴렀다. 경상도 사내였던 윤성효 감독은 무뚝뚝했다. 후배들을 아끼는 마음을 효과적으로 표현하는 요령이 없었다. 선수들이 준비했던 생일 축하 케이크 앞에서 그는 "이딴 거 뭐 하러 준비해? 축구나 잘해 새끼들아!"라고 버럭 화를 냈다. 그 나름대로의 고맙다는 표시였지만 결국 젊은 선수들을 밀어내는 역효과를 낳고 말았다. 슈퍼매치 7연승으로 팬들에게 '컬트히어로'처럼 사랑받았지만, 구단으로서는 최대한 빨리 반등할 방법을 찾아야 했다. 카리스마 확보 차원에서 수뇌진은 대한민국 국가대표팀에서 코치로 조광래 감독을 보좌하던 서정원 코치에게 연락을 취했다.

서정원, 전 감독 국가대표팀에서 조광래 감독님이 사임하면서 저에게는 남으라고 했지만 도저히 그건 아닌 것 같았어요. 노보텔 기자회견을 끝내고 나오는데 오근영 수원 단장한테 전화가 왔어요. 지금 빨리 서초동

사옥으로 오라고요. 수원 코치로 오라고 해서 윤 감독님한테 피해가 갈 것 같다고 거절했죠. 그런데 윤 감독님이 직접 전화를 걸었어요. '정원아, 와서 좀 도와줘'라고요. 이렇게까지 제안하니까 가기로 했죠. 윤 감독님이 힘들어하던 타이밍이라서 제가 되게 조심스러웠어요.

2012시즌이 종료되면서 결국 수원은 윤성효 감독 자리를 수석코치 서정원으로 교체하기로 했다. 1990년대와 2000년대 초반에 걸쳐 맨 앞에서 수원의 영광을 견인했던 스타플레이어가 감독이 되어 복귀한 것이다. 2005년 오스트리아 분데스리가로 이적한 서정원은 유럽에 머물면서 선진 축구 트렌드를 잔뜩 흡수한 상태였다. 인생 멘토인 디트마르 크라머 감독은 물론 오스트리아에서 쌓은 인맥은 서정원의 지도자 생활에 큰 자산이 됐다. 프랑크푸르트에서 UEFA유로파리그 타이틀을 들어올리고 현재 프리미어리그 크리스털팰리스를 이끄는 올리버 글라스너 감독도 서정원의 잘츠부르크 시절 친했던 동료였다. 현역을 은퇴하고 한국으로 귀국하기 전까지 서정원은 유럽 전역을 다니면서 유로2008, UEFA챔피언스리그 등 최선단 축구를 열심히 배웠다.

서정원, 전 감독 처음 감독이 됐을 때, 크라머 감독님을 찾아뵙고 인사드렸어요. 감독님이 몇 페이지짜리 자료를 주면서 '이거 보면서 해'라고 하셨어요. 처음에는 솔직히 그 자료 내용을 이해하지 못했지만, 나중에 감독 경험을 쌓고 나서 그 자료를 다시 보니까 그제야 이해가 가더라고요. 크라머 감독님은 기회가 생길 때마다 나를 불러줬어요. 한번은 독일

축구협회에서 주최한 코칭스쿨에 나를 초대해줬어요. 유럽에서 유명하다는 감독들, 각국 국가대표팀 감독들이 모인 2층 VIP 섹션에서 여러 이야기를 나눌 수 있었어요. 그 행사에 우연히 차범근 감독님과 만났는데 일반 참가자들이 있는 1층에 계셔서 조금 무안했어요.

서정원 감독 카드는 어느 정도 적중했다. 2014년과 2015년 수원은 K리그 우승을 경쟁했다. 두 번 모두 공격적 자금력을 뽐내는 전북현대에 밀려 2위에 머물렀지만, 서정원 감독을 원망하는 목소리는 없었다. 왜냐면 이때부터 수원의 현실이 급속 냉각기에 돌입했다는 건 공공연한 비밀이었기 때문이다. 서정원 체제가 출범한 지 두 번째 해에 삼성전자는 수원의 운영 주체를 제일기획으로 이관했다. 내부적으로는 큰 변화가 없다고 해도 밖에서 보기엔 격변처럼 보였다. 서정원 감독은 선수로 뛰던 시절과 너무나 달라진 방향으로 진행되는 흐름이 당황스러울 수밖에 없었다. 감독이 될 때부터 구단 측은 모기업의 스포츠단 관련 정책 방향을 설명하면서 "앞으로는 매탄 유스를 적극적으로 활용해야 한다"라고 강조한 터였다.

서정원, 전 감독　나중에 들은 얘기인데 삼성 스포츠단을 제일기획으로 넘길 계획을 세웠고, 그래서 전부 젊은 감독과 코치들로 바꿔서 신선하게 가자, 예산도 줄인다, 뭐 그런 식이었대요. 개인적으로 부담이 크면서도 한번 해보자, 부딪혀보자는 생각도 들었어요. 감독으로서 확 느낀 건, 사달라는 외국인 선수를 못 사주더라고요. 선수들도 연봉이 안 된다면서 떠나기 시작했어요. 감독이 됐을 때는 몰랐지만 1년, 2년 지나니까 그게 팍 오더라고요. 어? 어? 하다가 이제 '앞으로는 그냥 이렇게 가겠구나' 라는 생각이 들었어요.

2013년 말 처음 발표된 'K리그 연봉 공개'도 수원을 궁지로 몰아넣었다. K리그 측은 각 구단의 무분별한 투자를 방지하는 동시에 재정의 투명성을 확보해 리그 경쟁력을 높인다는 명분으로 각 구단의 연봉 총액 및 고액 연봉자를 공개했다. 수원의 선수단 연봉 합계는 약 90억 원으로 2013시즌 K리그 클래식(1부) 14개 구단 중에서 가장 높았다. 2억 9,200만 원으로 집계된 1인당 평균 연봉도 리그 최고액이었다.

숫자의 힘은 컸다. 각 언론에서 수원의 비효율을 꼬집는 기사를 쏟아냈다. 이미 2~3년 전부터 축구단의 연간 예산을 줄이라고 요구해 왔던 모기업의 압박은 연봉 공개 이후 더 강해졌다. 그동안 구단 안에서 직접 선수단을 운영했던 프런트로서는 방어 논리를 찾기가 어려웠다. 수원은 향후 5년에 걸쳐 연봉 규모를 단계적으로 줄이는 자구책을 만들어 제출했다. 거두절미하고 선수단 총 비용이 일정 금액 이하로 맞춰져야 했다.

리호승, 전 프런트 계약이 이미 돼 있는 선수들의 연봉을 어떻게 줄일 수 있겠어요? 선수들을 불렀죠. 그리고 말했어요. 현재 구단이 보유한 이적료 요구권을 포기하겠다, 우리가 먼저 팔지 않겠지만 어디서든 제안을 받으면 FA로 가게 해주겠다, 그럼 그곳에서 더 받을 수 있으니까 지금 연봉을 조금만 깎자고 했어요. 그렇게 3년을 해서 회사가 요구하는 수준

을 간신히 맞췄어요. 윤성효 감독 시절 선수들로 버티다가 하나둘씩 나
가면서 성적이 뚝뚝 떨어지기 시작했죠.

    서정원 감독은 원하는 선수를 영입할 수 없었다. 경쟁 구단과 '쩐의
전쟁'에서 수원은 완벽하게 밀리기 시작했다. 다 잡은 줄 알았던 이근호
는 울산으로 날아갔다. 박주호 영입은 에이전트 수수료 문제로 틀어졌
다. 수수료가 적다는 이유로 박주호의 에이전트는 "해외로 이적하기로
했다"라고 선언했다. 그러고는 며칠 뒤에 울산과 계약했다는 기사가 떴
다. 수원 프런트가 최대한 끌어모은 총알로도 스타 쟁탈전에서 주도권
을 잡지 못하는 세상이 된 것이다.

    암울한 상황에서도 서정원 감독은 어떻게든 버텼다. 매탄고에서 권
창훈이란 특급 신인이 출현했고, 2010년 수원에 합류한 염기훈이 절정
의 퍼포먼스를 펼치면서 팀을 견인했다. 감독과 선수의 신뢰 관계도 빛
을 발했다. 서정원 감독은 온화한 소통 방법으로 선수단 분위기를 다독
였다. 코칭스태프 회의 테이블도 기존의 상명하복식 배열에서 원탁으
로 교체했다. 누구나 동등한 위치에서 소신껏 의견을 밝힐 수 있어야 한
다는 코칭 철학의 실천이었다. 크라머 감독이 가르쳐준 '진심을 담는 대
화'가 어려운 상황 속에서 통했고, 그 결과 수원은 없는 살림 속에서도
매 시즌 리그와 FA컵, AFC챔피언스리그에서 일정 수준 이상의 성과를
남겼다.

서정원, 전 감독 그때 가장 힘이 되는 건 우리 선수들이었어요. 코칭스태

프가 팀에 오면 선수들이 하나가 되어 있는지 의욕이 있는지가 딱 보여요. 다행히 그때 수원은 그게 되어 있었어요. 위안이 됐죠. 선수단이 부족하지만 그래도 우리는 할 거야, 싸울 거야, 이런 마음가짐이 지도자에게는 큰 힘이자 용기가 돼요. 수원 선수들에게는 '그래도 괜찮아', '부족해도 하겠다'라는 마음이 있었어요.

민상기, 수비수 2012년 서정원 감독님이 수석 코치로 들어오셨죠. 그때도 저는 2군에서 운동하는 어린 선수 6~7명 중 하나였어요. 서정원 당시 코치님이 2군 훈련도 되게 유심히 봤고 조언도 해줬어요. 그때 저한테 '상민아, 너는 참 좋은 선수인 것 같다. 계속 열심히 해주면 좋겠다'라고 말씀해주셨어요. 너무 감사했어요. 감독님은 일단 사람이 너무 좋아요. 진짜 좋아요. 진짜 '젠틀'하시고 진짜 너무 좋으세요. 그러니까 선수들이 '우리 감독님 위해서 뛰어야 하지 않나?'라는 분위기가 돼요. 모든 선수가 다 그럴 정도로 진짜 사람이 좋았어요. 성적이 안 좋고 경기력이 안 좋을 때도 선수들을 질타하기보다 그걸 풀어주시고 다시 힘내자는 분위기를 만들어주세요. 구단이 재정적으로 어려운 시점에서 리그 준우승 두 번 하고, FA컵도 우승했어요. 그건 정말 서 감독님의 힘이었던 것 같아요.

곽희주, 수비수 선수들이 바로 실행할 수 있도록 쉽게 설명해주셨어요. 지도자가 말이 너무 많으면 선수들이 전부 받아들이지 못하거든요. 서정원 감독님은 임팩트 있는 말만, 요점만 딱 전달을 잘 하셨어요. 딱 필요한 만큼만 선수들이 움직일 수 있도록, 기억할 수 있도록, 그런 부분에 뛰어났어요. 전체적인 훈련 밸런스를 유지하면서 플레이도 강조하는 스타일이었죠.

최고의 기억은 역시 2015년 슈퍼매치였다. K리그 클래식 7라운드로 치러진 홈경기에서 수원은 최대 라이벌 FC서울을 무려 5-1로 대파했다. 전반전 이상호가 정대세의 헤더 연결을 받아 선제골을 터트렸다. 몰리나가 통렬한 프리킥으로 승부를 원점으로 돌렸지만, 후반전 들어 수원의 공격력이 대폭발했다. 염기훈과 이상호가 연속 골을 터트리며 스코어를 3-1로 만들었다. 최용수 감독의 서울은 무리해서라도 전진해야 했다. 이런 상황에서 정대세가 혼자 들어가 두 번이나 해결하면서 역사적인 5-1 대승 전설이 완성됐다. 경기 후 수원 팬들은 상대팀의 영문명 'Seoul'을 '5eou1'로 바꾸는 언어유희를 즐겼다. 슈퍼매치의 라이벌리를 직접 촉발했다고도 할 수 있는 주인공 서정원이 감독이 되어 거둔 승리였기에 의미는 더 특별했다.

양상민, 수비수 그때 그 분위기가 너무 좋았어요. 팬분들도 아마 그때가 제일 좋았을 것 같아요. 다른 팀에서 볼 때 수원 선수들이 약간 재수 없다는 느낌이라고 하던데, 제가 보기엔 서울 선수들이 그랬거든요, 하하. 어딘가 버릇이 없고 싸가지도 없어 보인다는 나만의 색안경이 있었어요. 서울 팬들도 저를 제일 싫어한다고 했고요, 하하. 물론 밖에서 보면 그렇지 않죠. 서울 팬이라고 하시면 나도 '그럼 저 싫어하겠네요'라고 말하면서 서로 웃고 그래요.

서정원, 전 감독 슈퍼매치, 라이벌, 이럴 때마다 항상 제 이름이 맨 앞에 와요. 마음이 아파요. 한국에서도 그렇게 큰 라이벌매치가 되고 흥행의 불씨를 지피는 작용을 했다고 해도 제가 계속 언급되는 건 마음이 아프죠. 그 전까지 국가대표 선수가 국민적 욕을 먹는 케이스는 있었지만, K리그에서 내가 유니폼 화형식을 당할 줄은 꿈에도 몰랐어요. 감독이 된 후에 슈퍼매치는, (정)대세가 골 넣고, (염)기훈이가 골 넣고, 제일 생생하게 기억하는 경기예요. 그 경기에서는 정말 우리 선수들이 갖고 있던 걸 폭발한 것 같아요. 훈련도 되게 좋았어요. 준비하는 과정에서 이거는 되겠다는 직감이 왔어요. 전술적으로도 이쪽에서 압박할 때 강하게 하고 끊으면 바로 역습한다는 식으로 준비가 잘 되어 있었어요.

2018년 '쎄오'의 버티기는 결국 한계에 봉착했다. 주축들이 줄줄이 떠나면서 수원의 성적은 조금씩 내려갔다. 후반 막판 실점이 늘어나면서 팬들은 서정원 감독의 경기 운영을 비판하기 시작했다. 팬들은 구단의 살림살이가 줄어드는 현실을 머리로 이해하면서도 가슴 안쪽에서는 불만의 불씨가 남아 있었다. 순위가 내려갈 때마다 그 불씨가 커졌다. 언론 보도에서도 '쎄오'를 이미 그저 그런 감독처럼 평가하는 분위기가 퍼지고 있었다. '젠틀'한 서정원 감독으로서도 참기 어려운 지경으로 세평은 비관적인 방향으로만 돌진하고 있었다.

서정원, 전 감독 나름 지키고 선방했어요. 리그 2위도 두 번 하고, ACL은 꼬박꼬박 나갔고요. 견디고 견뎠는데 나중에는 너무 힘들어지더라고요. 언론이든 팬이든 '그래도 삼성인데'라고 생각하는 게 엄청난 부담감으로 다가오는 거죠. 감당하기가 정말 힘들었어요. 참고 참다가 그게 2018년에 팍 터진 거예요. ACL에서 8강에 가 있지, FA컵은 4강에 있지, 나더러 도대체 더 이상 어떻게 하라는 건가 싶었어요. 너무 화가 났어요. 이러다가 내가 쓰러지겠더라고요. 박창수 단장한테 사임하겠다고 말했어요. 회사는 엄청나게 만류했어요. 그래도 관둔다고 하고 나와서 독일로 가서 쉬겠다고 했어요. 박찬형 대표님이 '그럼 한두 달만 쉬다 와'라고 하시더라고요. 그런 게 어디 있느냐, 말도 안 된다, 빨리 사표 수리해달라고 또 부탁했어요. 그러고 나왔어요. 막 미칠 것 같아서 독일로 날아갔죠. 독일에서 쉬고 있는데도 전화가 계속 왔어요. 빨리 와라, 안 간다, 사표 수리 안 했다, 못 간다, 이게 무슨 촌극이에요? 선수들까지 돌아가면서 전화를 해왔어요. 정말 미칠 것 같았어요.

사표를 던진 서정원 감독과 그 사표를 수리하지 않고 버틴 박찬형 대표의 힘겨루기는 두 달 만에 간신히 정리될 수 있었다. 구단 측에서 '올해까지만 마무리' 조건을 제시했고, 서정원 감독이 양보하기로 했다. 하지만 구단은 여전히 서정원 감독을 보내고 싶어 하지 않았다.

서정원, 전 감독 올해만 마무리한다는 걸 언론에 내달라고요. 한국에 도착해서 뉴스를 검색했는데 기사가 안 뜨는 거예요. 구단에 전화해서 '이거 왜 안 떠? 안 뜨면 나 안 간다'라고 다시 말하고 구단이 아니라 집으로 가버렸어요. 대표님이 '아이, 그거 안 하면 안 될까?'라고 하더라고요, 하하. 어쩔 수 없이 현장에서 내가 기자들에게 직접 말했어요. 시즌 끝나면 무조건 나간다고요. 그랬더니 대표님이 또 나를 불러서 '그런 소리는 좀 안 하면 안 될까?'라면서 설득하시더라고요. 저를 생각해주셔서 정말 감사한데 이 상태로 선수들을 지도하면 더 나쁜 쪽으로 계속 갈 것 같다, 팀을 위해서 내 결단이 맞는 것 같다고 말씀드렸죠.

혼돈 속에서 수원은 K리그를 6위로 마무리했다. FA컵과 AFC챔피언스리그에서는 나란히 4강에서 대회를 마감했다. 특히 AFC챔피언스리그 8강에서는 K리그 최강자 전북현대를 승부차기 혈전 끝에 따돌리며 수원 팬들을 흥분시켰다. 준결승전에서도 수원은 일본 J리그 강자 가시마 앤틀러스와 2-3, 3-3으로 이어지는 명승부를 연출했다. 수원을 간신히 따돌린 가시마는 결승전에서 이란의 페르세폴리스를 합산 2-0으로 제압해 아시아 챔피언에 등극했다. 시즌 도중 감독이 없어졌다가 다시 나타나는 혼란을 겪으면서도 수원은 마지막 자존심을 지키면서 2018년을 마무리했다.

양상민, 수비수 서정원 감독님의 마지막 경기에서 고별식을 했거든요. 경기장에서 하는데 정말 눈물이 펑펑 나는 거예요. 진짜 감사한 분이었잖아요. 군대 가기 전까지 저를 진짜 사흘 간격으로 두 달 동안 한 번도 안 빠지고 훈련시켜주셨어요. 감독님께 '군대 다녀와서 진짜 도움이 될 수

있도록 하겠습니다'라고 말씀드렸는데 돌아오니까 안 계시는 거예요.
참 슬펐어요.

서정원, 전 감독　시즌 마지막 경기를 끝내고 뷔페에서 전체 식사를 하고
있는데 갑자기 '서정원, 사간도스 감독 내정'이라는 기사가 떴어요. 아
니, 나도 모르는 사간도스라니? 대표님이 와서 '이것 때문에 그랬던 거
야?'라고 묻더라고요. 정말 황당했어요. 예전부터 사간도스나 일본 J리
그 쪽에서 오라고 했던 건 사실이지만 내가 계속 거절했거든요. 그런데
하필 그때 기사가 딱 터진 거예요. 황당했어요.

서정원 감독의 6년은 그렇게 마감됐다. 보도 내용과 달리 서정원 감독의 행선지는 유럽 축구였다. 6년에 걸쳐 소진된 연료 탱크를 채워야 했기 때문이다. 당시 볼프스부르크를 이끌던 옛 친구 글라스너 감독이 "구경하러 오라"라고 제안했고, 서정원 감독은 후배 김대의와 함께 독일로 훌쩍 날아갔다.

서정원 체제는 우여곡절이 많았다. 구단으로서 수원은 영광스러웠던 과거를 청산하고 완전히 새로운 방향으로 나아가기로 하기 시작했다. 수원이라는 자존심은 살아 있으면서도 실제 현장에서 구단은 선수 영입전에서 번번이 물을 먹었다. 팬들은 '그래도 수원인데'라는 불만이 조금씩 피어났고, 프런트에서 문제를 찾기 시작했다. 서정원 감독은 구단 환경의 변화와 본인의 철학을 적절히 혼합해 매탄 소년들을 최대한 활용하며 상황을 버티려고 버둥거렸다. 서정원 체제에서 수원은 '럭셔리 구단'이라는 겉모습을 버리고 유스 출신을 키워서 최대한 비싸게 팔아 구단 운영비에 보태는 '생존형 구단'으로 변하는 과정을 거쳤다.

양상민, 수비수 서정원 감독님께는 진짜 죄송해요. 지나고 보면 선수들이 뭔가 편해졌다는 느낌을 받았어요. 그래서 더 해야 되는데 우리가 어려운 고비를 항상 못 넘겼어요. 잡아야 할 팀을 잡아주고 이겨야 할 때 딱 넘어가고 그런 게 있어야 했는데 아쉬웠죠. 감독님은 정말 대단하신 게 아무리 화가 나도 선수들 앞에서는 절대 표현하지 않으세요. 한번은 라커룸이 살짝 열렸는데 그 안에서 혼자 분을 삭이는 모습을 본 적이 있어요. 죄송했죠. 그래도 감독님과 하면서 팀이 변하긴 했어요. 우리가 진짜 많이 뛰었거든요.

곽희주, 수비수 당시 연봉 협상을 생각해보면 매년 힘들다는 소리만 들었어요. 정확한 상황은 알려주지 않은 채 선수들에게 힘들다, 죽겠다는 소리만 했어요. 그런데 선수를 잘못 뽑아서 금방 방출하고 계약 해지하느라 돈이 너무 많이 샜어요. 제가 이름을 기억하지 못하는 외국인 선수도 많아요. 빠르고 좋은 공격수만 있으면 함께 뛰는 선수들이 정말 쉬워지거든요. 볼을 빼앗아서 주기만 하면 되니까요. 그런데 어느 순간부터 수원의 외국인 선수는 패스를 잘 줘도 빼앗겨요. 그러면 우리가 옵션을 더 만들어줘야 하고, 그런 악순환이었어요.

5

I층 아래 지하가 있을 줄
아무도 몰랐다

2019년 이임생 감독의 선임은 낙관과 비관을 동시에 불렀다. 차붐 시대를 함께했던 경력은 친근감을 주었지만, 지도자 이력서에 채워진 내용은 팬 대다수에게 큰 기대감을 주기에 부족해 보였다. 동계훈련을 거치면서 지지부진한 전력 보강 작업까지 겹쳐 수원은 개막 전부터 언론으로부터 약체로 분류되는 수모를 감내해야 했다.

이임생 감독의 데뷔전도 양면적이었다. K리그1 개막 라운드에서 수원은 울산에 1-2로 패했다. 객관적 전력에서 울산 원정은 수원이 승점을 획득하기 어려운 게 현실이었다. 경기 후, 수원 팬들은 벤치 앞에서 "뭐가 무서워서 자꾸 뒤로 가!"라고 소리치는 이임생 감독을 보면서 희망을 품었다. 험난한 현실에서 수원이 붙잡을 수 있는 동아줄은 명문으로서의 품격을 잃지 않는 자세밖에 없었고, 이임생 감독의 '노빠꾸 축구'는 그런 태도를 상징하는 것처럼 보였기 때문이다. 시간이 갈수록 희망은 구체화되지 못했다. 이임생 감독은 자신의 축구 아이디어를 실전에서 구현해내는 요령을 보여주지 못했다. 신임 감독의 존재 가치라고 할 수 있는 신선한 변화도 백3 회귀로 의미가 퇴색했다. 강해 보이는 겉모습과 달리 이임생 감독은 여린 사람이었다.

FA컵 준결승 1차전에서 수원은 3부 화성FC에 0-1로 패하는 수모를 당했다. 아직 홈경기가 남아있어 치명적 결과는 아니었지만, 팬들이 분노를 표출하기에는 충분했다. 화가 난 일부 팬들은 버스에 탑승하는 수원 선수들에게 삿대질을 해댔다. 이임생 감독이 주위의 만류에도 팬들에게 다가가 사과했다. 책임자가 성난 민심을 직접 다스린다는 점에서는 환영할 만했지만, 보스가 허리를 굽히는 모습이 선수들에겐 지나쳐 보였다. 어수선한 팀 분위기를 살린 주인공은 염기훈이었다. 홈에서 열린 준결승 2차전에서 염기훈은 해트트릭을 작렬하며 수원을 결승 무대에 올려놓았다. 미덥지 않은 상황 속에서 염기훈은 유일한 '믿을맨'이었다. 대전코레일과 맞붙은 결승전에서도 염기훈은 팀의 네 번째 득점을 터트리며 대회 득점왕에 올랐다. FA컵 최다 우승팀 등극과 AFC챔피언스리그 출전권 획득이라는 두 가지 소득은 이임생 체제의 어렴풋한 리스크를 가렸다.

딱 여기까지였다. 코로나19 팬데믹과 함께 열린 2020년부터 수원은 걷잡을 수 없이 급락하기 시작했다. 동계훈련을 떠나기 전, 이임생 감독은 언론 인터뷰에서 "선수를 팔아 적자를 메꿔야 하는 상황"이라고 말했다. 가뜩이나 어려운 구단 상황에 대한 이해를 구하려는 의도인지 혹은 대외적 메시지를 통한 구난의 정책 변화를 호소하는 목적이었는지는 알 수가 없었다. 하지만 결과적으로 이임생 감독의 발언은 자신감 부족을 시인하는 역효과만 낳았다. 창단 25주년이 되는 해는 악몽의 출발점이 되고 말았다. 역병에 밀려 5월에 개막한 시즌에서 수원은 11라운드까지 2승에 그쳤다. 전북, 울산에는 당연한 듯이 패했고, 홈 팬들 앞에서 광주와 상주상무에 무릎을 꿇는 비극까지 벌어졌다. 7월 15일 FA컵 16강전에서 승리한 다음 날 구단과 이임생 감독은 결별을 선택했다. 1995년 창단 이래 수원에서 벌어진 첫 감독 중도 사임이었다.

주승진, 전 감독대행 이임생 감독님 때, 구단에 가서 이런 얘기 좀 하고 오라고 저한테 자주 시켰어요. 원래 코치는 가교 역할을 해야 하는 줄 알았는데 지금 생각해보면 너무 후회스럽죠. 감독님이 떠날 때 구단이 저한테 대행을 하라고 했어요. 안 한다고 했는데, 제가 안 하면 다른 스태프들도 다 같이 나가야 하는 상황이었어요. 결국 받았죠. 그것도 생각이 짧았어요.

주승진 감독대행은 수비를 백4로 전환했다. 떨어진 분위기를 환기하려면 변화가 필요하다고 생각했기 때문이다. 10년 넘게 구단 유스를 책임졌던 본인의 경험과 노하우가 자신감의 원천이었다. 그러나 쇄신 노력은 결실을 보지 못했다. 프로 1군은 내용만큼 결과가 중요한 곳이었다. 성적이 좀처럼 나아지지 않자 팬들 사이에서는 주승진 감독대행을 둘러싸고 내부 반란자라는 프레임까지 생겼다.

주승진, 전 감독대행 백4로 변화를 줬어요. 다른 부분에서도 현대 축구에 맞게 요구했는데 성인 선수들이다 보니까 급격한 변화에 거부감을 보이더라고요. 한 선수에게 상대 라인 사이에서 등진 상태로 볼을 받아 하프턴한 뒤에 전방으로 보내라고 했는데 그게 안 되더라고요. 선수를 붙잡고 천천히 왜 그렇게 해야 하는지를 설명했지만 결국 그게 선수에게 큰 스트레스였어요. 그냥 선수들이 잘할 수 있는 걸 최대한 하게끔 해줬어야 했는데, 선수들에게 너무 미안해요. 대행을 하면서 경기 결과에 대한 질타는 받아들이겠는데 제가 아예 나쁜 사람처럼 되는 것 같아서 너무 힘들었어요.

양상민, 수비수 이임생 감독님이 나가시고 주승진 감독대행이 오셨는데 저를 쓰지 않더라고요. 부상 없이 시즌을 잘 끝내고 은퇴하자는 생각으로 열심히 운동만 했어요. 그런데 9월에 주승진 감독님이 백3로 전환하면서 저를 왼쪽에 기용하겠다고 했어요. 막상 안 뛰다가 경기에 들어가려고 하니까 마음이 안 잡혔어요. 그래서 그때 삭발을 한 거예요.

　9월 8일 수원은 창단부터 구단에 헌신했던 레전드 박건하를 정식 감독으로 선임했다. 박건하 체제에서 수원의 경기력은 눈에 띄게 개선됐다. 박건하 감독의 선임 소식을 듣고 '리얼블루' 정책에 대한 확신과 불만을 던졌던 팬들로서는 기대 이상의 반등이 반가울 따름이었다. 9월

26일 슈퍼매치에서 거둔 5년 5개월 만에 승리는 희망 위에 올려진 체리였다. 박건하 감독과 함께 출발한 2021시즌은 혼란을 수습한 시즌처럼 보였다. 최상의 스타트 이후 후반기 들어 급락하는 롤러코스터 행보를 보였지만, 이런 문제는 구단의 빈약한 투자와 어설픈 선수단 운영이 낳은 결과물이라는 평가가 지배적이었다.

레전드를 데려와 이렇게 막고 저렇게 때우는 방법론은 2022시즌 들어 한계에 부딪혔다. 박건하 감독은 개막 9라운드까지 1승 4무 4패라는 부진의 책임을 지고 자리에서 물러났다. 후임은 역시 창단 레전드 이병근이었다. 팬들의 불만은 계속 커졌다. 검증된 감독을 데려와서 난국을 타개해야 할 상황에서 구단은 지도자로서 실적이 없는 레전드만 데려오는 것처럼 보였기 때문이다. 팬들은 구단의 판단을 도저히 이해할 수가 없었으나, 구단으로서는 궁여지책이었다. 모기업의 지원은 줄었다. 클럽하우스 등 줄일 수 없는 고정비가 증가했다. 외국인 선수 보강의 연이은 실패로 인한 낭비가 끊이지 않았다. 효율 경영 원칙하에서 수원이 코칭스태프에 집행할 예산은 시 · 도민 구단 수준으로 고정된 상태였다.

리호승, 전 프런트 감독 예산이 정해져 있는 상한선이 있었어요. 그거에 맞추다 보면 나이와 경력이 비슷한 후보만 남아요. 팬들은 훌륭하고 성공한 감독을 원하겠지만, 현 상황에서는 그런 감독은 영입할 수가 없어요. 후보들이 전부 고만고만합니다. 그러면 기왕 감독을 뽑는데 이곳에서 오랫동안 헌신했고 수원을 잘 아는 후보를 선택하게 되는 거죠. 최소한 구단을 위하는 마음 하나는 확실하니까요. '리얼 블루'에 대한 비판도 어느 정도 이해하지만 현실을 무시할 수가 없어요.

대혼돈 속에서 염기훈을 포함한 베테랑들은 어떻게든 선수단 분위기를 잡으려고 애를 썼다. 경기에서 힘들 때마다 염기훈은 공격을 해결해 줬고, 라커룸과 훈련장에서는 양상민과 민상기가 기를 쓰고 뭐라도 바꿔보려고 발버둥을 쳤다. 중간에 들어온 선수들로부터 간절함이 결여된 모습이 보일 때마다 '수원 맨'들이 나서서 설득하고 질책했다. 영광의 세월을 여전히 생생히 기억하는 베테랑들에게는 지금 눈앞에서 벌어지는 상황을 용납하기가 힘들었기 때문이다.

민상기, 수비수 이병근 감독님이 계실 때 제가 주장이었거든요. 9월인가 10월에 다쳐서 시즌 아웃 됐어요. 아예 운동을 못 하는 상태인데도 선수들이 훈련할 때 나가서 옆에 계속 서 있었어요. 지방 원정도 다 따라갔어요. 팀에 오래 있던 선수들이 어떻게든 힘을 모으려고, 어떻게든 살아남으려고, 어떻게든 버티려고 방법을 찾았어요.

양상민, 수비수 수원에 오래 있으면서 팀의 가치를 내가 깎아내리지는 않아야 한다는 강박도 컸어요. 아무도 저에게 책임지라고 부담을 주지 않았거든요? 그런데도 경기에서 이기면 기쁨보다 안도감이 먼저 들었어요. 다음 경기를 어떻게 준비할지 고민했고요. 팀에 오래 있는 선수가 그런 책임감이 없으면 안 된다고 생각했어요. 그런 강박이 있었어요.

이병근 체제에서 수원은 결국 승강플레이오프까지 떨어졌다. 민상기를 필두로 했던 주장단은 부상 등으로 인해 시즌 막판에 외국인 임시 주장 카드까지 동원되어야 했다. 승강플레이오프 상대는 공교롭게 '구원'의 라이벌인 FC안양이었다. 득점 없이 비긴 1차전 뒤에 빅버드에서 2차전이 열렸다. 선수단 내에서도 불안감이 팽배했다. 대위기 속에서 매탄 출신 오현규가 선배들을 독려했다. 9월 원정 슈퍼매치에서도 오현규는 경기 내내 으르렁거리며 통쾌한 3-1 승리를 이끌었다. 매탄에서 자란 만큼 수원의 추락을 막아야 한다는 오현규의 간절함은 누구보다 컸다. 그리고 그 마음은 2차전 종료 직전 2-1 결승골로 나타나 팀을 살렸다.

곽희주, 수비수 　매탄 아이들은 수원의 일원으로서 영광스러운 부분을 알아요. 수원의 응원 문화를 즐기고 본인들도 받고 싶다는 욕구도 강하고요. 그때 오현규가 소리를 냈던 걸 방송을 통해서 봤어요. 중고참 선수들이 강해야 하는데 외부에서 온 선수들이 많다 보니까 그러지 못했던 것 같아요. 2008년을 생각해보면 위기가 생겼을 때 부상자들이 코칭스태프에게 먼저 가서 뛰겠다고 말했어요. 감독이 요구하면 부상 같은 거 생각하지 않고 무조건 뛰었어요. '진통제 맞고 일단 뛰자, 더 다치면 어쩔 수 없지' 그런 마음으로 팀을 위해 희생했어요.

민상기, 수비수 　집에 돌아와서는 '현타'가 왔어요. 현장에서 환호했지만 그게 낭떠러지로 떨어지기 직전 생존했기 때문이었잖아요. 그런 환호는 오래 못 가더라고요. 우승하면서 했던 환호는 지금 생각해도 기쁜 기억이지만, 승강플레이오프전 당시의 환호는 절망에 가까웠어요.

양상민, 수비수 2023시즌은 제 은퇴식으로 시작했지만 솔직히 그 자체를 전부 부정하고 싶은 마음도 있었어요. 원망도 했어요. 나는 지금 무보수라도 여기서 1년 더 뛸 수 있는데, 경기에 나가지 못해도 선수단 안에서 내가 어떻게든 잡고 끌고 갈 수 있을 것 같은데, 그렇게 생각했던 것 같아요. 약간 '오버'한 거죠. 수원을 생각하는 사람이 있어야 한다는, 그런 오만, 나만의 착각이 원망과 뒤섞였어요. 어디서부터 꼬였는지를 자꾸 생각하고, 스스로 탓도 하고 그랬던 것 같아요. 그냥 이유 없이 은퇴식을 하고 싶지 않았어요.

수원의 악몽과 팬들의 분노 게이지는 2023시즌에 최악의 형태로 경신되었다. 오현규가 떠나면서 안긴 이적료 수입은 물에 담근 솜사탕처럼 순식간에 사라졌다. 남은 것은 없었다. 이병근 감독은 개막 7라운드에서 2무 5패라는 성적을 남긴 채 물러났다. 후임자는 김병수 전 강원 감독이었다. 팬들은 최근 목격했던 '레전드 돌려막기'가 아니라는 사실 하나만으로도 안도했다. 상황은 나아지지 않았다. 팀 안에서 분위기를 잡아줘야 할 양상민은 은퇴했고, 민상기는 인생을 걸었던 빅버드를 떠나 부산에서 임대 생활 중이었다. 은퇴 결정을 1년 뒤로 미루고 팀에 남은 염기훈 혼자 선수들을 챙겨야 했다.

민상기, 수비수 부산으로 가는 게 싫었어요. 사실 그전에도 일본 오퍼도 있었고 이적할 기회들이 몇 차례 있었어요. 떠나고 싶었으면 얼마든지 떠날 수 있었는데 수원에 남기로 한 이유는 이 팀에 특별한 감정을 가졌잖아요. 특별한 사람으로 기억되고 싶었어요. 그거 말고는 없었어요. 하지만 2023년에는 더 이상 앞으로 미래와 기회가 주어질 나이가 아니었어요. 진짜 떠나기 싫지만 가야겠다고 받아들였죠.

김병수 감독은 기존 시스템과 계속 헛바퀴만 돌았다. 23라운드에서 리그 선두 울산을 3-1로 격파하며 울려 퍼진 '나의 사랑 나의 수원'이 유일한 희망이었다. 이대로 포기할 수 없다는 선언문이기도 했다. 그러나 파이널스테이지가 코앞으로 다가오자 구단은 또 다시 칼을 빼기로 했다. 5월 영입한 김병수 감독을 4개월 만에 다시 물러나게 한 것이다. 팬들은 경악했다. 자진 사임이라는 구단의 해명과 달리 김병수 감독은 일방적으로 경질되었다는 사실이 밝혀졌다. 놀랍게도 최악은 또 한 번 갱신됐다. 7경기밖에 남지 않은 상태에서 구단이 선택한 마지막 보루가 염기훈 감독대행이었기 때문이다. 팬들은 충격과 공포에 빠졌다. 빅버드 앞으로 조화가 쇄도했다. 절체절명의 위기에서 구단 역사상 최고 레전드를 불구덩이에 집어 던지는 행태 앞에서 팬들은 진저리를 쳤다.

곽희주, 수비수 기운이라는 게 있잖아요. 밖에서 다른 팬들이 '수원 강등'이라고 외쳤어요. 많은 팀이 자꾸 메시지를 퍼트렸는데 그러면 선수들도 영향을 크게 받아요. 그런 소리가 나오기 전에 잘했어야 해요. 시즌을 보면 수원은 이미 기운이라는 게 꺾였어요. 보는 사람도 더 불안하고요.

그러면 운도 따르지 않아요. 위기에서 벗어나지 못한 채 기가 죽을 수밖에 없을 때까지 간 게 문제였죠.

결과적으로 염기훈 감독대행 체제에서 수원의 성적은 나쁘지 않았다. 그전까지 수원은 리그에서 5승에 그쳤는데, 염기훈 감독대행은 7경기에서 3승을 따냈다. 수원 팬들은 '방패막이' 염기훈 감독대행을 지지했다. 레전드의 두 어깨에 걸쳐진 거대한 십자가가 너무 무거워 보였기 때문이다. 37라운드 상암 원정석에 8천 명이 모인 이유가 따로 있지 않았다. 울산전 승리가 준 희망의 눈물이 버팀목이었다면 11월 25일 원정 슈퍼매치 승리와 8천 원정대는 수원에 남은 마지막 자긍심이었다.

12월 2일 빅버드에서 수원은 강원을 상대했다. 날이 추웠다. 수원은 32점, 강원은 33점이었다. 같은 시각, 수원종합운동장에서는 32점 수원FC가 제주와 만났다. 최하위에 있으면서도 수원 팬들은 경우의 수를 따지지 않았다. 강원만 잡으면 지옥에서 생환할 수 있었기 때문이다. 딱 한 골이면 충분했다. 독점중계권자 '쿠팡플레이'는 수원 레전드 곽희주에게 프리뷰 쇼에 출연해달라고 요청했다. 제3자가 보기엔 너무나 흥미로운 섭외였다. 곽희주는 이를 거절했다. 생방송 중에 본인의 솔직한 마음이 새어 나올지 모른다는 걱정 때문이다. 다득점에서 앞선 수원FC가 승점 1점을 보태 33점으로 시즌을 마감했다. 빅버드의 90분도 모두 소진됐다. 그 한 골은 끝까지 나오지 않은 채 경기 종료 휘슬이 울렸다.

곽희주, 수비수 첫째 아이를 픽업해서 오는 중이었어요. 운전하느라 경기는 소리만 들었죠. 너무 긴장해서 손이 땀에 젖었더라고요. 그리고 강등이 결정됐을 때 눈물이 흘렀어요. 솔직히 눈물이 나올 줄 몰랐거든요. 소중한 추억이 무너진다는 느낌을 받았어요. 팬분들이 우는 걸 보니까 마음이 더 아팠던 것 같아요. 믿지 못할 일이 벌어진 거예요.

민상기, 수비수 부산에서 아내랑 생중계를 봤어요. 아내도 말이 없더라고요. 결혼한 지 얼마 안 됐고, 아내는 나 같은 감정으로 어디선가 일해본 적도 없었어요. 그런데 아내가 눈물을 글썽거리는 거예요. 저 팀이 내 인생이었다는 걸 아내는 알잖아요. '오빠, 나 마음이 너무 이상해'라고 하더라고요. 거의 10분 넘게 멍하니 아무 말도 안 하고 그냥 있었던 것 같아요. TV를 끄지도 못한 채로 그냥 둘 사이에 적막만 흘렀어요.

양상민, 수비수 본부석 맨 위에 있었죠. 휘슬이 울리는 순간, 뭐랄까, 세상이 딱 멈췄어요. 내가 경기장에 있었으면 어땠을까 라는 생각까지 막 들고 그랬어요. 경기가 끝나고 그라운드에서 꽤 오래 있었잖아요? 그런데 그게 엄청 짧게 느껴졌어요. 팬분들의 마음도 이해하고, 열심히 준비했던 우리 마음도 이해가 되고 그랬어요. 선수로서의 모든 것을 거기에 놓아두는구나, 그냥 다 빠져나가는구나, 그런 느낌이었어요.

2023년 12월 2일, K리그 통산 우승 4회 구단 수원은 2부리그로 강등됐다. 한 시즌에 걸려있던 타이틀 4개를 전부 따냈던 괴력과 아시아 정상을 두 해 연속 밟은 영향력은 불변의 역사일 뿐 오늘의 승부에 아무런

도움이 되지 못했다. 모기업의 지원이 감축되었고, 새로운 현실에 적응하지 못하는 게으름의 세월이 쌓인 결과였다. 성적과 상관없이 팬층이 유지되던 구단에서 벌어진 일이었기에 그 충격은 더 컸다. 강원전은 그 하락의 세월을 압축한 90분이었다. 경기 내내 수원은 무기력했다. 상대 골문 앞에서 몸을 던지는 악에 받친 모습도 없었다. 골이 들어갈 것 같다는 느낌이 전혀 생기지 않았다. 10여 년에 걸쳐 지속된 수원의 하강을 보는 것 같았다. 심연 속으로 가라앉으면서도 끝끝내 눈을 뜨지 않는 거인의 모습이었다.

양상민, 수비수 남들은 결국 수원이 떨어질 것이라고 했어요. 누군가 그걸 억지로 잡고 있을 뿐이라고요. 뭔가 너무 바꿔보고 싶었어요. 프런트 문제는 어쩔 수 없지만, 선수단에서 생기는 문제라면 제가 바꿔보고 싶었어요. 그래서 팀이 건강해져야 한다고 믿었어요. 썩은 건 도려내야 하잖아요. 그런데 한 시즌을 실패하면 그다음에 새롭게 시작해야 하는데, 항상 썩은 부분이 보이지 않도록 겉만 싹 바른다고 생각했어요. 그러면 똑같은 문제가 또 발생했죠. 그런데 지나고 보니까 제일 고인 물이 저였던 것 같더고요. 그 안에서 제일 썩은 사람이 뭘 바꾼답시고 발버둥을 쳤는지 모르겠어요. 고인 물이 나가줘야 새 물이 들어오고, 그래야 팀이 건강해지잖아요. 거기서 제가 막 팀을 이렇게 건강하게 만들어야 한다고, 지금 팀이 이러면 안 된다고, 강등될 팀이 아니라고 했던 거예요. 나와서 생각해보니까 그게 되게 웃긴 거예요. 아니, 지금 제일 고인 물이 누구한테 지금 이래라저래라하는 거예요? 웃긴 일이었던 거죠.

그렇지만 양상민의 자기 원망은 부당해 보인다. 오랜 세월 동안 수원을 위해 몸 바쳤던 공신의 입에서 나오기에는 너무 잔인한 말들이다. 염기훈이 흘렸던 뜨거운 눈물도 너무 불공평했다. 빅버드에서 염기훈이 보였던 피, 땀, 눈물에는 거짓이 한 방울도 없기 때문이다. 관중석에서 할 말을 잃은 채 그라운드를 쳐다보기만 했던 W석의 팬들, 격렬하게 화를 냈던 N석의 지지자들도 이런 고통을 견뎌야 할 만큼 잘못한 게 없다. 그들은 모두 수원을 사랑했을 뿐이다. 축구에서 '우리 팀'를 사랑하는 것은 죄가 아니다.

6

수원의 노래는 멈추지 않는다

평소와 다를 것 없는 날이다. 주말이고 홈경기가 있다. 매번 다녔던 동선으로 빅버드에 닿는다. 너무 익숙해서 길 가는 도중에 지나친 풍경이 기억에 남지 않는다. W석 쪽에 마련된 오피셜스토어 앞에는 여느 때처럼 파란색 행렬이 생겼다. 게이트를 통과해 들어가 자리를 잡는다. 알록달록한 관중석이 평소처럼 반긴다. 익숙한 응원가와 구호가 들린다. 킥오프에 맞춰 양 팀 선수들이 입장한다. 순간 깨닫는다. 상대가 달라졌다는 사실을. 지금 수원이 있는 곳이 지금껏 있었던 곳과 사뭇 다르다는 현실을.

2024시즌 수원은 K리그2에서 눈을 떴다. 지난 시즌의 충격이 너무 컸기에 구단의 여러 기능이 온전히 작동하지 않았다. 지난 시즌 내내 사내에서는 '강등'이라는 단어를 입 밖으로 꺼내지도 못하는 분위기였다. 최악의 상황까지 대비해야 했지만, 미신적 공포심에 밀려 구단은 사실상 대책 없이 강등 운명을 맞이하는 결과를 초래했다. 끔찍한 운명이 확정되고 나서야 구단은 낯선 시즌에 대한 준비 작업을 시작했다.

<u>이은호, 프런트</u> 강등이 확정된 다음 날부터 정말 괴로운 일을 하기 시작했어요. 유럽, 일본 쪽에서 2부리그로 강등된 팀들의 각종 지표가 얼마나 줄어드는지를 조사했죠. 다들 최소 30%가 줄더라고요. 우리도 무조건 줄어든다고 봤어요. 최소 30% 감소를 기준으로 최악의 상황까지 대비해서 계획을 세웠어요.

 해당 업무는 오래가지 않아 멈추었다. 모기업에 의한 경영진단 작업이 개시됐다. 창단 29년 만에 사상 초유의 2부리그 강등이란 사태 앞에 선 어쩔 수 없는 행정 절차였다. 직원들은 당장 새 시즌에도 계속 일할 수 있을지, 계속 근무한다면 어떤 업무를 맡을지, 아무것도 모르는 시계 제로 상태에서 새해를 맞이했다. 선수단에 대한 의사결정은 1월 초 강우영 대표이사와 박경훈 단장이 취임하고 나서야 간신히 재개될 수 있었다. 그러나 구단 측에서 발신된 메시지는 지금까지 반복되어 목격된 패착의 연장선이었다. 레전드 염기훈을 정식 감독으로 선임한다는 내용이었기 때문이다. 12월부터 나돌았던 감독 내정설이 사실과 다름없었던 셈이다. 보도자료에 첨부 배포된 염기훈 신임 감독의 사진은 12월 19일 촬영됐다는 메타데이터를 머금고 있었다.

김대의, 미드필더 수원에서 (염)기훈이는 상징적인 선수잖아요. 은퇴해서 감독으로 갈 때까지 진짜 선수들은 물론 스태프들에게도 되게 상징적인 선수예요. 지도자로서 누구나 처음은 있어요. 처음이 없으면 아무도 과정을 밟아갈 수가 없죠. 하지만 선수로서 기훈이는 확실히 레전드 대우를 받아야 해요. 그럴 자격이 있는 선수예요. 내가 선배이긴 해도 선수로서 존경할 수 있는 선수라고 생각해요.

다른 구단이었다면 역대 최고 레전드가 감독으로 선임되는 결정은 팬들의 환영을 받아야 한다. 그러나 수원의 상황은 특수했다. 수원이 필요한 사람은 그라운드 위에서 전설을 썼던 과거의 영웅이 아니라 그라운드 밖에서 팀을 지옥에서 구해줄 지도자가 필요했다. 염기훈이 역대 최고 레전드라는 것은 불변의 사실이지만, 수원을 당장 1부로 다시 올려놓을 수 있는 지도자라고 판단할 근거는 눈 씻고 찾아봐도 없는 '초짜' 감독이었다. 지난해 강원전이 끝나고 망연자실한 팬들 앞에서 구단 임원진은 분골쇄신을 약속했지만, 결국 달라지는 건 없어 보였다.

박경훈 신임 단장은 빠르게 선수단을 정리했다. 고승범, 김태환, 정승원이 1부리그 내 타 구단으로 이적했다. 팬들로서는 행운을 빌 뿐이었다. 금단의 강을 건넌 권창훈은 빅버드뿐 아니라 팬들의 마음에서도 완전히 자리를 뺐다. 염기훈 신임 감독은 시즌 초반 최상의 출발을 끊으면서 승격을 향한 희망을 던졌다. 허니문은 2개월 만에 종료되었다. 5월에만 수원은 리그에서 5연패 수렁에 빠졌다. 상대에게 간파 당한 수원은 힘을 쓰지 못했고, 달라진 상대 전술에 염기훈 감독은 대응할 경험이 없었다. 5월 25일 노련한 김도균 감독이 이끄는 서울이랜드는 빅버드에서 수원을 3-1로 깼다. 경기 후, 염기훈 감독은 눈물을 흘리며 팬들 앞에서 사퇴했다. 수원은 구단 역대 최다 득점 및 도움 공신을 또 이런 식으로 태워 없앴다.

후임자는 FIFA U17 국가대표팀에서 긍정적인 내용을 선보였던 변성환 감독이었다. 이론적으로 변성환 감독도 대혼란 속에서 바쁘게 왕래했던 전임자들과 큰 차이가 없는 지도자였다. 프로에서 한 번도 지휘봉을 잡은 적이 없었고, 선수로서도 이렇다 할 업적이 없는 '초짜' 감독이었다. 그럼에도 결과적으로 변성환 감독 선임은 최근 수원에서 있었던 의사결정 중에서 가장 긍정적 평가를 받는다. 수원 감독으로 데뷔한 6월 2일부터 변성환 감독은 컵 대회 포함 12경기에서 무패 행진을 달렸다. 라커룸에서 선수들을 독려하는 팀토크 영상은 팬들로부터 좋은 반응을 끌어냈다. 수원은 마지막 순간에 전남과 부산에 밀려 결국 승격 플레이오프에 진출하지 못한 채 2024시즌을 마감했다. 변성환 감독의 하이라인 운영은 미래를 낙관하게 했지만, 시즌 도중 부임한 만큼 선수단이 품고 있던 기존 문제를 완전히 해결하기에는 한계가 있었다. 수원은 창단 30주년인 2025시즌에 다시 도전해야 한다는 현실을 인정한 채 낯선 시즌을 마감했다.

2024년 수원은 승격에 실패했다. 그러나 팬은 승리했다. 2부에서 보내는 한 해 동안 팬들은 수원의 진정한 가치가 무엇인지를 스스로 입증했다. 시즌 도중에 최악의 접근성인 용인미르스타디움으로 옮겨 홈경기를 치르는 악조건 속에서도 수원 팬들은 상식을 거부하는 화력을 내뿜었다. 수원 팬들은 '미쳤다' 소리를 들으면서 경기장을 찾았고, '어디라도 꿈속이라도 널 따라가'라는 가사처럼 어떤 곳에서든 선수단과 함께했다. 가중 지표가 강등팀이란 사실을 거부했다. 구단 측의 관중 및 매출 최소 30% 감소 예상은 보기 좋게 빗나갔다.

이은호, 프런트 지금 관중이 거의 똑같이 가고 있어요. K리그2 원정 팀 관중이 적게 오는 걸 생각하면 소폭 증가했다고 봐도 돼요. 기분이 정말 묘해요. 팬들에게 고마운 부분이 제일 커요. 사람이 간사한 게 1부에 있었더라면 좀 더 많이 오지 않았겠냐는 생각까지 들 정도예요.

　2024시즌 K리그2에서 수원은 총 관중 186,519명, 경기당 평균 10,362명을 기록했다. 홈경기 관중 수는 지난 시즌에 비해서 12% 감소했지만, 강등 충격과 시즌 도중 홈구장 변경이라는 악재 속에서 건투했다고 평가해야 한다. 놀라운 수치는 원정 팬 숫자다. 2부를 처음 경험하는 수원의 원정 평균 관중은 2,767명으로 집계됐다. 전년 대비 무려 50%가 늘어났다. K리그2는 물론 1부리그 최다 원정 관중 팀인 울산보다 1천 명 가까이 많은 규모다. 2024시즌 내내 수원 원정 경기 티켓은 무서운 속도로 매진됐다. 수원 팬들조차 원정 응원 티켓을 구하기 어렵다고 불평할 정도다. 원정석을 구하지 못해 일반석으로 잠입하는 팬들도 많기 때문에 실제 원정 팬 수는 집계치를 크게 상회할 것으로 추정된다.

민상기, 수비수 관중이 더 많아진 거예요. 진짜 말이 안 돼요. 2부에서 하

니까 상대하는 팀들이 달라졌잖아요? 그런데 팬들이 더 많아지는 거예요. 속으로 '진짜 다들 미친 거 아니야?'라고 생각했어요. 수원 팬들은 진짜 대단한 것 같아요. 그런 부분에 대한 감사함을 알아서 축구화 끈을 꽉 조여 매고 더 해야 해요. 그게 다시 일어나야 할 이유예요.

서정원, 전 감독 예전에도 그랬지만 지금 팬들이 더 지탱해주고 팀의 원동력이 되는 것 같아서 너무 고마워요. 2부로 떨어졌는데도 오히려 더 많이 경기장에 찾아오고 더 뭉치려고 하는 모습이 보여요. 상대 입장 수입을 우리 수원 팬들이 메워준다는 소식도 언론을 통해서 들었어요. 그렇게 열성적으로 해주는 팬이 있다는 건 선수들에게 가장 큰 행복이죠. 수

수원삼성 때문에 산다

원삼성의 가장 큰 힘은 팬들이라고 생각해요. 감사하고 뿌듯해요.

김대의, 미드필더 수원 팬들이 전부 수원에 사는 사람들일까요? 절대 아니에요. 제 팬 모임에도 수원 사람은 몇 명 없어요. 수원 팬들은 이 팀에 좀 미쳐 있어요. 너무 사랑하니까 그렇게 되는 거죠. 임영웅 콘서트에 왜 그렇게 팬이 많이 오느냐고 물으면 '사랑하니까'라고 대답할 거예요. 한 경기 보러 와서 팬들끼리 응원하는 문화를 좋아하게 되면서 또 새롭게 수원 팬이 되고 그러는 거죠.

수원 팬들의 '미친' 화력 덕분에 K리그2 평균관중도 크게 늘었다. 2024시즌 K리그2의 평균관중은 3,800명으로 전년 대비 무려 61%에 달하는 증가세를 보였다. K리그1의 평균관중 증가 폭이 2.5%에 그쳤다는 사실은 수원의 관중 동원 능력을 더욱 돋보이게 한다. 2024시즌 K리그2에서 1만 명 이상 관중을 기록한 16경기 중에서 14경기의 주인공이 수원이었다. 수원 원정대가 찾는 지역마다 SNS에서는 "오늘 무슨 일 있냐? 파란 옷 입은 사람들이 너무 많다"라는 소식이 바이럴된다. 하프타임마다 연출되는 우산 돌리기 퍼포먼스는 K리그의 명물이 되었다. 구단의 머천다이징 부문 판매도 모두 2023시즌 수치를 넘어섰다. 담당자는 "도대체 무슨 일인지 모르겠다"라며 혀를 내둘렀다.

김대의, 미드필더 우리 아들도 수원삼성 팬이에요. 어렸을 때부터 엄마 손 잡고 아빠 경기 보러 다녔거든요. 2004년 우승할 때 그라운드에서 함께

찍은 사진이 있어요. 어릴 때부터 응원하는 걸 너무 좋아했어요. 아빠가 수원FC 감독일 때도 그 녀석은 수원삼성 경기 보러 갔어요. 대학교 4학년인데 겨울에 맨날 수원 머플러 하고 다녀요.

　

2024시즌 수원의 MVP는 단연 팬이다. 2부 수원의 가장 강력한 전력도 팬이고, 최대 매력도 팬이다. 눈과 귀를 압도하는 프렌테 트리콜로의 서포팅은 중립 팬에게 강렬한 인상을 남긴다. 실제로 현장에서는 수원의 서포팅에 매료되어 입문했다는 팬도 많다. 매 경기 N석은 그들만의 파티가 열린다. 경기 결과와 상관없는 90분간의 응원 군무, 서포팅 퍼포먼스를 연출하면서 K리그 최고의 장관을 연출한다. 이런 열정은 그대로 선수들에게 전달될 수밖에 없다. 수원에서 헌신했던 주인공들도 추억을 묻는 말에 가장 먼저 팬을 입에 올리는 이유다.

민상기, 수비수　N석을 보고 있으면 진짜 아름답고 황홀해요. 아름답다, 그렇게밖에 표현할 수가 없을 것 같아요. 시간이 지나면서 무게감을 느꼈어요. 구단을 대표하고 팬을 대표하고 선수단을 대표해서 뛰어야 한다는 무게감이요. 되게 무거웠어요. 더군다나 수원삼성 서포터즈는 명실상부 한국 최고잖아요. 선수들의 책임감은 직접 겪어보거나 바로 옆에서 보지 않는 이상 알기 어려워요. 그 책임감은 팀의 성공과 서포터즈에 대한 만족, 행복을 주기 위한 마음이 함축되어 있다고 생각해요.

김대의, 미드필더　앞에 가서 팬들을 보면 뭉클할 때가 있어요. 축구 응원이 너무 과하다고 말하는 사람들도 있어요. 야구나 농구에는 그런 게 없으니까요. 그런데 축구라는 스포츠는 그렇게 될 수가 없잖아요. 열정적인 거잖아요. 팀과 한 몸이 돼서 팬들도 경기를 뛰고 있는 거예요. 팬들은 응원하는 게 아니라 지금 저기서 같이 경기를 뛰는 거예요. 그래서 막욕도 하고 난리도 치고 그러는 거죠.

서정원, 전 감독 수원은, 제가 경기를 계속 보게 되더라고요. 흘러가는 분위기, 순위, 경기 등등 다 봐요. 중국에서 있으면서도 계속 수원을 떠올리게 하는 요소가 있어요. 상하이선화 경기장에 가면 완전히 수원삼성이거든요. 경기장 꾸민 거나 분위기가 거의 똑같아요. 인연이 계속 이어져요. 지금 청두에서 함께 있는 의무 코치인 (김)기백이도 제 팬이었어요. 우리 우승할 때 북을 쳤던 승민이는 지금 변호사가 됐고요. 수원삼성은 항상 각인되어 있어요. 귀신이 내 어깨에 올라탄 것처럼 어딜 가나 있어요, 하하. 계속 만나요. 그래서 잊을 수가 없어요.

프리미어리그 에버턴의 홈구장 구디슨파크 외관에는 '피플스클럽(The People's Club)'이라는 문구가 큼지막하게 새겨져 있다. 에버턴은 1부리그 통산 9회 우승(역대 5위)에 빛나는 잉글랜드 축구의 터줏대감이다. 1992년 프리미어리그의 독립 출범을 이끈 빅5 구단 중 한 곳이 에버턴일 정도로 높은 위상을 자랑한다. 에버토니언(에버턴 서포터즈 지칭)은 지금 당장의 성적과 상관없이 클럽에 대한 자긍심을 잃지 않는다. 라리가의 아틀레티코마드리드와 세리에A의 나폴리는 강등의 아픔을

딛고 일어나 초인기 클럽으로 거듭났다. 아르헨티나 축구의 쌍벽 리버
플레이트는 2011년 충격의 강등으로부터 단 4년 만에 코파리베르타도
레스(남미의 챔피언스리그)에서 우승하는 드라마를 썼다. 이런 세계적
클럽들은 강력한 팬덤을 보유했다는 공통점을 지닌다.

수원은 유럽 축구에 가장 가까운 팬덤을 보유한 구단이다. 2024시즌
은 수원 팬베이스가 얼마나 크고 단단한지를 증명했다. 축구 브랜드로
서 수원삼성블루윙즈는 좀 더 장기적이고 원대한 관점에서 이야기될 만
하다. 무엇보다 변치 않는 팬덤이 있는 덕분이다. 이 책『수원삼성 때문
에 산다』작업을 위해 'K리그 에디터스'가 만났던 수원의 전현직 내부
자들은 한결같이 응원과 지지의 강력한 힘을 믿고 있었다.

민상기, 수비수　시간이 지나고 상황이 달라져도 수원삼성이 가진 뿌리와
역사는 절대 변하지 않아요. 축구를 더 잘하는 팀이 있을 수 있고, 더 좋
은 멤버를 가진 팀도 있을 수 있어요. 그렇지만 수원삼성의 역사와 파워
는 그 누구도 갖지 못했다고 생각해요. 10년 뒤에 수원은 그 역사와 힘
을 다시 보여줄 수 있는 팀이 됐으면 좋겠어요. 훗날 좋은 기회가 와서
다시 수원과 함께할 수 있으면 저는 당연히 맨발이라도 뛰어갈 거예요.

물론 더 큰 꿈을 꾸려면 해결해 나가야 할 부분이 많다. 1부리그 복귀
라는 당면과제는 최대한 빨리 달성되어야 한다. 이번 사태를 교훈 삼아
구단 운영이 건강하게 개선되고, 선수단 관리에서 효율성을 더 높여야
한다. 사업 환경의 개선도 필요하다. '수원삼성'의 시장 잠재력은 무궁

무진하다. 성공적인 스포츠팀이 갖춰야 할 빛나는 역사와 충성도 높은 팬베이스를 갖춘 덕분이다.

만약 구단이 수원월드컵경기장을 직접 관리할 수 있다면 어떨까? 당장 경기 관전 경험을 향상하는 다양한 시도가 가능해진다. 구단이 잔디를 직접 관리해 유료 관중에 더 나은 관전 환경을 제공할 수 있다. 경기장 내외 공간에서 다양한 마케팅 및 팬서비스 활동이 가능해져 구단과 팬이 '윈윈'할 수 있다. 향후 경기장 앞으로 지하철이 개통될 예정이다. 대중교통 신설에 따른 접근성 향상은 수원삼성의 관중 동원은 물론 경기장 자체의 다양한 '베뉴 비즈니스(venue business)' 사업 확장을 기대하게 한다. 이런 시장 변화를 앞두고도 수원월드컵경기장이 지금처럼 제한적으로만 운영되는 것은 오히려 인프라 시설 낭비일지 모른다.

2025년 수원은 창단 30년째를 맞이한다. 더는 누구도 수원을 보면서 '신생팀'이라는 단어를 떠올리지 않는다. 30년을 달리면서 수원은 K리그는 물론 아시아에서도 가장 높은 곳까지 도달했다. 금전적 화력이 만드는 화려한 스쿼드는 지금 없다. 그러나 N석은 여전히 그 어떤 것보다 화려하다. 민상기가 "어떤 느낌이나 감정"이라고 표현한 수원의 팬심은 값을 매길 수가 없다. 지하로 처박히는 경험을 하면서도 수원 팬덤은 꺼지기는커녕 더 극적으로 발현된다. 그게 수원이다. 수원의 노래는 멈추지 않는다.

나의 사랑 나의 수원.

나의 소중한 20대 인생 드라마
박규태 축구 크리에이터

2022년 카타르월드컵 포르투갈전에서 펑펑 우는 모습으로 세상에 알려진 '곤룡포좌'. 스포츠 전문 크리에이터답게 축구 현장에서 재미있는 콘텐츠를 뽑아내느라 바쁘다. 2015년 어느날, 빅버드 앞에서 철야 노숙한 끝에 20주년 기념 레트로 한정 유니폼을 22번째로 구입한 고등학생이었다. 지금까지 사 모은 수원 유니폼 90여 벌이 그의 옷방에 가지런히 걸려 있다. 전문 진행자로서 현장에서의 일이 끝나면 집에 들어와 유튜브채널 '규태씨(@gyutaecci)'를 운영한다.

Q. 수원 팬이 된 계기를 말씀해주세요.

A. 2002년 한일월드컵 때 초등학교 1학년이었어요. 그 이후로 축구에 입

문해서 굉장히 좋아했는데 당시 고향인 충청북도 청주에는 프로팀이 없었어요. 축구를 보러 가고 싶은데 심리적으로 가까웠던 팀이 외삼촌이 살고 계시던 수원이었어요. 외삼촌이 조카가 축구를 좋아한다고 하니까 수원 굿즈를 한가득 선물을 해주셨어요. 그것들을 착용하고 처음 직관을 갔던 게 2002년 11월 빅버드에서 있었던 수원과 포항의 경기였어요. 그날 박건하 선수가 두 골을 터뜨려서 2-1로 이겼어요. 그때 완전히 수원 팬으로 빠져들어서 집이 멀어도 1년에 한두 번은 직관했어요. 대학을 서울로 오면서 그때부터는 수원 직관을 열심히 다녔습니다. 2014년부터요.

Q. 당시 수원은 우승에 도전하거나 큰 꿈을 꿀 수 있었던 시절은 아니었잖아요?

A. 음… 전북과 좀 격차는 있었지만 계속 상위권에 있으면서 아챔에는 꾸준히 나갔어요. 삼성에서 투자를 줄이긴 했지만 나름 매력적인 팀이었어요. 국가대표급 선수들도 계속 있었고요. 군대 전역하기 전까지는 쭉 N석에 있었어요. 중학생, 고등학생, 대학교 신입생 때까지도 N석에서 경기를 봤어요. 그때는 N석 아니면 안 가려고 했어요.

Q. 수원 유니폼이 100벌 가까이 있다고 했는데, 그중에서 '최애' 저지는 어떤 건가요?

A. 2015년에 20주년으로 나왔던 레트로 유니폼이요. 1995벌 한정판으로 나왔는데 제가 애정을 더 갖는 이유는 오프라인 발매 하루 전날에 빅버드 앞에서 밤을 샜어요. 그때 언론에서 취재도 오고 그랬어요. 김호 감독이랑 고종수 선수 이렇게 해서 유니폼 기념 홍보 이미지도 찍었죠. 홈 1,500벌, 어웨이 495벌로 해서 한정판 번호 뽑았어요. 제 기억으로는 그렇게 밤새

서 '오픈런'을 하는 건 K리그 최초였어요. 22번 번호표를 받고 전날 밤 10시에 와서 밤을 새고 아침 10시, 11시에 유니폼을 샀던 기억이 있습니다. 아침에 옷 사고 수원 외삼촌 댁으로 가서 잠깐 눈을 붙이고 홈 경기 보러 다시 왔어요. 브랜드까지 있는 버전을 '쩐트로'라고 하는데 지금 중고가가 거의 50만 원 정도 해요.

Q. 수원을 쭉 응원하면서 축구나 수원을 바라보는 시선이 달라지거나 그런 게 있을까요?

A. 처음에는 엄청 '강성 팬'이었는데 지금은 이제 소위 업계 종사자 비슷하게 됐으니까 그런 모습들이 조금 희석되긴 하더라고요. 성격을 죽이고 직관을 할 때는 N석보다는 요즘은 W석에 많이 가긴 해요. 그런데 지금도 순간순간 어떤 빅찬스를 놓치거나 어이없게 실점을 한다거나 하면 강성 시절 모습이 드러나기도 하더라고요. 요즘은 그냥 꾹 참고 직관해요.

Q. K리그를 보기 시작한 팬에게 수원이라는 팀을 추천한다면 어떤 이유를 들고 싶어요?

A. 대한민국에서 가장 응원을 멋있게 그리고 맛있게 하는 팀이 수원이라고 생각합니다. 그래서 다른 팀을 맛보고 수원을 맛보면 이건 비교를 할 수밖에 없어요. 그러면 당연히 수원을 응원할 수밖에 없지 않을까요? 한번 서포터즈석에 들어가면 못 헤어나와요. 그냥 일반석에 앉아도 그래요. 응원하는 모습이 더 잘 보이잖아요. '저기는 뭔데 저렇게 응원을 열심히 하냐?'라는 생각이 들죠.

Q. 혹시 2023년 강등이 확정됐던 순간에는 어디서 뭐 하고 있었나요?

A. 그때 프리미엄석에 있었어요. 벤치 바로 뒤에 있는 자리요. 전반전까지는 '이기고 승강 플레이오프는 가겠지'라는 생각을 했는데 골을 못 넣는 거예요. 점점 시간이 60분, 70분, 80분, 이렇게 지나갈수록 아까운 장면도 없었어요. 슛이 아예 안 나오는 거예요. 슛이라도 나와야 뭔가 기대를 할 텐데 이거 진짜 여차하면 우리 강등이겠다 싶었죠.

동시간대에 수원FC 결과도 보고 있었는데 이영재가 골을 넣어서 동점을 만들었나 그랬을 거예요. 이 상태로 가면 우리가 강등이다, 80분, 85분, 90분, 추가시간… 결국 강등이 됐어요. 80분 이후부터는 그냥 멍하니 그라운드를 봤던 것 같아요. 옆에 있던 친구는 울고 저는 멍하니 그라운드를 보고. 끝나니까 주위에서 욕설이 나오고 뭐도 막 날아오고, 전광판에는 '변명의 여지가 없습니다'가 딱 떴어요.

프리미엄석에서 나오면 VIP 게이트 있고 거기에 로비 엘리베이터에 있거든요. 내려오면 선수단 버스 통로로 연결되잖아요. 1층에 딱 내려오자마자 문이 열렸는데 앞에서 젊은 서포터즈들이 완전히 흥분해서 거기까지 뚫고 들어가려고 하고 경찰이 잡아 말리고… 그런 상황 자체를 보는 것 자체가 되게 고통이었어요. 악몽이었죠.

사실 팬들이 구단의 내부 사정까지 일일이 다 아는 건 아니잖아요. 어떤 커뮤니티나 '카더라 통신'을 듣고 하는 건데, 성적이 안 좋고 결국 강등까지 되니까 팩트체크보다 울분이 먼저 터지죠. 재앙 그 자체였어요.

Q. 그렇게 강등됐지만 구단은 K리그2에서의 2024시즌을 준비해야 했어요.

A. 최근 몇 년 매듭짓지 못하고 넘어간 일들이 너무 많았잖아요. 김병수 감독 나갔을 때도 구단에서 정확한 입장을 밝히지 않았고, 강등에 대한 입장을 밝힌 것도 없었고요. 시즌 초에 염기훈 감독을 선임했다는 소식이 나왔고요. 작년부터 올해 초까지 조용했던 날이 한 번도 없었던 것 같아요. SNS에 계속 강등 책임을 묻는 댓글만 달리니까 개인적으로는 고통스럽고 피로감을 많이 느꼈어요.

아무래도 커뮤니티에서 의견을 많이 내는 분들은 상대적으로 젊은 분들이 많잖아요. 염기훈의 현역 시절이나 수원의 전성기를 못 봤을 수도 있어요. 그런데 저는 2010년 염기훈이 수원에 이적해왔을 때부터 쭉 봤어요. 수원 하면 염기훈, 염기훈 하면 수원이었거든요. 어떻게 보면 비싼 돈 주고 영입했던 마지막 선수라고도 할 수 있고요. 중동에서의 거액 오퍼도 거절하고 수원에 남았던 사람이었어요. 그런 사람을 수원 팬들이 앞장서서 나가라고 요구하니까 개인적으로 되게 복잡한 감정이 들더라고요. 물론 감독 자리에 앉은 건 본인 의지도 있었겠지만, 어쨌든 그런 상황 자체가 야속하더라고요.

Q. 2부의 삶이란 어떤가요?

A. 그냥 지금은 K리그2에 있는 걸 받아들이는 분위기예요. 안 받아들인다고 해서 달라질 건 없으니까요. 받아들이고 그냥 응원을 열심히 해서 우리 목소리가 승격에 조금이라도 보탬이 되자는 생각으로 응원을 더 열심히 하는 것 같아요.

근데 원정 티켓 구하기가 너무 빡세요. 다른 팀들도 평소보다 원정석을 훨씬 많이 연다고 들었어요. 우리나라도 근현대사에서 아픔이 많잖아요. 그럴 때마다 더 똘똘 뭉쳤듯이 수원 팬들도 어려움을 함께 겪으면서 더 단단히 뭉치는 것 같아요. 그리고 예전에 비해 젊은 여성팬이 엄청나게 많이 늘었어요. 오픈트레이닝데이에서 제가 콘텐츠 촬영을 했는데 다들 올해 '입덕'했다는 거예요. 비기고 지고 이런 걸 보면서 어떻게 그럴 수 있느냐고 물었더니 그냥 오다 보니까 정이 생겼다고 하더라고요.

유럽 축구 직관을 가보면 우리 팀이 잘하든 못하든 그게 크게 중요치 않잖아요. 우리 지역에 내 팀이니까 우리가 1부에 있든 3부에 있든 응원한다는 마인드잖아요. 그런 마인드가 수원 서포터즈에게도 이제 자연스레 생기지 않았나 그런 생각이 들더라고요.

Q. 본인의 30년 인생에서 수원은 어떤 의미인가요?

A. 저에게 수원은 매주 펼쳐지는 인생 드라마입니다. 수원의 경기 결과에 따라서 그다음 경기까지 기분이 좌지우지되는 것 같아요. 나이 때문에 어쩔 수 없지만, 어떻게 보면 수원의 황금기는 학창 시절에 다 놓치고 본격적으로 현장을 다니기 시작했을 때부터는 웃음보다는 아픔이 많았다고 할 수 있겠네요. '쎄오' 감독님은 성격이 워낙 좋아서 약간 선녀였던 것 같아요. 비판도 많이 받았지만 팬들에게는 항상 따뜻하게 잘 대해주셨어요. 어쨌든 수원 역사를 쓴 선수 중 한 명이잖아요. 안양전 오버헤드킥은 구단 역대 최고 골로 뽑히기도 했고요.

Chapter 3.
푸른 영웅들

TRUE BLUE

**원클럽맨
김진우**

1975년 10월 9일 경남 마산 출생

수원 선수 경력	1996~2007
수원 선수 기록	K리그(리그컵 포함) 312경기 2골 19도움
우승	K리그(1998, 1999, 2004), 리그컵(1999, 2001, 2004, 2005), FA컵(2002), 아시안클럽챔피언십(2001, 2002), A3챔피언십(2005), K리그수퍼컵(1999, 2000, 2005), 아시안수퍼컵(2002)
수원 지도자 경력	매탄중 감독(2009), 매탄고 감독(2008~2009), 수원 1군 트레이너(2009), 수원 1군 코치(2010~2012)

* 국가대표 기록: 2경기

축구는 글로벌 스포츠다. 국제축구연맹(FIFA) 가입 회원국의 수가 국제연합(UN)보다 많다. 특정 지역이나 대륙에 편중되지 않는 축구 세상은 지금도 어디선가 90분 시계가 돌아가는 중이다. 축구 인력시장도 365일 연중무휴다. 축구선수는 외국어를 못해도 세계 어디서든 취직할 수 있다. 그래서 충성심이라는 덕목은 사실 언감생심에 가깝다. '원클럽맨'이 돋보이는 이유이기도 하다.

2015년 수원은 '창단 20주년 기념 레전드 10명'을 선정했다. 지금도 팬들에게 큰 울림을 주는 이름들이지만, 개중에서도 김진우는 더 큰 의미를 지닌다. 10명씩이나 모인 레전드클럽 멤버 중에서 수원에서만 뛴 유일한 선수이기 때문이다. 1995년 김진우는 실업선수 우선지명으로 신생팀 수원에 입단했다. 김호 감독은 그를 아들처럼 키웠고, 차범근 감독은 선수의 재계약 협상에 관여했을 정도로 그를 아꼈다. 은퇴 후에는 매탄 유스와 1군에서 모두 지도자로서 후배들을 지원했다. 수원 시절 김진우를 지도했던 선생들이 이곳저곳에서 계속 그에게 오라며 손짓했던 걸 보면 인간관계도 꽤 괜찮은 인물로 보인다.

마산 출신인 김진우는 지금 김해에서 지도자 생활을 한다. 서울에서 내려오는 인터뷰어를 위해 그는 인터뷰 장소를 김해공항으로 잡았다. 수원에서만 300경기 넘게 뛰면서 20년 가까이 지냈는데 김진우의 마산 사투리 억양은 여전히 억셌다.

"얼마 전에 클럽하우스에 한번 가봤어요. 아내와 아이랑 같이 갔어요. 아내는 내가 축구선수였는지도 모르고 결혼한 사람이에요. 클럽하우스에 가기 전에 부탁해서 사람들 없을 때 몰래 들어가 봤죠. 예전과 똑같은데 벽에 우승했을 때 찍었던 사진들을 걸어 놓았더라고요. 사진에 웬만하면 다 내가 있잖아요. 아빠로서 좀 뿌듯했어요."

도착 로비의 구석에 있는 작은 커피전문점에서 김진우는 한참 묵은 기억을 꺼내느라 진땀을 흘렸다. "잘 생각이 안 나는데", "그게 누구였더라"라면서 고개가 연신 좌우로 기울어졌다. 함께한 시간 내내 그는 "지금 나는 그냥 일반인"이라고 말하면서 웃었다. "그때 나는 사실상 1.5군"이라는 고집도 꺾지 않았다. 그러나 대화할수록 수원 역사에서 그가 소금 같은 존재였다는 사실이 드러났다. 기록을 뒤져보면 김진우는 2016년과 2019년 FA컵 우승만 제외하곤 모든 우승을 수원의 식구로서 경험했다. 드라마 〈별에서 온 그대〉의 도민준 같은 느낌이다. 어느 팀보다 경쟁이 치열한 수원에서 그는 12년이나 뛰었고, 은퇴 후에도 구단 내 모든 레벨에서 지도자로서 헌신했다. 이정도 원클럽맨이라면 레전드 소리를 들을 이유는 충분하다. 충분하다는 말로도.

Q. 수원 선수로서 큰 응원을 받으면서 뛰는 기분은 어땠나요?

A. 경기에서 뛰고 있으면 응원을 신경 쓸 새가 사실 없었어요. 경기에 몰입하니까요. 경기가 끝나고 나면 좋았죠. 초창기에는 신생팀한테 졌다고 뭐라고 하는 사람들이 없었으니까 늘 응원 소리만 들으면서 자라왔던 것 같아요. 어떨 때는 내가 진짜 스타가 됐나 싶을 때도 있었어요. 나중에 우리가 빅버드로 옮기고 나서 벤치에 앉아서 응원 소리를 들은 적이 있어요. 전율이 막 오더라고요. 수원종합운동장은 아무래도 약간 소리가 퍼지잖아요. 그런데 빅버드는 소리가 안에 모이니까 정말 크게 들렸어요. 경기에서 뛸 때보다 밖에서 볼 때가 정말 천지차이더라고요. 초창기부터 팬이 너무 많았으니까 감사하고 자부심을 갖고 뛰었어요. 인사할 때도 너무 좋았고, 진짜 열두 번째 선수가 함께한다는 게 너무 좋았죠.

Q. 프로 생활 대부분을 많은 관중 앞에서 뛰었다는 행복감도 있을 것 같아요.

A. 딱히 그런 것만은 아니었어요. 성적이 안 좋을 때는 관중이 확 줄기도 했어요. 꾸준히 많은 건 오히려 요즘인 것 같아요. 관중석이 어느 정도 차는지가 눈으로 보여요. 들리는 소리도 다르고요. 성적이 나쁠 때는 팀 분위기도 떨어져요. 그런 게 고스란히 팬들에게도 전달되는 것 같았어요.

Q. 2003년에 주장 완장을 찼어요.

A. 김호 감독님의 마지막 시즌에 제가 주장을 맡았어요. 그런데 동계훈

런에서 무릎을 다친 거예요. 외국인 선수 뚜따와 함께 독일까지 가서 진료를 받았는데 연골 수술을 해도 되고 좀 나중에 해도 된다고 했어요. 수술하면 한두 달 걸린대요. 동수원병원 거쳐서 결국 일본까지 가서 수술했는데 시간을 너무 까먹었어요. 그러느라고 복귀가 늦어졌어요. 성적은 안 좋고 돌아온 나도 크게 도움이 되지 못해서 그 시즌이 너무 아쉬웠어요. 김호 감독님이 떠나게 된 데에 나도 일정 부분 책임이 있는 게 아닌가 싶었어요. 주장으로서 역할도 못했고요. 굉장히 죄송했어요. 12월에 차범근 감독이 와서 처음 악수를 하는데, 나중에 시간이 지나고 사진을 보니까 제가 이를 꽉 깨물고 있더라고요. 그렇게 좋지 않은 시즌을 보냈고 김호 감독이 떠난 다음에 온 사람이라서 이상하게도 약간 적처럼 느껴졌던 것 같아요.

Q. '원클럽맨'으로 수원에 남았어요. 다른 팀으로 갈 기회도 있었을 것 같은데요?

A. 있었죠. 유럽 전지훈련에서 에이전트가 나더러 '몸 잘 만들고 있어라'라고 말했어요. 그때는 그게 무슨 말인지 몰랐어요. 나중에 팬들이 이야기해주더라고요. 오퍼가 있었다고, 하하. 루마니아에서 올리가 오라고 했다고도 들었고요. 정식 오퍼는 아니었지만 일본 갈 생각이 있느냐는 제안도 들었어요. 에이전트가 '연봉이 다섯 배다'라면서 추진한다고 했는데 제가 안 간다고 했어요. 저를 키워준 김호 감독과 같이 해야 한다고, 지금 좀 잘됐다고 팀을 떠나는 건 좀 아닌 것 같다고 생각해서 거절했어요. 그때는 그런 오퍼가 와도 딱히 의논할 사람도 없었어요. 정보도 없었고요. 그냥 혼자서 결정했어요.

그런데 차 감독님이 오면서 좀 힘들어졌어요. 차 감독님은 훈련에서 선수들을 굉장히 많이 뛰게 했어요. 근육에 무리가 자꾸 오더라고요. 나중에 결국 근육이 살짝 찢어졌어요. 남해에서 훈련이 끝나기 3~4일 전에 복귀하겠다고 했더니 차 감독님이 부상자들은 복귀하지 말고 수원에 올라가서 운동하라고 했어요. 남해 바로 옆에 있는 집에도 못 가게 하고요. 유럽 전지훈련에서는 아예 3군에서 운동하기도 했어요. 나름 고참이었는데 그러니까 팀에서 나가라는 소리처럼 들렸어요. 아, 나갈 수 있을 때 나갔어야 했던 건가 싶었죠.

Q. 그래도 차범근 감독 체제에서 시간이 지나면서 결국 인정을 받았어요.

A. 처음에는 힘들었지만 시즌이 지나면서 저를 인정해주셨어요. 나중에는 차 감독님이 엄청 고맙다고 말씀해주셨죠. ACL 경기들 사이에 갑자기 첼시와의 친선경기가 잡혔는데 뛰다가 내측인대를 다쳤어요. 그런데도 차 감독님이 ACL 경기에 꼭 같이 가야 한다고 해서 갔어요. 그만큼 신임을 받았던 거죠. 2005년에 구단에서 연봉을 깎아 재계약하든지 그냥 계약을 종료하든지 해야 한다고 했을 때도 차 감독님이 저를 대신해서 구단에 '무슨 소리냐? 연봉 올려줘라'라고 해서 재계약한 적도 있어요. 감독님은 천천히 몸 관리하면서 하라고 했지만 팀 성적이 안 좋으니까 고참으로서 책임감을 느껴서 억지로 출전했어요. 쉴 때 쉬어야 했는데 그게 오히려 마이너스였죠. 회복도 늦어져서 몸이 안 따라줬어요.
이후 감독님이 코치를 통해서 이적을 추천했는데 그때도 제가 안 간다고 했어요. 다른 데서 뛰는 건 생각을 안 해봤으니까요. 창단 때 같이 있었던 최강희 감독이 전북에서 2년 정도 더 뛸 수 있다면서 고민해보라고 했는데도 제가 수원에서 계약 기간을 다 채우겠다고 했어요. 나중에 '2년은 더 뛸 수 있었는데'라면서 살짝 후회하기도 했어요, 하하.

Q. 수원을 떠난 뒤에 밖에서 보는 수원은 좀 어땠나요?

A. 가끔 구단과 연락하면서 지냈어요. 2020년에 딱 한번 전화로 '외국인 감독을 데려오는 게 어떠냐'라고 말한 적이 있어요. 순혈주의만 고수하지 말고 확실한 사람을 넣는 건 어떻겠냐고 말했는데 예산 때문에 감당할 수가 없다고 하더군요. 그러더니 다음 날 바로 (박)건하 형이 감독이 됐다고 딱 뜨더라고요, 하하.

염기훈 감독 일은 솔직히 모두의 책임이라고 생각해요. 본인은 기회가 오면 당연히 잡고 싶었겠죠. 감독을 하고 싶은 게 당연하잖아요. 그런데 이렇게 결과가 없으면 다음에 돌아오기가 쉽지 않아요. 조금만 기다리면 본인에게 더 좋은 기회가 올 수도 있는 상황인데 이미 한 번 써버린 꼴이 됐어요. 감독 대행까지만 하고 새 시즌에 코치로 하는 게 정답이었던 것 같아요. 할 수 있다는 자신감이 너무 컸나 봐요.

Q. 제일 기억에 남는 경기는 뭘까요?

A. 최고의 경기는 지금 딱 하나가 생각나지는 않네요. 골을 넣었던 장면은 생각나요. 두 골밖에 못 넣었으니까요, 하하. 하나는 좋은 컷백이 올라와서 주워 먹었고, 다른 하나는 프리킥을 올렸는데 그게 바운드된 뒤에 들어갔어요. 두 골 다 같은 팀, 같은 키퍼였어요. 포항의 조준호.

Q. 혹시 최근에 수원 팬을 본 적이 있나요?

A. 엊그제 봤어요! 부산 백화점에서 수원 옷을 입은 팬이 앞으로 쑥 지나가더라고요. 그런 상황에서 스타들은 아는 척도 하고, 사진도 찍고 사인도 하고 그럴 텐데 저는 평범한 선수였던 사람이라서 그냥 '여기 부산에서도 수원 옷을 입고 다니는구나'라고 속으로 생각만 했죠. 지금 집이 양산인데 양산 조기축구회에 수원 팬이 있어요. 수원 경기 보러 자주 다니시더라고요.

Q. 겸손하게 얘기하지만, 수원 팬들에게 김진우는 '원클럽맨'으로 영원히 남아있으니까 특별할 수밖에 없을 것 같아요.

A. 그렇게 생각해주시면 정말 너무 감사하죠. 이제 저는 프로축구 무대를 떠난 지 오래된 그냥 일반인이잖아요. 밖에 나가면 한 번씩 사람들이 수원 레전드라고 말해주기도 해요. 그럴 때마다 '레전드는 아니고, 그냥 수원에 오래 있었던 사람'이라고만 얘기해요. 그래도 준비해주신 역대 시즌 자료들을 보면서 돌아보니까 좋은 시절에 좋았던 순간을 진짜 저 혼자 다 겪었네요. 이게 다 팬분들, 동료 선수들, 구단과 지도자분들 덕분에 가능했던 것 같아요. 저도 이제 지도자를 10년 넘게 하고 있어요. 예전에 선수로 뛰었을 때 있었던 지도자분들 나이가 된 거죠. 그분들은 그때 벌써 수준이 높았고 대처 능력도 대단했던 것 같아요. 저는 그분들에 비하면 아직도 그냥 애 같은 느낌인 것 같거든요. 다시 한번 생각해볼 부분인 것 같아요.

2

모든 우승의 현장 목격자
이운재

1973년 4월 26일 충북 청주 출생

수원 선수 경력   1996~1999, 2002~2010

수원 선수 기록   K리그, 리그컵 포함, 343경기 358실점

우승   K컵(1998, 1999, 2004, 2008), 리그컵(1999, 2000, 2001, 2005, 2008), FA컵(2002, 2009, 2010), 아시안 클럽챔피언십(2001, 2002), A3챔피언십(2005), K리그 슈퍼컵(1999, 2000), 아시안 슈퍼컵(2002)

수원 지도자 경력   코치(2017~2018)

*국가대표 기록 : 133경기 150실점

솔직해지자. 이운재에 대한 수원 팬들의 마음은 엇갈린다. 구단을 대표하는 레전드로서 뽑기에 손색이 없지만, 현역 생활 군데군데 생긴 요철과 팀을 떠난 뒤의 행보가 영웅 점수를 감가한다. 그러나 수원을 이야기하면서 이운재의 이름을 빼놓을 수는 없다. 구단 역사에 새겨진 별 4개를 전부 현장에서 따냈던 유일한 선수이기 때문이다. 수원이 국내 프로축구 무대를 지배할 때도, 아시아 챔피언으로 등극할 때도, 구단 역사상 가장 드라마틱한 우승 현장에도 수원의 골문을 지켰던 수호신은 이운재였다.

창단 멤버로 합류한 첫 시즌부터 이운재는 폐결핵에 발목을 잡히는 불운을 겪었다. 애틀랜타올림픽 출전이 코앞에서 날아갔고, 긴 치료와 재활 과정을 거친 뒤에야 그라운드로 복귀할 수 있었다. 하지만 이후는 모두가 아는 대로, 1990년대 말 수원과 함께 찬란하게 빛났다. 2002년 월드컵 4강 신화의 영웅이 된 뒤에도 이운재는 여전히 그랑블루와 함께 수원의 골문을 지켰다. 2004년 챔피언결정전에서 이운재는 국가대표팀의 포지션 경쟁자였던 선배 김병지의 킥을 막아 수원의 통산 세 번째 리그 우승을 두 손으로 직접 땄다. 2008년 함박눈을 맞으면서 우승컵을 들어 올렸던 순간에도 제일 기뻤던 선수는 아마도 이운재였을 것이다. 아시안컵 대표팀 음주 파동의 주범으로 몰렸던 눈물의 기자회견으로부터 1년 뒤에 리그 우승과 골키퍼 최초의 시즌 MVP 선정이라는 프로 인생 최고의 순간을 맞이했기 때문이다.

최근 수원이 겪는 일에 관해서 이운재는 할 말이 많아 보였다. 이 책에 모두 담진 못했지만, 구단 운영에 대한 답답한 마음을 숨기지 못했다.

레전드라는 겉모습은 오히려 후배들에게 다가서기를 어렵게 만드는 장애물처럼 그의 마음을 가로막고 있었다. 팬들 중에는 이운재의 로열티에 의구심을 품는 사람도 없지 않다. 하지만 이운재는 여전히 수원을 사랑한다. 처음 이 책 작업과 관련해서 연락하자 이운재는 "수원 책이라면서요? 도와드려야죠"라며 인터뷰 요청을 흔쾌히 수락했다. 함께 뛰었던 동료 중 한 명은 이렇게 말했다. "운재 형이요? 그 형이 수원을 얼마나 좋아하는데요."

Q. 수원의 축구단 창단 소식을 처음 들었을 때 어떤 생각을 했나요?

A. 프로는 돈을 얼마나 투자하느냐라고 생각해요. 삼성전자의 대폭적인 투자가 기대가 됐고 그 구단의 선수로 간다면 영광스러운 자리가 될 수밖에 없으니까 대학 선수들 사이에서는 큰 관심이 쏠릴 수밖에 없었죠. 거기에 우선지명 선수가 되면 너무나 좋다는 생각을 다들 했죠. 김호 감독님은 1994년 월드컵 때 처음 만났어요. 대학교 2학년 때부터 월드컵 최종 예선에서 훈련하면서 본선까지 갔다 왔죠.

Q. 입단 이후 폐결핵을 앓았던 것으로 알려져 있어요.

A. 1996년 상반기에는 올림픽을 준비하느라고 선수들이 100% 다 뛰지 못했어요. 애틀랜타올림픽이 끝날 때까지는 그랬던 것 같아요. 아시는 것처럼 저는 올림픽에 못 갔어요. 폐결핵에 걸려서요. 올림픽을 준비했던 상황이라서 당황스러웠죠. 자꾸 힘들어서 병원에 갔는데 처음에는 이상이 없다고 했어요. 두 번째 갔을 때도요. 최종 예선을 통과하고 올림픽 가기 전에 마지막으로 을지병원으로 갔는데 거기서 폐결핵 판명이 나왔죠.

위험한 단계라고 하더라고요. 4기가 시한부인데 나는 2기에서 3기로 넘어가는 정도라고 했어요. 일주일 정도 입원했고, 나와서는 약을 많이 먹었어요. 아침에 일어나면 약을 12~13알 정도 한 번에 먹어야 했어요. 한 달에 한 번씩 가서 피 검사하고요. 1997년이 되면서 몸이 어느 정도 회복되는 것 같았어요. 한 해 동안 회복하고 1998년부터 경기에서 뛰기 시작했어요.

Q. 1996년 챔피언결정전 경기 기억나시나요?

A. 일단 분위기가 되게 험악했죠. 수원을 사랑하시는 분들은 편파 판정이라고 얘기하겠지만 반대로 울산 쪽 관계자는 아니라고 하겠죠. 어쨌든 되게 허무했던 경기 같아요. 수원이기 때문에 좀 피해를 본다는 느낌이었어요. 불이익을 많이 당한 것 같다는 생각이에요. 지금 와서 얘기한들 결과를 되돌릴 수는 없죠. 좀 많이 안타까운 경기였고 상실감도 컸어요. 하지만 신생팀인 덕분에 한 번 더 기다릴 수 있기도 했어요. 그러면서 단단해질 수 있었고요. 다음 기회가 왔을 때는 안 놓겠다고 했는데 2년 뒤에 바로 딱 왔어요. 1996년도에 당했던 부분들을 돌려줘야 한다는 생각이 감독님, 코칭스태프, 선수들에게 되게 컸던 것 같아요. 두 번 당하면 안 된다는 생각을 많이 했던 것 같아요. 그런 게 운동장에서 끈질기게 나왔던 것 같아요.

Q. 신생팀이라 외국인 선수 관리에 대한 노하우가 상대적으로 적었을 것 같아요.

A. 수비에 있었던 올리가 외국인 선수들을 잘 컨트롤해줬어요. 한국인 동료들이 외국인 선수를 컨트롤하기 힘들거든요. 문화적으로 많이 다르니까요. 대체적으로 한국인 선수들이 연봉도 더 적게 받고요. 외국인 선수를 잘 쓰면 팀 성적이 높아질 수밖에 없어요. 올리가 외국인 선수들 사이에서 많은 것들을 이끌어줬어요. 덕분에 잘 맞아떨어질 수 있었어요. 데니스는 바깥에서 볼 때 개구쟁이 같고 그랬겠지만 선수로서는 지지 않겠다는 마음이 정말 컸던 친구예요. 운동장에 들어가면 그렇게 변해야 한다고 생각해요. 경기에 몰입을 엄청 잘했고 승부욕이 넘쳤어요. 경

기에서 최고의 모습을 보이려고 노력했던 부분이었던 것 같아요.

Q. 수원이 돈도 많이 쓰고 성적도 잘 나와서 기존 다른 구단의 시샘을 받았을 것 같아요.

A. 선수라면 잘 해서 저 팀에 가고 싶다고 생각했을 것 같아요. 다른 팀의 팬들은 시기할 수도 있겠지만 선수는 다르죠. 당시 프로선수라면 누구나 다 수원에 가고 싶어 했죠. 명예 같은 부분도 물론 중요하지만, 축구가 생계를 위한 직업이기도 하니 돈을 생각하지 않을 수 없잖아요.

Q. 군복무를 마치고 돌아온 곳이 축구전용경기장 빅버드였어요.

A. 저는 그래도 A매치를 많이 했으니까 익숙한 편이었고 빅버드에서도 경기를 뛰어본 적도 있었어요. 너무 좋았죠. 트랙이 없어지면서 팬들과 더 가깝게 소통하고 선수와 팬들이 서로 더 가까운 곳에서 볼 수 있다는 게 즐겁죠. 여러모로 좋았다고 생각해요. 안 좋은 건, 욕하는 게 너무 잘 들린다는 것 정도? 경기를 하고 있는데 누가 뒤에서 닭날개를 던졌어요. 좀 심하면 동전을 던지는 사람도 있었어요. 지금은 그런 것들이 없어졌지만 그거 정말 위험하거든요. 특히 눈이라도 맞게 되면 정말 위험하거든요.

Q. 특히 골키퍼 포지션은 멘털이 강해야 할 것 같아요.

A. 이겨내야 해요. 밝힐 순 없지만 그런 이유로 낙오하는 사람들도 분명히 있어요. 지나친 말이 나올 때도 있으니까요. 특히 선수도 선수지만, 지도자들이 마음의 상처를 받는 게 심해요. 인신공격성 비난을 막 던지

니까요. 감독이라고 해서 지고 싶어서 지겠어요? 차라리 선수는 편해요.
냅다 그냥 열심히라도 뛰면 되니까요.

Q. 차범근 감독이 온다는 소식을 듣고 처음 어떤 생각이 들었나요?

<u>A</u>. 솔직히 좀 별로였어요. 하하. 그런데 제가 그런 마음을 갖든 말든 선
수는 자기 할 일을 열심히 하는 거죠. 차 감독님이 계시는 동안 우여곡절
이 좀 있었지만, 지금 생각해보면 서로 재미있게 지냈던 것 같아요. 처음
오셨을 때 고참들이 대체로 좀 힘들어했어요. 체력 훈련을 워낙 많이 시
켰으니까요. '삑삑이'도 했고요. 그런데 저는 지도자가 그 정도는 요구
해야 한다고 생각해요. 차 감독님이 어린 선수들도 많이 데려와서 구단
으로 보면 그때 세대 교체가 확 됐죠.

Q. 2007년에서 2008년으로 이어지는 과정이 참 드라마틱했어요.

<u>A</u>. 도망가지 않고 제 행동에 대해서 저 스스로 책임져야 한다고 생각
했어요. 당시에는 팀에 대한 안도감이 컸던 것 같고, 2008년도에 상황이
풀리면서 2009년도에는 남아공 월드컵에 나가는 과정에서 중요한 몇
경기를 제가 잘 해결했어요. 국가대표 선수에 대한 마지막 사명까지 끝
냈다고 생각해요. K리그에서 수원이 4번 우승을 했는데 그 네 번을 전부
제가 해냈어요. 그 이후로 지금까지 우승하지 못하고 있으니까 '이운재
의 저주'라는 농담 섞인 표현도 생겼죠. 확인해보니 제가 있을 때 컵대회
까지 합쳐서 우승을 21번인가 했더라고요.

Q. 최근에 수원에 입문한 팬들은 우승을 본 적이 없어요.

A. 그런 분들에게는 수원의 우승 역사가 그냥 그림책처럼 느껴질 수 있겠죠. '옛날에 저랬다고?'라고 할 것 같아요. 투자에서 떨어지기 때문에 그럴 수밖에 없어요. 돈을 투자하느냐 안 하느냐의 가장 단적이고 큰 예는 좋은 외국인 선수를 살 수 있느냐 없느냐가 돼죠. 당연히 한국 선수들도 차이가 날 수밖에 없고요. 좋은 선수를 못 사면 많이 힘들어지죠. 나중에 수원에 코치로 들어갔잖아요? 그때 정말 확 느껴지더라고요. 이런 포지션에 어떤 선수들을 요청하는데 안 된다는 답변만 오더라고요. 100%는 아니겠지만 프로에서 성적은 투자에 비례한다고 생각해요.

Q. 그런 시간이 흐를수록 점점 팬들의 불만이 커졌던 것 같아요.

A. 서정원 감독님 때도 너무나 좋은 시간들도 있었는데 '쎄오 타임'이라면서 막 감독 나가라고 했죠. 그즈음부터 팬들의 목소리가 커진 것 같아요. SNS가 유행하면서 더 그렇게 됐어요. SNS가 칼보다 더 무서워진 것 같아요. 그런 댓글을 의식하는 친구들이 꽤 있어요. 저는 선수 생활하는 동안 SNS를 아예 안 했어요. 댓글 자체가 보기 싫었거든요. 보면 기분 나쁘고 상처받고 좋을 게 없으니까요. 나한테 이득이 되는 게 없더라고요. 그렇다고 해서 어린 선수들한테 하지 말라고 할 수도 없고요.

Q. 수원에서 선수로 뛰는 동안 가장 기억에 남는 순간이나 경기가 있을까요?

A. 매 시즌이 그런 순간이지 않았을까 그렇게 생각해요. 어느 한 해를 뽑을 수는 없을 것 같아요. 제가 2~3년마다 팀을 옮긴 게 아니라 수원에

서만 1996년도부터 2010년까지 있었어요. 15년 정도예요. 군대 2년을 빼면 13년 정도고요. 좋았던 때도 있었고 안 좋을 때도 있었어요. 좋은 환경 속에서 좋은 선수로서 지낼 수 있게 노력했던 13년이라는 시간이 다 기억에 남아요.

Q. 2004년 리그 우승을 확정하는 승부차기에서 김병지의 페널티킥을 막았어요.

A. 상대가 누구인지는 사실 인식하지 않았어요. 김병지가 아니라 그게 김영광이든, 정성룡이든 누구라도 신경 쓰지 않아요. 각자의 삶이 있잖아요. 골키퍼들끼리의 경쟁이라고도 생각하지 않아요. 다들 자신과의 싸움에서 어떻게 하면 내가 더 잘할 수 있을까, 내 커리어를 어떻게 하면 더 잘 만들어갈 수 있을까, 저에게는 그런 게 포인트였어요. 누군가를 이겨야 한다는 생각은 하지 않아요.

그때 승부차기에도 상대의 킥 방향 데이터 같은 거 없이 그냥 들어갔어요. 키커로 누가 나올지 모르고, 일단 저는 언제나 볼을 끝까지 보고 뛰는 스타일이에요. 제가 막을 수 있는 범위 안으로 들어오는 것만 확실하게 막으면 돼요. 그런 것만 잡아요. 구석으로 가는 건 못 막아요. 하지만 날아오는 것들은 다 막으려고 뛰는 거예요. 그리고 승부차기에서 골키퍼는 기회가 다섯 번은 주어지는데 키커는 단 한 번밖에 없죠. 떨리는 게 누구일까요? 골키퍼는 지더라도 욕 안 먹고요.

Q. 2023년 강등이 확정됐던 순간에 어디서 뭐 하고 계셨나요?

A. 강원 경기는 봤죠. 그때 무조건 이겨야 했잖아요? '비겨도 떨어지는

데 왜 저렇게 하지?'라는 생각이 들었어요. 강원은 비기기만 해도 되는 상황이라면 밀어붙여야 하는데 싶었어요. 뭐가 필요하겠어요? 그냥 갖다 꽂고 힘으로 무조건 들어가야죠. 너무 기술만 갖고 해보려는 것 같아서 안타까웠어요. 기술도 중요하지만 체력과 힘이 더 중요할 때도 있다고 생각해요. 그때는 때려 부수면서 들어가야 했어요.

경기가 끝나고 저렇게 경기를 하면 안타깝지만 떨어질 수밖에 없겠다는 생각이 들었어요. 한 해에 3명의 감독이 교체됐잖아요. 그러면 선수들이 흔들릴 수밖에 없어요. 감독들은 스타일이 전부 달라서 선수들이 어느 장단에 뭘 맞춰야 할지 몰라요.

Q. 2부에 있는 수원을 보면 마음이 좋지는 않을 것 같아요.

A. 무슨 일이 있는지 물어본 적은 있어요. 하지만 밖에서 도와줄 명분이 없어요. 조언해봤자 그 안에 있는 사람들은 싫어할 수밖에 없을 겁니다. 이렇게 가면 쉽지 않을 것 같아요. 나이 많은 선수들 빠지고, 젊고 괜찮은 친구들은 K리그1 구단에서 데려가려고 하겠죠. 예산이 부족하니까 못 잡아요. 2부리그는 아무래도 지키는, 지지 않는 축구를 해요. 지키고 있다가 후반전에 승부를 보는 스타일이에요. 재미없는 축구가 이어지죠. 저는 1부리그가 18개 팀 정도로 늘어나면 좋겠어요. 하하.

팬심의 대물림

임채성(38)-최은주(39) 부부와 딸 임다올(7)

수원 팬들의 꿈인 '팬심의 대물림'에 성공한 가족이다. 수원 팬이었던 남자친구가 여자친구를 수원 '찐팬'으로 만들었고, 결혼 후 남편과 아빠가 돼서는 눈에 넣어도 안 아플 딸까지 '푸른 팬'으로 만드는 괴력을 실천했다. 다올이는 N석 맨 앞줄을 고집할 정도로 뜨거운 팬심을 갖고 태어났다. 이긴 날에는 집에 와서 하이라이트를 보고, 진 날에는 최근에 이긴 경기 하이라이트를 계속 돌려본다. 다올이는 직접 만든 청백적 팔찌를 다른 팬들에게 선물하기도 한다. 'K리그 에디터스'도 받았다. 그래, 자랑이다.

Q. 언제부터 수원 팬이었나요?

A. [임채성] 어릴 때 수원에서 살았어요. 1998년엔가 수원 어린이 축구 같

은 이벤트를 따라다녔지만 그때는 K리그 경기를 거의 안 봤어요. 고등학교로 올라오면서 축구 서포터즈 동아리를 하면서 좀 봤어요. 진짜 계속 보러 다니는 건 2010년도부터였어요. 일단 우리 동네 팀이었고요. 어렸을 적 같은 아파트에 선수들이 몇 명 살았어요. 샤샤가 있었고 올리도 있었어요. 아들들이 우리 또래라서 같이 축구도 하고 그랬어요. 우리 팬들이 보기엔 유니폼 같은 것도 수원이 제일 멋있고 응원도 제일 열성적이에요. N석에 가면 진짜 경기 시작부터 끝까지 계속 서포팅하잖아요.

[최은주] 고등학교 졸업하면서 신랑을 만나기 시작했어요. 그때는 같이 한두 경기 보러 다녔고요. 군대 갔을 때 헤어졌다가 다시 만났고 신랑이 축구를 좋아해서 계속 따라다니다가 수원에 빠졌어요. 그때부터는 선수들 피켓 같은 것도 만들고 그랬죠. 계속 보니까 선수 이름이 안 보여도 뒷모습만 보면 누군지 알게 되고, 그런 게 눈에 들어오기 시작하더라고요. 팀에 대해서도 찾아보게 되고요. 그때가 2011년, 2012년쯤이에요. 윤성효 감독님이 서울은 무조건 다 잡아줬어요. 그게 너무 신기했어요. 그때 서울이 1위를 하는데도 수원한테 졌다고 차 막고 팬들이 드러눕고 그랬어요. 그런 볼거리도 너무 신기했어요.

Q. 평소 경기장에서의 위치는 N석인가요?

A. [최은주] 처음에는 E석에 앉았어요. 제가 별 관심이 없으니까 신랑이 맥주 먹고 치킨 먹고 이런 걸로 데려갔어요. 그러다가 W석으로 갔죠. 연간권으로 W석을 사서 보면 응원을 바라보는 것도 굉장히 매력적이잖아요. 그러다가 다올이가 태어나고 조금 크면서 같이 응원하는 걸 너무 좋아하더

라고요. 그래서 N석으로 갔어요.

[임다올] 얼마 전에 전남 경기는 맨 앞에서 봤어요. 가까이서 보는 게 제일 재미있어요. 노래는 '나의 사랑 나의 수원'이 제일 좋아요.

[임채성] 빅버드 N석에서는 예약만 잘하면 맨 앞자리도 가고 1층 뒤쪽, 옆쪽에서 보고 그랬는데 올해는 예매가 너무 힘들어요. 다올이가 두 살, 세 살 때는 우리 경기력이 좀 많이 안 좋았잖아요. 그러니까 후반전에 다올이는 자고 그랬어요. 그런데 작년부터 응원에 완전히 빠져서 이제 안 자요. 응원가도 다 알거든요.

Q. 주변에 축구 팬들은 많이 있나요?

A. [최은주] 여자 친구들 중에는 없어요. 친구들을 데리고 와본 적도 있는데 중간에 가자고 하더라고요. 확실히 가족끼리 다니는 게 경기를 제대로 보면서 집중도 하는 것 같아요. 다올이도 즐거워하고요.

[임채성] 요즘은 인스타그램이 워낙 활성화돼서 경기장에서 알게 되는 분이 되게 많아요. 수원 팬들은 '블루하우스(구단 제휴 가맹점)'를 일부러 찾아가는데 거기서 만나고 그래요. 카페도 있고 고깃집도 있고 다양해요.

[임다올] 경기장 와서 만나는 친구들 있어요. 유치원에도 있고요.

Q. 사실 경기장에서는 가족이 함께 응원하기가 생각만큼 쉽지 않을 것 같아요. 주위에서 험한 소리도 나오고 그러잖아요?

A. [임채성] 아내가 임신하기 전에는 응원하는 게 재미있으니까 일부러 N석도 가고 그랬는데 약간 힘들었나 봐요. 요즘 원정은 아내는 임신 중이라

서 힘들고, 제가 다올이만 데리고 다녀와요.

[최은주] 계속 서 있어야 하잖아요. 힘들어서 잠깐 앉으면 군중 속에서 내가 파묻히는 느낌이 들고요. 계속 서 있자니 힘들고, 앉으면 그렇게 되고, 그래서 '우리 좀 외곽에서 보자'라고 했어요. 넓은 곳에서 편하게 보고 있는데, 사실 다올이는 관중석 첫 줄에서 보는 걸 워낙 좋아해서요.

Q. 일하고 결혼하고 아이 태어나고 그러면 직관도 좀 뜸해지지 않나요?

A. [임채성] 저희는 계속 늘고 있어요. 다올이가 태어난 다음에도요. 작년까지는 원정은 수도권만 갔는데 올해는 진짜 웬만하면 다 가요. 다올이가 워낙 좋아해서요. 축구를 좋아하지 않는 애를 데리고 다니면 힘들 텐데 지금은 본인이 더 좋아하니까요.

[최은주] 결혼하면서 팀 순위가 점점 내려가는 거예요. 우리는 항상 우승을 바라보는 팀이라고 들었는데 이상하잖아요. FA컵에서 우승한 적도 있긴 해도 리그에서는 별 다는 걸 못 봤거든요. 중간이랑 밑에 있는 팀이 돼버렸는데 그래도 일상이니까 갔어요. 다올이를 키울 때는 잘 못 갈 때가 많았는데 신랑은 꾸준히 관심이 있으니까 물어보고 그랬죠. 아예 뚝 끊긴 적은 없었던 것 같아요.

Q. 부모가 수원 팬이라고 해서 자녀가 반드시 축구나 수원을 좋아하라는 법은 없잖아요?

A. [임채성] 맞아요. 수원 팬인 부모는 자기 자식도 수원 팬으로 만들고 싶어하지만 그게 마음대로 되진 않죠. 일단 저희는 인스타그램을 되게 활발하게 해요. 다올이랑 둘이 막 다니면서 사진도 많이 찍어서 올려요. 약간

결혼 적령기가 되신 팬분들은 우리 가족이 롤모델이라면서 딸 낳아서 이렇게 같이 다니고 싶다는 말씀을 많이 하세요. 다올이도 처음부터 그랬던 건 아니었어요. 작년에 수원FC랑 하는데 처음으로 다올이랑 저랑 둘이 갔어요. 아내는 결혼식 가느라고 못 갔고요. 그때 졌으면 우리가 그냥 끝나는 시즌이었는데 카즈키가 퇴장당한 거예요. 그런데 우리가 이겼어요. 마지막에 김주찬이 골 넣었고, 끝나고 카즈키가 와서 인사하고요. 그 경기에서 다올이가 완전히 빠졌어요.

[최은주] 그 경기 전후로 다올이가 완전히 달라졌어요. 그 전에는 그냥 엄마, 아빠 따라서 분위기 좋으니까 간 거였는데 그때부터는 수원에 완전히 빠졌어요. 만약에 그날 안 갔으면 지금도 다올이는 그냥 엄마, 아빠 따라가는 정도였을지도 몰라요. 다올이는 골 넣는 순간 그리고 카니발 정도를 좋아했는데 그날 경기 이후로는 지더라도 경기장에서 보는 모든 것을 좋아하게 됐어요.

Q. 결혼 전에 혼자 직관했을 때, 연애하면서 직관했을 때, 다올이와 함께 직관했을 때, 각각 어떤 맛이 있을까요?

A. [임채성] 혼자 가서 볼 때는 진짜 경기에 몰입해서 보는 것 같아요. 둘이 다닐 때는 항상 경기장에 가니까 그냥 일상이었고, 지금은 다올이랑 같이 가니까 챙길 게 많아졌어요. 날씨도 중요하니까요. 경기에서 지면 다올이가 슬퍼하고 그러니까 맨날 이겼으면 좋겠다는 생각에 더 조마조마해지더라고요.

[최은주] 온 가족이 가면 경기에 집중하지 못할 때도 있죠. 갑자기 화장

실에 가야 할 때도 있고 짐도 많아지고 하니까요. 그래도 기쁨은 더 늘어 난 것 같아요. 다올이가 좋아하는 모습을 보면서 우리도 좋아하니까 더 기 뻐요. 다올이도 엄마랑 있을 때와 아빠랑 있을 때가 약간 달라요. 아빠랑 있을 때는 더 몰입해서 보더라고요. 엄마랑 있으면 약간 더 애기가 되는 것 같고요. 사람들 많은 곳에 가면 다올이도 더 몰입해서 잘 봐요. 응원도 열심히 하고요.

Q. 2023년 강등이 확정됐던 현장에도 온 가족이 있었던 건가요?

A. **[임채성]** 그날은 W석도 정말 꽉 찼었거든요. 그 전 두 경기를 우리가 다 이겼어요. 대전전도 2-0으로 이기다가 2-2가 됐고요. 뭔가 계속 기대를 하게 되잖아요. 그날 제주와 수원FC가 경기를 하는데 제주가 이기고 있었 어요. 우리는 비겨도 플레이오프는 가는 상황이었는데 경기력이 너무 안 좋은 거예요. 그냥 비기기만 하자는 마음으로 봤어요. 그런데 수원FC가 한 골을 넣어서 비기게 되자 이쪽에서는 다들 스마트폰 보면서 조급해지기 시작했어요. 경기에서 지면 욕하시는 분들도 많잖아요? 그런데 그런 사람 도 없었어요. 뭔가 치열하게 공격을 막 하다가 그렇게 됐으면 모르겠는데, 정말 골을 넣을 것 같다는 생각이 안 드는 게 속상했어요.

　　[최은주] 경우의 수를 따지는 게 너무 속상해서 그냥 '우리가 잘해서 이 기면 돼'라고 믿었는데 경기력이 너무 안 좋았고 그렇게 끝나버렸어요. 아 무 말도 못하겠라고요. 그냥 끝난 거예요. '우리 강등이야?' 믿어지지 않았 어요. 휘슬이 울렸는데도 다들 그냥 가만히 있었어요. 다음 날이 돼도 믿기 지 않았던 것 같아요. 다올이가 일기장에 '염기훈 삼촌 울지 마세요'라고

썼더라고요.

Q. 2부는 좀 어때요?

A. **[임채성]** 2부 오면 그래도 진짜 재밌겠다 싶었어요. 이기는 거 많이 보겠다 했죠. 다올이 사진을 인스타그램에 꾸준히 올리는데 이긴 날과 진 날의 '좋아요' 수가 완전히 달라요. 다올이도 진 경기는 안 찾아보고 이겼던 경기 하이라이트만 계속 봐요.

[최은주] 강등됐다는 슬픔에서 빠져나올 때 '그래도 내년엔 더 즐거운 축구를 볼 수 있다'라는 기대감이 있었어요. 왜냐면 다 이길 줄 알았거든요. 그런데 2부가 만만치 않더라고요. 아래 팀 원정을 갈 때는 기대감이 더 생기는데 못 이겨서 충격을 받고 돌아올 때도 많았어요.

Q. 최고의 직관 경기는 언제였나요?

A. **[임채성]** 우리가 5-1로 이겼던 슈퍼매치. 그때 우리도 가서 봤는데 그건 잊을 수가 없는 경기였어요. 연간권을 끊어서 정해진 자리에서 봤죠. 그날은 뭘 해도 다 되는 날이었던 것 같아요. 일단 다른 팀보다 그 팀에 이기는 느낌이 또 다르잖아요. 개인적으로 제일 기대가 컸던 때는 2021년 박건하 감독의 전반기였어요. '매탄소년단' 나오면서 계속 2위였거든요. 정말 기대가 컸는데 고승범이 군대 가면서 갑자기 와르르 무너지더라고요. 전반기 때는 정말 '우리 진짜 우승하는 거 아냐?'라고 생각했는데.

[최은주] 그때는 정말 한 주 내내 기뻤던 것 같아요. 경기를 하면서도 좋았고, 끝나고도 계속 기사가 올라오고, 하이라이트 또 보고, 일주일 동안

쭉 그랬어요. 제주 원정 갔을 때도 좋았어요. 다올이가 서너 살 정도였을 때요. 휴가와 경기를 맞춰서 4박 5일인가로 갔어요. 지금도 다올이는 제주 원정을 언제 가느냐고 물어요. 제주도 여행 가서 축구까지 보고 너무 좋았어요.

Q. 10년 후, 다올이 가족은 어떤 모습일까요?

A. [최은주] 예전에 그런 얘기를 한 번 한 적이 있어요. '다올이가 커서 친구들이랑 보러 갈까?'라는 생각도 해보고, '남자친구랑 가려나?'라는 생각도 해봤어요. 그냥 막연하게 계속 다올이가 수원 경기를 보고 있을 거라는 생각을 하는 것 같아요. 안 보고 있을 수도 있을지도 모르겠지만요. 나중에 수원이 1부로 올라가서 다올이한테 '비행기표 끊어줄게, 같이 가자'라고 하고 있으면 좋겠어요.

[임채성] 친구들이랑 가도 그냥 경기장만 갔으면 좋겠어요. 엄마, 아빠를 따라다니지 않아도 괜찮아요. 저희는 둘이 다니면 되니까요. 그래도 축구는 좋아해서 다올이가 계속 봤으면 좋겠어요. 같이 다니면 더 좋고요.

슈퍼매치의 씨앗
서정원

1970년 12월 17일 경기도 광주 출생

수원 선수 경력 1999~2004

수원 선수 기록 K리그(리그컵 포함) 185경기 68골 25도움

우승 K리그(1999, 2004), 리그컵(1999, 2000, 2001), FA컵(2002), 아시안클럽챔피언십(2001, 2002), A3챔피언십(2005), K리그 수퍼컵(1999, 2000), 아시안 수퍼컵(2002)

수원 지도자 경력 코치(2012), 감독(2013~2018)

감독 우승 FA컵(2016)

* 국가대표 기록: 88경기 16골

서정원은 따뜻한 사람이다. 온화한 표정만으로도 상대에게서 포근함을 끌어낸다. 진심을 담은 대화법은 상대의 닫힌 마음을 연다. 그의 선수들은 감독을 위해 뛴다고 말한다. 서정원을 직접 만나본 적이 있는 팬들은 그의 친절함을 잊지 못한다. 주변까지 포근하게 만드는 재주가 있는 사람이다.

　축구 씬에서 서정원이 남긴 흔적은 온기보다 열기에 가깝다. 유럽 진출은 대한축구협회의 이적동의서 발급 거부로 무산됐다. 국내 복귀 과정에서는 전 소속팀과의 분쟁이 발생했고, 이후 한국 축구계에 보기 드문 라이벌리를 낳았다. 수원삼성 감독 시절도 사랑과 희망, 비판과 지지가 혼재되어 요란하게 채색되었다. 성격 좋기로 소문난 사람의 행보치고는 우여곡절도 많고 파란만장하기까지 하다.

　수원에서 서정원은 6시즌을 뛰었다. 처음 합류한 1999시즌에 전관왕을 견인하며 화려한 국내 복귀를 신고했다. 안양LG 팬들이 서정원을 향해 야유를 퍼부으면서 지지대 더비의 온도는 급격하게 치솟았다. 수원에서 보낸 마지막 시즌도 리그 우승으로 장식된 덕분에 '선수 서정원'의 수원 생활을 우승의 수미상관으로 완성했다. 2003년 5월 18일 친정팀 안양LG를 상대로 터트린 오버헤드킥 골은 시간이 흘러 팬들이 뽑은 수원 역대 최고의 골로 선정되었다.

　수원 감독 생활은 2013년부터 2018년까지 6시즌간 지속되었다. 모기업의 정책 변화 속에서 구단과 팬 모두가 심한 어지럼증을 호소했던 시기였다. 그 안에서 서정원 감독은 온갖 문제에 봉착하면서도 특유의 통솔력으로 불협화음을 최소화하면서 버텨냈다. 예산이 줄고 고액 연봉자들이 처분되는 와중에도 서정원 감독의 수원은 6시즌 동안 K리그에서 2위를 두 차례 기록했다. AFC챔피언스리그에 출전하지 못했던 시즌은 한 번뿐이었다. 팬이나 선수단 모두 '감독이 서정원이라서' 지지하고 열심히 뛰었다. 서정원 감독 체제에서 수원은 조금씩 현실 감각을 찾아갔다. 이름값과 개인 기량으로 리그를 압도하던 수원은 시간이 흐를수록 상대보다 한 발 더 뛰면서 끝까지 포기하지 않는 생존형 스타일로 체질을 바꿔갔다. 막판에 승점을 날리는 모습만 기억하기에 서정원 감독의 수원이 흘렸던 땀은 너무나 값지고 의미 있었다.

Q. 처음 유럽에 나갔다 한국으로 돌아온 과정이 궁금해요.

A. 사실 '쎄오'라는 별명도 스트라스부르에서 붙었어요. 제가 잘 하고 있다가 새 감독이 오면서 선수를 15명이나 바꿨어요. 저도 밀려서 벤치에 앉아 있으니까 3만 관중이 '쎄오'를 연호했어요. 그래서 그게 제 별명이 된 거죠. 그때 몸이 정말 괜찮았거든요. 나가면 정말 잘할 수 있는데 그렇지 못하니까 정말 화가 났어요. 저를 팔기는 싫고, 대신 스위스로 임대를 가라고 하더라고요. 이유도 없이 그냥 스위스가 별로 안 좋았어요. 임대 얘기가 있던 구단은 좋은 팀이었는데도 제가 그냥 싫었어요. 일단 한국으로 돌아갔다가 최대한 빨리 다시 유럽으로 나오자고 생각했어요. 원래 LG로 가려고 했죠. 구리에 집도 얻었어요. 그런데 LG가 진짜 터무니없는 조건을 제시했어요. 그런 와중에 삼성이 들어와서 '1년만 뛰고 유럽 나가도 좋다'라고 제안해줬어요. LG 구단 쪽에 솔직히 얘기했어요. 삼성에서 이렇게 제안했다고요. 그렇게는 안 된다고 해서 결국 삼성과 계약했죠.

돌아가기까지 한 달쯤 남아서 감독이 몇 경기 뛰게 해줬어요. 그런데 출전해서 제가 정말 잘했어요. 마르세유 경기에서도 완전히 다 휘젓고 했어요. 그러니까 갑자기 독일 카를스루에 스카우트가 와서 계약하자고 하더라고요. 우리는 벌써 한국으로 돌아가기로 다 결정된 상태라서 미안하다고 거절했죠. 진짜 우여곡절이 많았어요. 몸 상태가 좋았으니까 K리그에 오자마자 또 잘한 거예요. 또 유럽에서 있다가 왔으니까 다양한 수도 보이고 여유가 생기더라고요. 스트라이커가 아닌데도 측면에서 매 시즌 10골 넘게 넣을 수 있었죠.

Q. 신생팀 수원삼성에 대한 인상은 어땠나요?

A. 수원은 창단하면서부터 세팅이 훌륭히 잘되어 있었어요. 모든 시스템이 스마트하게 잘 갖춰져 있었어요. 거기에 맞물려 서포터즈도 기하급수적으로 늘어났어요. 모든 게 다 맞아떨어졌어요. 마케팅, 팬, 선수, 성적까지 잘 맞았어요. 제가 오기 전에 리그에서 처음 우승도 했잖아요. 수원 팬은 한국 축구 서포터즈 문화의 선두주자라고 생각해요. 대한민국 축구의 응원 문화를 만든 사람들이에요. 그게 전통이 되고 강해지고, 그래서 지금까지 이어지고 있다고 생각해요.

Q. 수원에서 계속 뛰게 된 계기는 아이러니하게도 안타까운 부상 영향이었습니다.

A. 한국으로 돌아올 때는 금방 다시 나가려고 했어요. 자신감도 컸고 몸도 워낙 좋았으니까요. 그런데 몸 좋을 때 조심하라는 말이 있잖아요? 십자인대가 딱 끊어졌어요. 그렇게 큰 부상은 처음이었어요. MRI를 찍었는데 십자인대가 거의 80%가 끊어졌어요. 삼성 재활센터에서 한두 달 정도 보강 운동을 하면 지금 상태로 지탱할 수 있다면서 수술을 만류했어요. 고민하다가 재활하기로 했죠. 정말 열심히 재활해서 상태가 좋아졌어요. 팀으로 돌아와서 조깅하고 볼도 차면서 2~3주 정도를 보냈고 팀 훈련에 합류해서 일주일 정도가 지났어요. 경기에서 조금씩 뛰는 게 좋다고 해서 들어갔다가 완전히 딱 나갔어요.

십자인대가 끊어졌고 나이는 거의 30대잖아요. 몸도 실력도 원상복귀를 기대하기가 어려운 상황인데 수원이 와서 5년 재계약을 해준 거예요. 5년 계약해줄 테니까 유럽에 나가지 말고 그냥 여기서 '수원맨'이 되라고 하더라고요. 너무 고마웠죠. 그래서 다친 상태에서 5년을 계약했어요. 십자인대가 끊어진 선수가 5년 계약을 한 거예요. 독일에서 수술도 받게 해줬고요. 사람이 아플 때 그렇게 신경 써주면 엄청 고맙잖아요. 그래서 저도 '여기서 뼈를 묻자'라고 결심한 거죠.

Q. 차붐 체제에서 일어난 변화는 어땠나요? 2004년 다시 유럽으로 돌아가는 과정도 설명해주세요.

A. 차 감독님이 오셨을 때 제가 고참이었어요. 아무래도 나이가 들고 수원은 워낙 선수층도 계속 좋아졌죠. 솔직히 저는 아직 괜찮다고 생각하는데 감독님은 계속 플레잉코치 쪽으로 자꾸 생각하시더라고요. 구단에 있는 분들도 계속 '정원아, 너는 이렇게 하면서 준비해'라고 했어요. 저도 지도자를 하고 싶었지만 유럽에 나가서 배우고 싶었어요. 그런데 한 외국인 코치가 저한테 몰래 와서 '너, 아직 몸 괜찮으니까 충분히 더 선수생활 해도 된다. 내가 유럽 팀들 알아봐줄 수 있다'라고 하더라고요. 저도 '그래, 유럽에 나가서 반년 정도만 더 뛰다가 지도자 공부를 하자'라고 결심했어요. 아예 공부하러 나간다는 마음이었죠. 그 친구가 '내가 잘츠부르크에 연락해봤다. 그냥 가면 돼'라고 하는 거예요.

구단 쪽에 말했죠. 이렇게 나가서 공부하고 싶다고요. 구단에서 가지 말라는 거예요. 안기헌 단장님이 '위에서 너 보내지 말래'라면서 코치 계약서까지 갖고 왔더라고요. 아무리 보내달라고 해도 안 된다는 거예요. 나중에는 단장님 집까지 찾아가서 제발 좀 보내달라고 부탁했어요. 끝까지 안 된다고 하시더라고요. 그래서 이적동의서 같은 것도 없는데 그냥 비행기 타고 잘츠부르크로 갔어요.

6개월 정도 뛰고 독일에 가서 공부할 생각이었는데 생각했던 것보다 몸이 더 좋잖아요. 경기에서 골도 넣고 하고 싶은 대로 다 되는 거예요. 1년만 더 할까? 그래서 1년, 2년, 3년, 4년이 됐어요. 나중엔 오스트리아에서 MVP까지 탔죠. 매 시즌 끝날 때마다 독일 분데스리가 사람들이 저를 데려가겠다며 찾아왔어요. 그랬다가 다들 나이를 보고 깜짝 놀라서 돌아갔어요, 하하.

Q. 유럽 클럽의 코칭스태프 구성에 관해서 잘 알고 계시는데 어떤 스토리가 있을까요?

A. 지금 크리스털 팰리스 감독인 올리버 글라스너가 리트에서 함께 뛰었던 친구예요. 제가 수원에서 나와서 쉬고 있을 때 연락이 닿았어요. 지금 자기가 볼프스부르크 감독을 하고 있으니까 보러 오라고 해서 김대의 선수랑 같이 갔어요. 볼프스부르크에서 지내면서 클럽하우스부터 코치 구성, 훈련 내용, 경기까지 안에 들어가서 자세히 볼 수 있었어요. 그렇게 자꾸 나가면 뭐라도 느끼고 배우는 게 있어요.

스트라스부르의 르네 지라르 감독도 되게 유명한 사람이에요. 2002년 월드컵 때 프랑스 대표팀 코치로 왔었고, 몽펠리에가 우승할 때 감독이었어요. 제가 수원에 있을 때 코치들 데리고 가서 훈련하는 것도 봤어요. 저는 이상하게 네트워크 연결이 잘돼요. 술을 좋아하는 것도 아닌데 말이죠.

Q. 유럽과 한국의 코칭 문화에는 어떤 차이가 있다고 생각하세요?

A. 유럽은 누구든 소신껏 해요. 코치들이 각자 분야가 있잖아요. 예를 들어 어제 경기에 대해서 얘기해 보자고 해요. 그러면 상대팀에 관해 애기하고, 우리 전술이 어떻게 가야 할지, 훈련은 어떤 프로그램으로 할지 등등 모두 다 펼쳐놓고 얘기를 해야 해요. 그런 자리에서 유럽 코치들은 자기 소신껏 주장해요.

한국에서는 그렇지 않죠. 군대식으로 감독이 '야, 이건 이렇지 않아?'라고 말하면 코치들은 벌써 그쪽으로 가 있어요. 나는 지금 우리 코치들(청두 룽청)한테 절대 그렇게 하지 말자고 해요. 주제를 던져 놓고 나는 생각한 안을 갖고 있지만 절대 먼저 얘기를 안 해요. 코치들이 자기 생각들을 먼저 얘기하도록 계속 유도해요. 의견들이 나오면 그걸 종합해서 판단하죠.

Q. 수원 선수들의 마음을 사로잡았던 비결은 뭘까요?

A. 진심을 담아서 대화하는 것도 카리스마라고 생각해요. 대화해보면 선수들도 딱 알아요. 선수를 대하는 지도자의 태도가 있어요. 지금 하는 말이 진심인지 아닌지 사람은 알아요. 상대에게 '지금 이 사람은 진심이구나'라고 느끼게 해야 하는데, 억지로 그렇게 만드는 게 아니라 자연스럽게 그렇게 할 줄 아는 사람이 있어요. 그게 진정한 카리스마라고 생각해요.

선수의 얘기를 들어주는 것도 중요해요. 영상 미팅에서 장면을 보여주잖아요. 코치가 '야, 여기서 왜 이렇게 했어? 이게 문제야'라고 얘기할 수 있어요. 하지만 아 다르고 어 다르잖아요. 먼저 물어봐야 해요. '세계야, 이 상황에서 어떻게 하는 게 맞는 것 같아?'라고요. 선수가 이런이런 부분을 잘못한 것 같다고 스스로 찾게 해주면 그게 선수들 머리에 쏙 들어가요. 선수가 스스로 이해하게 해줘야 해요. 이렇게 해, 저렇게 하지 마 식으로 말하는 코칭과는 천지 차이예요. 그러면 선수는 안 받아들여요. 거부감을 갖고 쳐내요. 겉으로는 알겠다고 하지만 속으로 욕하죠. 그렇게 되면 팀이 망가져요. 그걸 제일 잘했던 지도자가 크라머 감독님이었어요. 선수의 단점을 보완해주는 스킬이 최고였어요. 강남에 있는 베테랑 입시 강사들이 그러잖아요. 핵심만 딱딱 파악해서 그 지점을 건드려주는 스킬이요.

Q. 수원이 힘든 상황에서도 공격에 크게 공헌한 선수로 조나탄을 잊을 수가 없어요.

A. 조나탄이 대구에서 골을 많이 넣었는데 갑자기 없어졌어요. 브라질로 돌아갔대요. 대구에 코치, 의무 스태프 등등 다양한 경로로 조나탄이 어떤 선수인지 빨리 알아보라고 했어요. 코치들이 전부 '영입하지 말래요'라고 했어요. 한 경기 뛰면 사흘 쉬고, 자기 마음에 안 들면 말 안 듣고, 그런데 골은 잘 넣는대요.

영입하자고 했어요. 그리고 이적료 없이 영입할 좋은 선수가 조나탄밖에 없었어요. 책임질 테니까 데려오라고 했어요. 동계훈련에서 보니까 칭찬해주면 되는 선수더라고요. 선수가 하는 말을 먼저 들어주고 '그 대신에 너는 이거 해야 해'라고 해주면 신나서 잘하는 스타일이었어요.

시즌 시작했는데 3~4경기에서 조나탄이 골을 못 넣었어요. 우리는 믿을 골잡이가 조나탄밖에 없잖아요. 어떻게든지 조나탄으로 만들어내야 했어요. 미팅에 불러서 '야, 잘하고 있어. 두들기다 보면 열려. 내가 여기 감독이고 나는 너를 계속 믿고 쓸 거야. 괜찮아'라고 말해줬어요. 그랬더니 얘가 갑자기 엉엉 우는 거예요. 자기를 이렇게 믿어줘서 너무 고맙다면서요. 그다음부터 조나탄이 마구 골을 때려 넣기 시작하는데 정말 정신없이 넣어줬어요. 나중에 중국으로 이적료 400~500만 달러 가까이 받고 팔았죠. 그런데 그렇게 팔면 뭐 해요, 돈을 안 쓰는데, 하하.

Q. 구단 살림살이가 빠듯한데 잘하는 선수는 자꾸 나간다고 하면 감독으로서 정말 곤란했을 것 같아요.

A. 좋았던 기억만큼 아픈 기억도 많이 남아요. 자꾸 예산이 줄어드니까 우리는 선수를 만들고 팔아야 했어요. 정대세도 이적료 받고 팔았고, 정성룡도 나가고 권창훈도 팔았죠. 힘든데도 팔아서 돈을 만들어야 했어요. 그렇게 어려운데도 (권)창훈이는 제가 유럽에 보내주자고 구단과 싸웠어요. 제가 현역 시절에 그런 부분에서 한이 많았기 때문에 유럽 진출에 뜻이 있는 선수를 막고 싶지 않더라고요. (권)창훈이한테 '쌤이 보내줄 테니까 걱정하지 마. 내가 싸워줄게'라고 다독였어요. 선수 인생에서 그런 기회가 몇 번이나 오겠어요. 막고 싶지 않았어요.

동계훈련할 때마다 선수들에게 말했어요. 그저 그런 팀으로 간다고 하면 안 보내주겠지만 유럽이나 다른 좋은 팀에서 오퍼가 오면 감독에게 직접 말하라고요. 힘들어도 제가 보내준다고 했어요. 코치들에게도 '좋은 팀에서 감독 오퍼가 오면 나한테 바로 얘기하라'라고 했어요. 보내주겠다고요. 혼자 끙끙 앓거나 미안해하거나 그러지 말라고 했어요. 힘들었지만 그래도 나름 행복하게 잘 살았던 것 같아요. 재작년인가 그때 멤버들이 다 모여서 식사했어요. 너무 좋더라고요.

Q. 팬들의 비난이 서운하진 않았나요?

A. 이해는 해요. 수원삼성은 경기력, 성적, 스타플레이어들이 맞물리면서 팬층이 두터워지고 팬 문화가 강해져 왔어요. 좋은 선수들이 하나둘 나가고 예산이 줄고 그러면 팬들은 화가 나기 시작하죠. 팬들은 당연히 이기는 걸 좋아하니까요. 어느 정도는 상황을 이해하면서 현실적으로 냉정하게 보며 응원하는 팬이 있는가 하면 결과만 보고 순간 순간 화를 내는 사람도 있어요. 구단은 이런 문제를 해소하기가 힘들고, 그래서 계속 그런 현상이 나타나는 거죠. 현장에 있는 지도자들은 처한 상황에서 최대한 퍼포먼스를 끌어내고 만들어야 해요. 하지만 한계가 있죠. 그걸 극복하기가 되게 힘들어요.

감독이나 선수에 대한 여론은 단 몇 달만에 바뀔 수 있어요. 팬은 표면적으로 나타나는 것만 갖고 얘기할 수밖에 없으니까 감독이든 선수든 감당해야죠. '쎄오타임'이라는 소리도 솔직히 사람이니까 서운하기도 하죠. 그해 그 스쿼드 갖고 3개 대회를 어떻게든 유지하고 맞춰 갔어요. 그런데 안에서 어떻게 노력하는지는 눈에 안 보이죠. 밖에서 보면서 '너희, 이게 뭐야?'라고만 하니까 참 미치겠더라고요. 사람이 정말 돌아버려요. 스트레스가 어마어마하지만 감독은 그런 걸 감당하는 자리라고 생각해야 하죠. 운명이에요. 직업이고요.

Q. 10년 후 수원의 모습을 어떻게 그려보시나요?

A. 다시 1부에서 우승을 다퉜으면 좋겠어요. 예전처럼 우승했다, 우승에 근접했다는 기사들이 펑펑 나왔으면 좋겠어요. 그렇게 변해 있었으면 좋겠어요. 수원은 명가, 명문이잖아요. 그걸 되찾았으면 좋겠어요. 예전에 농담처럼 '한 번 떨어져 봐야 한다. 그래야 정신 차린다'라고 서로 말한 적이 있었거든요. 2부로 내려간 이상, 가다듬고 다시 앞으로 나아가야죠.

4

아파도 그냥 참고 뛰는 팀
김대의

1974년 5월 30일 경기 화성 출생

수원 선수 경력 2004~2010

수원 선수 기록 K리그(리그컵 포함) 191경기 24골 20도움

우승 K리그(2004, 2008), 리그컵(2005, 2008), FA컵(2009), A3챔피언십(2005), K리그슈퍼컵(2005), 범퍼시픽챔피언십(2009)

수원 지도자 경력 플레잉코치(2010), 매탄고 감독(2014~2015)

* 국가대표 기록: 13경기 3골

2002년을 모르는 축구 팬은 없다. 월드컵 4강 신화는 한여름 뒤늦게 재개된 프로축구에서도 광풍을 몰고 다녔다. 한국 축구의 영웅들이 뛰는 모습을 실제로 볼 수 있다는 생각에 소속팀들의 경기에는 많은 팬이 몰렸다. 그런데 국가대표팀에 열광했던 팬들의 기대와 달리 해당 시즌의 절대 반지는 성남일화에 돌아갔다. 월드컵 멤버가 한 명도 없는 성남은 노련함과 능숙함으로 리그 무대를 평정했다. 시즌 MVP는 리그 17골 12도움으로 폭주한 성남의 김대의였다. 2002년 한국프로축구에서 가장 빛난 선수였다는 뜻이다.

　　2004년 김대의는 차범근 감독의 부름을 받아 빅버드라는 새 둥지의 일원이 됐다. 그러곤 또 리그에서 우승했다. K리그 역사상 최초의 개인 4년 연속 리그 우승 기록이었다. 수원 팬들은 김대의를 열렬히 지지했다. 우승 기운을 몰고 왔다는 사실보다 그라운드 위에서 그려지는 그의 헌신 때문이었다. 요즘 말로 김대의는 '대가리 처박고 뛰는' 스타일의 대명사였다. 윙어 또는 윙백 포지션에서 김대의는 경기 시작부터 끝까지 쉬지 않고 뛰었다. 골을 펑펑 터트리거나 화려한 플레이로 시각적 환희를 제공하는 선수도 좋지만, 수원 팬들의 마음을 움켜쥐는 최고의 덕목은 역시 열정과 투지 그리고 충성도다. 김대의는 그런 단어들의 의인화라고 해도 좋다.

　　지금 김대의는 중국 프로축구 무대에서 지도자로 활약한다. 2021년 서정원 감독과 함께 청두룽청의 수석코치로 시작해서 현재 2부 쓰저우 동우를 이끌고 있다. 부임 첫 시즌 김대의 감독은 전년도보다 승점을 20점 넘게 더 따내는 놀라운 선전을 펼쳤다. 'K리그 에디터스'는 청두의 홈경기장에서 우연히 김대의 쑤저우 감독을 만났다. 자기 팀 경기 일정을 마치곤 중국 내 친정을 찾아온 것이다. 경기 시작 전부터 중국 SNS에는 청두 홈경기장에 등장한 김대의 감독의 사진이 올라왔다. 주변의 중국 팬들이 김대의 감독을 알아보곤 환한 얼굴로 인사를 건넸다. 경기를 끝낸 청두의 중국인 선수 한 명이 "코치님!"이라고 소리치면서 후다닥 달려와 그에게 안겼다. 김대의 감독은 선수의 볼을 쓰다듬으면서 안부와 몸 상태를 물었다.

김대의는 수원의 선수였고 스태프로서도 일했다. 지금은 수원에 사는 시민이자 팬으로서 수원삼성을 응원한다. 선수 시절 김대의를 응원하는 팬 소모임의 첫 정모가 이루어진 장소는 그의 집이었다. 본인 스스로가 수원의 지지자이기에 가능한 일이었다.

Q. 성남에서 이적해 수원에 합류하게 된 스토리를 소개해주세요.

A. 2001년부터 성남일화가 3년 연속 우승을 차지했잖아요. 2002년에 제가 리그 MVP를 탔고요. 2003년에 중국에서 ACL 경기를 하다가 무릎을 다쳤어요. 한창 좋을 때 그러다가 시즌이 끝나면 FA가 됐거든요. 새로운 도전을 좀 하고 싶었어요. 2004년에 인천이 새로 창단해서 처음에는 마음이 그쪽으로 많이 갔어요. 여러 군데서 얘기가 있었는데 차범근 감독님이 직접 전화를 하셨어요. 그게 제일 마음을 움직였죠.

Q. 차범근 감독의 축구와 플레이스타일이 잘 맞았던 것 같아요.

A. 스피드 있는 선수를 좋아하시지 않았나 싶어요. 처음 갔을 때도 차 감독님이 11번을 준비했다면서 굉장히 배려해주셨어요. 그때는 제가 운동장에서 진짜 많이 뛰어다니긴 했어요. 성남에서의 화려한 솔로 플레이보다 수원에서는 팀을 위해서 더 열정적으로 뛰었어요. 차 감독님은 훈련에 있어서도 항상 열정적이었어요. 뛰는 데도 항상 A~D조가 있었어요. 잘 뛰는 선수들이 A조에 들어가죠. 조마다 초 단위가 달랐고요. 항상 선수들과 함께 직접 뛰셨어요.

Q. 성남에서 리그 3연패하고 수원에 와서 또 우승했어요.

A. 기존에 워낙 좋은 선수가 너무 많았죠. 어린 유망주도 좋은 선수가 많아서 그런 게 잘 맞아떨어졌다고 생각해요. 미드필드에 김두현을 세우는 3-4-1-2 포메이션을 주로 썼어요. 나드손과 마르셀이 앞에 서고 내가 그 뒤에 섰어요. 바로 뒤에는 김진우 선수가 있었어요. (김)진우 형

은 볼 관리 능력이 좋았어요. 경고를 안 받으면서 상대 흐름을 정말 잘 끊었어요. 성남에 김상식이 있었다면 수원에는 김진우가 있었죠. 조현두, 이병근, 서정원 등 선수들이 다 좋았어요. (이)병근이 형은 헌신의 대가였어요. 작은 몸으로 깡다구가 정말 장난이 아니었어요. 백3로 바꾸면서 적응에 시간이 좀 걸렸지만, 다들 능력이 있는 선수들이었으니까 그게 점점 잘 맞았어요.

Q. 2004년 리그에서 우승하고 나서 우는 모습이 당시에 큰 화제였어요.

A. (최)성용이랑 안고 막 눈물을 흘리는 영상이 엄청 잡혔어요. 둘이 어렸을 때부터 친구였거든요. 수원에 오고 차 마시면서 농담처럼 '내가 와서 이제 수원이 우승하는 거야'라고 말했는데 그 얘기가 팬 사이에 쫙 퍼졌어요. 가볍게 한 얘기였는데 그게 널리 퍼져서, 개인적으로 부담이 많이 됐어요. 그래서 진짜 더 열심히 뛰었어요. 그렇게 해서 우승하니까 그게 감정적으로 팍 터졌던 것 같아요.

Q. 2008년 8월 부산전에서 나온 극적인 1-1 동점골을 잊지 못하는 팬들도 많아요.

A. 2007년부터는 주로 윙백으로 뛰었어요. 체력은 괜찮았는데 반응이나 민첩성이 좀 떨어지더라고요. 후반기에 우리가 안 좋았어요. 전반기에는 12승 1무로 압도적이었거든요. 그런데 후반기가 되면서 서울이 치고 올라왔어요. 그런 상황에서 홈에서 부산한테 지고 있다가 '버저비터'가 터졌어요. 경기가 끝나고 코치님들이 '만약 올 시즌 우리가 우승하면 오늘 거둔 이 승점 1점이 정말 큰 1점이 될 거다'라고 말씀해줬어요. 서

울이 치고 올라와서 뒤집혔다가 다시 우리가 1위가 됐고, 챔피언결정전에서 우승한 거죠.

Q. 2004년과 2008년 팀을 비교하면 어떤가요?

A. 모든 게 바뀌었죠. 주 포메이션도 백4로 달라졌고요. 차 감독님은 백3로 우승하고 백4로도 우승한 거예요. 백4를 만들어 가는 과정에서 마토와 (곽)희주가 잘 맞았어요. (조)원희가 오른쪽에서 미드필드로 올라갔고, 어린 선수들도 다들 좋았어요. 백지훈, (신)영록이, (서)동현이도 있었어요. 대전에서 온 배기종도 좋았어요. 흐름이 안 좋을 때 차 감독님이 과감하게 어린 선수들을 기용해서 효과를 봤어요. 리그컵에서 어린 선수들이 정말 잘해줬고요. 누가 들어가도 자기 역할을 할 수 있었던 친구들이었죠. 이정수는 오른쪽을 봤어요. 송종국, 이관우처럼 경험이 풍부한 선수들이 있었고, 독일에서 온 에두가 스트라이커를 봤고요.

사실 개인적으로는 2005년 멤버가 제일 좋았다고 생각해요. 김남일, 안효연, 송종국 등 좋은 선수들이 들어오기 시작했어요. 동계훈련을 일본에서 했는데 사실 일본 팀이 쉽지 않거든요. 그런데 우리가 다 이겼어요. 시즌 초반 컵 대회까지 정말 좋았는데 부상자가 많이 나오면서 성적이 떨어졌어요. 2005년 멤버가 좀 아까워요.

Q. 2008년 눈 내리던 날을 기억하세요?

A. 챔피언결정전 2차전 막판에 제가 아마 교체가 됐을 거예요. 나와서 휘슬 불 때까지 준비하고 있었죠. 휘슬 울리고 다 뛰쳐나가고 다들 안고

난리났죠. 그때 수원에 있던 사람들은 자긍심이 있어요. 가끔 만날 때도 '그때가 좋았지'라고 이야기해요. 그때만 해도 막연히 언젠가 또 머지않아 다시 우승할 거라고 생각했지, 이렇게 되리라고는 아무도 상상하지 못했죠. 리그에서 그게 마지막 우승이었던 거예요.

Q. 윤성효 감독, 서정원 감독으로 넘어가면서 상황이 많이 달라졌어요.

A. 사실 윤성효 감독님 계실 때까지도 선수들은 좋았어요. 전북으로 간다는 정성룡을 데리고 오고 그랬거든요. 영입도 엄청 많이 했어요. 서정원 감독님이 하면서 진짜 힘들어졌죠. 기존에 있던 선수들은 나이를 먹고, 좋은 선수들이 새로 영입되지 않았어요. 그러면 감독이 할 수 있는 게 별로 없어요. 저는 당시 은퇴하고 싱가포르에 있었는데 서 감독님이 같이 하자고 전화가 왔어요. 가족만 두고 저 혼자 돌아가기가 어려웠는데 아내가 '자기가 좋아하는 수원이잖아. 가고 싶으면 가'라고 이해해줬어요. 그래서 아내가 기러기 생활을 했죠.

Q. 매탄고 시절 제자들은 어땠나요?

A. 오현규는 제가 스카우트 때 데려온 아이예요. 제가 들어갔던 그때 1학년 애들이 너무 좋았어요. 17세 대표팀 소집에 7명까지 간 적이 있었어요. 그 아래에 전세진이 있었죠. 지금 전진우요. 몸이 너무 약해서 일단 많이 먹고 잠 충분히 많이 자라고만 했어요. 지금 키가 많이 컸죠. 매탄은 서로 오고 싶어 난리였어요. 권창훈, 김건희, 정상빈, 오현규 같은 선수들이 막 나왔으니까요. 지금은 박승수가 인기가 좋죠. 수원삼성의

유스는 워낙 잘돼 있어요.

유스는 지도자의 역량도 중요하지만 선수가 그 과정을 어떻게 버티면서 성장하느냐, 즉 본인의 역할이 제일 중요해요. 지도자는 뒤에서 도와주는 역할입니다. 아무리 잘해도 선수가 노력하지 않으면 그만이에요. 손흥민이 그렇잖아요. 결국 본인이 직접 증명해야 해요.

Q. 인생에서 수원은 어떤 의미인가요?

A. 프로 선수로서 이름을 날리기 시작한 건 성남 때였어요. 기록으로 봐도 성남 때가 더 화려해요. 그런데 수원은 제가 더 큰 책임감을 갖고 뛰었던 팀이에요. (이)임생이 형과 싱가포르에서 있을 때도 그랬어요. 다른 데서 오퍼 오면 안 가도 수원에서 오라고 하면 무조건 한국에 들어간다고요. 저한테 수원은 뭔가를 따지고 계산해서 가는 팀이 아니에요. 아무 이유 없이 좋아요. 그냥 좋아요.

2009년 성남종합운동장에서 FA컵 결승전이 있었어요. 차 감독님이 성남에 강하다면서 저를 위로 올렸어요. 오른쪽에서 달리면서 크로스를 올리고 나서 육상 트랙까지 밀렸다가 알루미늄 파이프 선을 밟아서 발목이 팍 돌아갔어요. 쓰러져서 '내가 뛰는 마지막 결승전이 될 수 있다'라는 생각이 들었어요. 닥터 형한테 발목을 그냥 꽉 단단히 묶어달라고 했어요. 하프타임에 다시 테이핑하고 나가서 연장전까지 뛰었어요. 승부차기에서 (이)운재 형이 두 개 막았고, 제가 5번 키커로 마지막 페널티킥을 넣어서 우리가 우승했어요.

끝나고 보니까 발목이 시커멓더라고요. 한 달 동안 못 걸었어요. 그런 초

능력이 어디서 나왔을까요? 수원은 저에게 있어서 '아파도 참고 뛰고 싶었던 팀'이었넌 거죠. 나중에 차 감독님도 '너 그때 되게 감동이었어' 라고 말씀해주셨어요. 수원삼성에서 내가 보냈던 시간이 헛되지 않았구 나, 그런 생각이 들었어요.

Q. 앞으로 수원은 어떻게 될까요?

A. 언젠가는 올라오겠죠. 빠른 시간 내에 올라오면 더 좋지만 우리가 원하는 대로 다 되는 건 아니에요. 팬들은 그걸 생각하면서 또 응원하겠 죠. 기대감을 갖고 '올라가겠지, 좋아지겠지'라고 믿으면서 계속 팀을 지켜주는 게 팬들인 거죠. 지금 수원은 팬들이 지켜주는 거예요. 수원은 팬이 많아지면 많아졌지 줄거나 없어지진 않아요.

가끔 저와 같이 모여서 시간을 갖는 팬들은 이제 다들 애 아빠, 애 엄마 가 됐어요. 이제 제가 계산하려고 하면 '오빠, 이제 우리도 능력 돼요. 이 제 저희한테 받아요'라고 말해요. 다들 학생이었는데 이제 어른들이 됐 어요. 소모임의 첫 정모를 우리집에서 했어요. 시간이 한참 지나서 누군 가 그때 그랬다고 SNS에 올린 걸 봤어요. 선수가 자기 집으로 팬들을 초 대해서 만나는 일은 있을 수 없고 앞으로도 없을 거라는 댓글이 있더라 고요. 수원 팬들은 항상 내 마음 속에 있어요.

변하지 않는 가치

이민구 신부

바티칸까지 가서 가톨릭 미사 전례를 공부하고 돌아온 '박사님' 신부다. 성당에서 일하느라 너무 바쁜데 없는 짬을 만들어 빅버드를 찾는다. 초창기 서포터즈 멤버인 덕분에 그랑블루와 붉은악마의 성장기를 현장에서 직접 체험했다. 천생 종교인인데 K리그 모드로 전환하면 가슴이 뜨거워지고 그 팀을 항상 '서울FC'라고 지칭한다. 차범근 감독을 제일 좋아하고, 2016년 FA컵 우승 현장을 직관했다.

Q. 수원 팬으로 입문한 계기는 무엇이었나요?

A. 안녕하세요. 이민구라고 합니다. 수원을 지지하는 천주교 신부입니다. 1998년 프랑스 월드컵 최종 예선전이 축구에 빠진 계기였어요. 국가대표

팀 경기를 보며 관심이 커졌고 자연스럽게 K리그에도 눈길이 가기 시작했죠. 수원삼성블루윙즈를 선택한 결정적인 계기는 차범근 감독님이었어요. 차 감독님과 개인적으로 알게 된 인연도 있었지만, 수원의 공격적이고 다이내믹한 축구 스타일이 좋았어요. 그 이후로 수원은 단순한 축구팀 이상의 존재가 되었습니다.

팀의 전술적 매력과 경기장에서 느낀 열정적인 응원이 제일 큰 이유였다고 할 수 있어요. 선수들이 입장할 때 서포터즈가 개선 행진곡을 부르잖아요. 경기에서 꼭 이겨달라는 뜻인 동시에 '우리도 열두 번째 선수로서 함께 입장한다'라는 선언이기도 해요. 천주교에서도 미사 전에 입당하면서 노래를 불러요. 목적이 똑같아요. 성당에 모인 이들의 일치를 강화하고 신자들의 마음을 이끌며 행렬에 참여시키는 거죠.

Q. 수원이라는 클럽의 매력은 뭘까요?

A. 수원의 매력은 단순히 성적에서만 오는 게 아니에요. 처음에는 좋은 경기력에 수원을 찾았지만 시간이 지나면서 수원의 진정한 매력은 팬들과의 끈끈한 유대감이라고 생각하게 됐어요. 수원은 단순한 축구팀이 아니라 팬들과 함께 만들어가는 역사를 지닌 구단입니다. 어려운 시기에도 팬들은 수원을 떠나지 않고 팀과 함께 위기를 극복하려는 노력을 보여주죠. 이러한 결속력이 수원을 더욱 특별하게 만드는 요소라고 생각해요.

Q. 한창 수원 팬이었던 시절의 분위기를 알려주세요.

A. 차범근 감독님이 수원을 이끌던 때였어요. 당시 수원은 리그에서 명실

상부한 강팀으로 자리잡고 있었죠. 차 감독님이 수원에 부임한 후 곧바로 팀을 성공적으로 이끌어 2004년 리그에서 우승했어요. 이 시기가 수원의 또 다른 전성기였다고 생각해요. 아시아 무대에서도 좋은 성과를 거뒀고요. 팬들에게 큰 자부심을 안겨주었습니다.

Q. 가장 기억에 남는 직관 경기는 언제였나요?

A. 축구 경기 전체를 통틀어서는 2002년 월드컵 폴란드전이요. 첫 월드컵 승리에 대한 간절함이 정말 컸어요. 대한민국 축구 역사에서 매우 중요한 순간이었잖아요. 수원 경기 중에는 2016년 FA컵 결승전이 가장 극적이었어요. 1차전에서 2-1 로 이겼는데 2차전에서 서울한테 똑같은 스코어로 졌어요. 승부차기 순간은 정말 숨이 막히더라고요. 팽팽하게 가다가 결국 우리가 이겼어요. 단순히 FA컵 트로피를 들어올린 것 이상의 의미였어요. 서울을 꺾고 우승했으니까 팬들에게는 말로 표현할 수 없는 기쁨과 감동이었죠.

Q. 수원 팬으로서 가장 기분 좋을 때는 언제인가요?

A. 서울에 있는 FC 무슨 팀이던가요? 그 팀한테 이겼을 때요.

Q. 반대로 가장 기분이 나쁠 때는요?

A. 서울FC인가 하는 그 팀에 졌을 때요.

Q. 강등이 확정되던 순간, 어디에서 무얼 하고 있었나요?

A. 이탈리아 로마에서 생중계로 봤어요. 결과가 눈앞에 펼쳐질 때까지도 실감이 잘 나지 않았어요. 멀리 떨어져 있어서 그런지 충격적인 순간을 현실로 받아들이기가 어려웠습니다. 패배를 확인하고 나서야 수원이 강등됐다는 사실이 서서히 다가왔어요. 현장에서 함께하지 못한 채 멀리서 팀의 운명을 지켜봐야 한다는 상황이 정말 답답하게 느껴졌어요. 경기장에 없었으니까 그 결과가 정말 현실인지 체감하기 힘들더라고요.

Q. 2024시즌을 시작하면서는 실감이 좀 나던가요?

A. 비로소 강등이 현실로 다가왔어요. 시즌 전까지 머리로는 이해했지만 마음으로는 받아들이기 어려웠던 부분이 있었던 것 같아요. 그런데 2부리그에서 수원의 이름을 마주하니까 그제야 강등이 얼마나 큰 사건이었는지 알겠더라고요. 경기 일정표를 보니까 꽤 생소한 팀들과 경기를 치르는 거예요. 수원의 위치가 완전히 달라졌다는 사실이 확연하게 느껴졌어요.

Q. 2024년을 2부에서 지내면서 수원은 팬의 의미가 더 커진 것 같아요. 그 비결이 무엇일까요?

A. 이번 강등으로 인해 팀과 팬들에게 많은 변화가 일어났다고 생각해요. 하지만 이 상황이 오히려 수원을 더욱 특별하게 만든 것 같기도 합니다요. 수원이 오랫동안 명문 구단으로 자리 잡아온 만큼 팬들에게는 그 역사와 전통이 너무나 소중해요. 2부로 내려가도 그런 가치는 바뀌지 않잖아요. 팬들은 그 영광의 역사를 지키고 이어가야 한다는 책임감을 더 크게 느끼

고 있어요. 팀이 어려운 순간일수록 그 전통과 자부심이 팬들 사이에서 더 강하게 나타나고 있는 것 같아요.

수원 팬들과 팀의 유대감도 깊어졌다고 생각해요. 팬들은 단순히 경기를 보는 것이 아니라 팀의 일부가 되어 함께 싸우고 있다는 느낌을 받아요. 그래서 지금도 더 열심히 응원하고 1부로 돌아가길 간절히 바라고 있고요. 팀과 팬들이 하나로 묶여 있다는 그 유대감이 2024시즌에서 더 도드라지게 보이는 것 같아요. 강등은 큰 충격이었지만 그만큼 다시 올라설 수 있다는 희망이 팬들에게 더 큰 힘이라고 생각해요. 어려운 시기에도 수원을 떠나지 않고 계속해서 지지하는 것은 그들이 팀의 미래를 함께 만들어가고 있다는 믿음 때문입니다.

관중수가 계속 주목받고 있다는 여론도 일종의 심리적 자극제가 되고 있어요. 그런 기사가 계속 나오면 팬들에게 긍정적인 영향을 미쳐요. '우리가 수원을 지키고 있다'는 자부심이 더욱 커진다고 생각해요. 팬들은 경기장에 가는 것이 단순한 응원을 넘어 팀의 위기 상황에서 각자 중요한 역할을 한다고 느끼는 것 같아요. 그래서 더 적극적으로 직관하는 거겠죠.

Q. 지금 내게 수원이란 어떤 의미인가요?

A. 동반자 같은 존재라고 해야 할 것 같아요. 수원과 함께한 시간들이 축구 팬으로서 삶의 중요한 부분을 차지하고 있어요. 기쁠 때나 힘들 때나 늘 함께해온 팀이기 때문에 그 의미는 시간이 지날수록 커져요. 승리할 때는 기쁨을 함께 나누고 팀이 어려운 상황에 처했을 때도 그 곁을 지키며 응원하잖아요. 오랜 친구나 동반자로서 함께 걸어가는 것처럼 느껴져요.

수원과 함께한 시간이 내 기억이고, 그 시간 속에서 쌓인 추억이 지금의 나를 만들어 준 것 같아요. 앞으로도 더 많은 순간을 함께하고 싶어요.

Q. 앞으로 수원이 어떤 방향으로 잘 나갔으면 좋겠어요?

A. 다시 전통과 명성을 지닌 구단으로 복귀하길 바라요. 염기훈 감독 선임 문제는 구단 운영의 방향성에 있어 중요한 교훈을 남겼다고 생각해요. 염기훈은 수원의 상징적인 선수였지만 감독으로서는 경험이 부족했어요. 앞으로 구단은 더욱 신중하고 체계적인 접근으로 접근해서 팀을 운영해야 한다는 교훈을 줬다고 생각해요.

변성환 감독은 혼란을 빠르게 수습하고 선수단 사기도 회복한 것 같아요. 경기력도 긍정적으로 변했고요. 수원의 미래에 있어 중요한 발판이 될 수 있다고 생각해요. 수원이 1부로 도약할 가능성은 충분해요. 그리고 K리그 정상에도 다시 도전할 수 있어요. 이번 강등을 교훈 삼아서 더 나은 리더십과 장기적인 비전을 세웠으면 해요. 전통과 자부심을 가진 구단으로 발전해 나가기를 바라는 마음뿐이에요. 팬들의 기대에 부응하며 성장했으면 합니다.

5

인생 최고의 황금기
산토스

1985년 12월 25일, 브라질 모르투가바 출생
수원 선수 경력   2013~2017
수원 선수 기록   K리그(리그컵 포함) 145경기 55골 14도움
우승   FA컵(2016)

수원은 지금까지 K리그 득점왕을 다섯 명 배출했다. 전관왕 시즌의 샤샤(1999년), '고데로' 멤버인 산드로(2001년), 한 미모 했던 조나탄(2017년)과 K리그 유일의 아시아쿼터 득점왕 타가트(2019) 그리고 2014시즌의 '작은 거인' 산토스였다.

　산토스는 2010년 제주유나이티드에서 K리그에 데뷔했다. 작은 체구에도 불구하고 영리한 위치 선정과 확실한 결정력으로 산토스는 제주에서 3시즌 동안 38골을 넣는 맹활약을 펼쳤다. 뛰어난 활약을 바탕으로 산토스는 중국 슈퍼리그에 스카우트됐지만 현지 적응에 실패했다. 2013년 중국 진출 반 년 만에 K리그로 복귀한 산토스의 두 번째이자 마지막 한국 구단이 바로 수원이었다. 푸른 유니폼을 입은 산토스는 시즌 후반기만 뛰고도 8골을 넣는 활약을 선보였다. 그러고는 이듬해 수원에서 보낸 두 번째 시즌에 14골로 당당히 K리그 득점왕을 차지했다.

　산토스가 연출한 가장 인상적인 장면은 마지막 경기에서 나왔다. 2017년 전북현대를 상대로 치른 마지막 경기에서 산토스는 교체로 들어갔다. 1-2로 뒤진 상태였기에 어떻게든 승부를 뒤집어야 했다. 산토스는 환상적인 드롭성 원더골로 전북을 침몰시켜 3-2 역전승 드라마를 썼다. 수원 유니폼을 입고 터트린 62번째 득점이었다. 동료들의 뜨거운 축하를 받으면서 산토스는 뜨거운 눈물을 흘렸다. 한국 생활을 마무리하고 떠나는 인천국제공항에서 수원 팬들은 산토스를 연호하며 브라질 영웅을 뜨겁게 환송했다.

Q. 지난 2017년, 수원 구단은 산토스 선수를 11번째 공식 레전드로 선정했어요. 시간이 좀 지났지만, 생각해보면 어떤 기분이 드나요?

A. 레전드로 선정되었다는 것을 떠나, 구단과 팬들의 기억 속에 여전히 제가 존재하고 있다는 사실이 정말 뿌듯해요. 누구도 지울 수 없는 추억이죠. 요즘도 제가 뛰었던 경기, 넣었던 골들, 그리고 서포터즈와 팬들이 저의 이름을 외쳐주는 영상을 봅니다. '라라라라라라라 산토스~ 산토스~'. 그럴 때마다 감정이 올라와요. 정말 행복합니다.

Q. 수원 시절 최고의 순간은 언제였나요?

A. 의심할 여지 없이 2014시즌이었어요. 우승을 하지는 못했지만, 리그에서 2위라는 좋은 성적을 냈고 저는 14골을 넣으며 K리그 득점왕이 됐어요. 그해 리그 베스트 일레븐으로도 뽑혔고요.

Q. 특히 기억에 남는 경기가 있을까요?

A. 2016년 FA컵 결승전이요. 빅버드에서 열린 서울전은 정말 중요했던 경기였어요. 특별한 기억입니다. 제가 2골을 넣었던 전북전도 잊을 수 없어요. 마지막 골을 넣고 감정이 올라와서 눈물이 터졌어요. 갑자기 수원을 떠나게 된 점이 아쉬웠어요. 당시 팬들이 아무것도 모르는 상태였다는 점도 좀 아쉬웠던 것 같아요. 한국을 떠나던 날, 팬들이 인천국제공항까지 나와줘서 정말 행복했어요.

Q. 당시 팀을 이끌었던 서정원 감독에 대한 기억은 어때요?

A. 무척 좋았어요. 점잖은 분이고 축구에 대한 지식도 풍부했어요. 그라운드에서 경기력을 펼칠 수 있는 방법을 훈련에서 보여줬어요. 아무도 기분 나쁘지 않게 팀 내부 문제를 해결하는 방법도 잘 알고 있었어요. 정말 좋은 감독이자 좋은 친구였어요.

Q. 언제 어떻게 수원의 강등 소식을 들었나요? 기분은 어땠어요?

A. 브라질에서도 항상 수원 소식을 챙겨 봐요. 강등 소식도 실시간으로 들었어요. 너무 슬펐죠. 최악의 상황이 벌어졌으니까요. 시즌 막판에 옛 동료이자 친구인 염기훈이 지휘봉을 맡았을 때, 문제가 잘 해결될 줄 알았어요. 아쉽게도 그렇지 못했죠. 수원은 거대한 구단이잖아요. 꼭 1부 리그로 돌아와야 해요. 돈을 위해서가 아니라, 구단을 사랑하는 모든 선수가 힘을 내주길 바랍니다.

Q. 수원에서 뛰었던 4시즌 반은 인생에서 어떤 의미일까요?

A. 제 축구 인생에서 최전성기가 수원 시절이었다고 생각해요. 수원은 인생의 일부예요. 딸 레베카는 동탄에서 태어났어요. 사라는 수원에서 한국어를 배웠죠. 수원은 제 인생에 있어서 너무나 중요한 부분입니다. 팬들도 그렇고 수원의 모든 것이 지금도 저를 행복하게 해줘요.

Q. 책을 읽게 될 수원 팬들에게 전하고 싶은 메시지가 있다면요?

A. 수원 서포터즈 그리고 모든 팬 여러분, 낙심하지 말고 계속 팀을 위

해 응원해주세요. 푸른 거인을 다시 K리그1으로 끌어올릴 수 있는 건 바로 팬 여러분일 겁니다. 힘내요 수원! 나도 함께 응원할게요. '라라라라 라라 산토스~ 산토스~'를 외쳐주던 여러분이 그립습니다.

6

영원불멸의 곽대장
곽희주

1981년 10월 5일 강원 강릉 출생

수원 선수 경력   2003~2013, 2015~2016

수원 선수 기록   K리그(리그컵 포함) 308경기 19골 6도움

우승   K리그(2004, 2008), 리그컵(2005, 2008), FA컵(2009, 2010),
A3챔피언십(2005), 팬퍼시픽챔피언십(2009)

수원 지도자 경력   플레잉코치(2015~2016), 매탄고 코치(2018~2019)

* 국가대표 기록: 6경기

곽희주는 수원 팬이 요구하는 모든 것을 갖췄다. 그가 뛴 K리그 구단은 수원이 유일하다. 이적할 기회가 적지 않았지만, 곽희주는 끝끝내 빅버드에 남았다. 누구보다 전투적으로 뛰었다. 그의 수비 철칙은 '상대를 절대로 돌아서지 못하게 할 것'이다. 그래서 곽희주의 디펜스는 상대 공격수를 막기보다 선제적으로 달려들어 사냥한다. 호전적이고 전투적인 센터백만큼 자기 팬들을 흥분시키는 포지션도 없다. 김호 감독이 연습경기에서 대패한 대학교 팀의 중앙수비수를 발탁한 이유도 곽희주의 공격적인 수비였다. 수원의 지지자들이 곽희주를 '곽대장'으로 부르며 최고 레전드 반열에 올려놓은 이유 중 하나이기도 하다.

팬들이 가장 중시하는 슈퍼매치에서 싸울 때마다 곽희주는 영혼을 새하얗게 불태웠다. 슈퍼매치 역대 최다 출전자(34경기)인 곽희주는 몸을 사리지 않는 허슬플레이와 끝까지 포기하지 않는 집념으로 수원 팬들의 승부욕을 만족시켰다. 스트라이커의 다리를 잡고 늘어지는 플레이는 상대에겐 비신사적 반칙일지 몰라도 수원 팬들의 마음에는 절대 잊을 수 없는 투지의 역사화로 남는다. 곽희주의 왼쪽 팔목에는 청백적 방패가 새겨져 있다. 위치상 남에게 보여주기보다는 본인이 보려고, 자기 자신에게 보여주려는 것 같다. 팬들을 미치게 한다.

유니폼을 입은 곽대장과 평상복의 곽희주는 동일 인물이라는 사실이 믿어지지 않을 정도로 다르다. 그라운드에서 마구 날뛰었던 그의 심장 박동은 라인을 빠져나오는 순간 거짓말처럼 고요해진다. 운동선수처럼 보이는 구석이라곤 큰 키와 짙은 피부밖에 없다. 한없이 내성적이고 말수가 적다. 그런 성격 탓인지 수원에서 출발은 쉽지 않았다. 차범근 감독의 냉정함에 어린 곽희주는 마음의 상처를 받아 팀을 무단 이탈한 적이 있었다. 축구를 아예 관둘 생각이었다. 대천 앞바다에서 연행되어 팀에 복귀했고, 1년 뒤 그는 K리그 베스트일레븐에 선정되었다.

수원과 함께하면서 곽희주의 마음은 팬을 향해 가파르게 기울었다. 축구가 뭐라고 매주 경기장을 찾는 사람들이 신기하고, 성적이 떨어질 때도 변함없이 선수들을 격려하는 심리도 그에겐 존경할 수밖에 없는 부분이다. 수원의 문화를 만든 주인공은 구단이 아니라 팬이라는 믿음이 강해진 이유이기도 하다.

"경기가 있을 때마다 많은 팬이 보러 오시는데 그런 건 팬분들이 직접 만든 문화라고 생각해요. 그러면 구단은 팬들에게 계속 즐길 거리를 제공해야 하고요. 팬이 없으면 수원이란 구단은 금방 몰락하겠죠."

수원과 다시 함께할 날을 어렴풋이 상상하면서 그는 현재에 매진한다. 지금 거치고 있는 과정에 몰입해야만 자신이 꿈꾸는 미래가 실현된다는 사실을 잘 알기 때문이다.

Q. 수원에 입단하게 된 과정 스토리를 소개해주세요.

A. 대학교 때 감독님이 직접 운전하는 버스를 2시간 정도 타고 가서 수원 보조운동장에서 연습경기를 했거든요. 그때 수원 1군 선수들이 나왔어요. 산드로가 유명한 건 알고 있었죠. 이 선수를 한번 잡아보고 싶어서 공격적인 수비를 많이 했어요. 돌아서지 못하게요. 경기는 우리가 5-0으로 졌어요. 저도 프로에서는 안 되겠다는 생각을 했죠. 그런데 이틀 뒤에 감독님이 '가자'라고 하시는 거예요. 그래서 '어딜 가요?'라고 물었더니 '수원 가서 사인해'라고 말씀하셨어요.

Q. 처음 수원 라커룸에 들어갔을 때 기분이 어땠나요?

A. 제가 2002년 월드컵이 끝나고 들어갔잖아요. 유명한 선수들이 너무 많아서 지금도 생각하면 좀 많이 불편했던 것 같아요. 주눅도 많이 들고 자꾸 눈치 보게 되고요. 아는 선수라고는 연령대 대표팀에 잠깐 갔다가 만났던 친구 한두 명 정도였어요. 그때 (박)건하 형이 수비 포지션으로 전환할 때였던 거든요. 저를 많이 챙겨줬어요. (최)성용이 형도 살갑게 대해주셨던 것 같아요.

Q. 차범근, 윤성효, 서정원 감독을 경험했어요. 개인적으로 잘 맞았던 분은 누구였나요?

A. 차범근 감독님 스타일이 저랑 제일 잘 맞았어요. 체력 훈련을 정말 많이 시켰어요. 체력은 선수끼리 부딪혔을 때 필요한 힘과 경기에서 지치지 않는 힘 두 가지 종류가 있다고 할 수 있는데 차 감독님은 둘 다 요구했어요. 그때는 선수들 체력이 정말 강했어요. 나중에 제 경기 영상을

다시 보는데 제가 경기 내내 상대 공격수를 돌아서게 하는 장면이 거의 안 나오더라고요. '저렇게 힘든 수비를 내가 어떻게 했지?'라는 생각이 들 정도였어요. 중고등학교 때부터 수비를 보면서 상대가 돌아서면 내가 겁먹은 것 같고, 상대가 볼을 앞으로 잡아 놓으면 내가 진 것 같고 그랬어요. 차 감독님도 상대가 절대 돌아서지 못하게 하는 플레이를 강하게 요구했어요. 그런 부분이 제 스타일과 너무나 잘 맞아떨어졌죠.

Q. 리그 우승을 두 번 경험했어요. 어떤 기분이었나요?

A. 아마추어 때 제일 좋았던 성적이 4강이었어요. 수원에서 와서 우승을 처음 경험해본 거예요. 축구를 하면서 너무나 큰 경험이었어요. '이게 우승이구나. 이런 기분이구나'라는 걸 처음 깨달았어요. 사실 2004년 우승 때는 첫 경험이다 보니까 잘 몰랐어요. 기분을 즐기지도 못하고 그냥 하루가 휙 지나갔어요. 만끽하는 것도 없이 순식간에 지나갔던 것 같아요. 그때는 서 감독님이 고참으로 계실 때여서 우승 뒤풀이도 정말 매너 좋게 깔끔하게 끝났어요.

Q. 빅버드에서 많은 수원 팬들 앞에서 뛰면 좀 부담스럽진 않나요?

A. 많은 팬 앞에서 뛰면 부담스럽기도 해요. 실수라도 하면 이 큰 응원 소리를 내가 감당할 수 있을까 그런 부담을 계속 생각했던 것 같아요. 이후에는 경험이 쌓이다 보니까 이제 경기장에서 팬들 한 명, 한 명과 눈을 마주치는 게 아니라 전체를 그냥 바라보는 요령이 생겼어요. 한 분 한 분이 응원을 해주셔도 전체를 보려고 하는 거죠.

Q. 팬들은 슈퍼매치에서 '곽대장'이 보여준 투혼을 잊을 수가 없어요. 개인적으로는 어떤 기억으로 남아 있나요?

A. 슈퍼매치에서 많이 뛰었지만 제일 기억에 남는 경기는 제가 어깨를 다쳤을 때였어요. 경기 전부터 이번 슈퍼매치를 끝내고 커리어를 마무리해야겠다는 마음으로 준비했어요. 그런데 그 경기에서 어깨를 다쳤죠. 지금 생각해보면 그런 상황에서 서울을 만난 것도 희한했어요. 무리하게 볼을 걷어내려다가 어깨 쪽으로 잘못 떨어졌어요. 사실 그 전부터 약간 전기가 찌릿찌릿 올 때가 있었고 마비되는 증상도 있었어요. 치료로는 안 잡히더라고요. 그런데 떨어질 때 뚜둑 소리가 났어요. 여기서 마무리하라는 소리구나 싶었죠. 은퇴를 결정하는 데 있어서 도움을 준 경기라고 생각해요. 힘든 몸 상태로 계속 가면 팬들이나 구단에 손해를 끼치는 것 같았어요. 그렇게 은퇴하는 모습을 보이기는 싫었거든요. 끝까지 용감하고 도전적인 모습으로 기억되기를 바랐어요. 그래서 그 슈퍼매치가 끝나고 일주일도 지나기 전에 제가 먼저 구단에 은퇴하겠다고 말씀드렸어요.

Q. 슈퍼매치에서 지면 어떤 기분이에요?

A. 팬분들이 인터넷 신문 기사나 소셜미디어에 댓글을 정말 많이 다는데 이게 좀 크거든요. 안 볼 수가 없고, 슈퍼매치에서 패하면 더 커지거든요. 더 많이 달리고요. 그러면 팬분들의 감정을 우리도 느끼게 되잖아요. 뭐를 더 원하시는지 알 수 있고, 그러면서 부담도 생기죠. 선수가 가장 즐거울 때는 경기에서 이기고 팬들과 함께 기쁨의 퍼포먼스를 할 때

예요. 그 에너지를 우리가 받으면서 다시 힘을 내고 또 동기와 목적이 생기죠. 우리가 지면 팬들이 아파하는구나, 화가 나는구나, 우리 때문에 괜히 술 한 잔 더 마시게 되는구나, 이런 부분이 복합적으로 다가오는 것 같아요.

Q. 수원과 잠시 이별해야 했는데 당시 어떤 일이 있었나요?

A. 경력이 쌓이면 몸값이 올라가잖아요. 그런데 수원은 매년 힘들다고 했던 것 같아요. 하지만 저는 다시 올라가려면 더 좋은 선수들이 와야 한다고 생각했어요. 구단이 죽는 소리를 하니까 저도 양보를 했죠. 구단에 부담을 주기는 싫었으니까요. 내가 빠지는 만큼 구단이 재건하도록 힘을 보탤 줄 알았는데 나중에 보니까 그냥 죽는 소리만 하고 연봉은 연봉대로 더 올라간 것 같더라고요. 선수의 마음을 이해해서 좋은 협상을 하면 에두도 전북이 아니라 수원으로 돌아올 수 있지 않았을까요? 그때 수원은 다시 돌아오는 선수가 많지 않았던 것 같아요.

Q. 일본과 카타르를 거쳐 수원으로 바로 돌아왔어요.

A. 코칭스태프가 몸 상태를 물어봤어요. 저는 '구단 형편이 되는 조건에 그냥 맞추겠다'라고만 했어요. 천천히 마무리할 준비를 하고 있었거든요. 아내도 임신 중이었어요. 가족과 떨어져서 중요한 시기를 함께 보내지 못하면 훗날 돈보다 더 큰 문제가 될 것 같고 후회할 것 같아서 우선 가족들과 가까이 있어야겠다는 생각을 했어요. 진행이 늦어지더라고요. 그래서 나는 협상 자체를 하지도 않고 그냥 형편에 맞춰서 가겠다고

만 했어요. 그때 플레잉코치로 계약했죠.

Q. 떠났다가 돌아왔을 때, 팀 분위기에 어떤 차이라도 있었나요?

A. 순위가 조금씩 내려가면서 이제 1위와는 많이 멀어지고 중위권 팀들과 경쟁해야 했어요. 그 팀들은 수원을 반드시 꺾어야 하는 팀으로 봤기 때문에 도전을 많을 받았던 것 같아요. 상위권에 있을 때 수원을 만나는 팀은 겁을 많이 먹었죠. 쉽게 이길 수 없는 팀이라고 생각하니까요. 그런데 계속 지면서 순위가 내려가다 보니까 상대들도 수원을 이겨봤다는 경험이 생기는 거예요.

Q. 예전부터 수원에 있던 선수들과 새로 온 선수들의 마음가짐은 좀 다르겠죠?

A. 수원에 오래 있는 선수라는 건 항상 위에서 1위만 생각했다는 뜻이잖아요. 그런데 순위가 내려가면 내려갈수록 선수들 사이에서는 '이 정도만 해도 괜찮겠다'라는 생각이 생기기 시작하는 것 같았어요. 새롭게 오는 선수들은 '여기서 해보다가 봐서 또 이적하면 되지'라고 생각하는 것 같은 모습도 종종 보였어요. 우리는 1위로 올라가야만 만족하는데 누구는 그냥 여기서 개인만 잘해서 만족을 얻고 더 좋은 팀으로 가면 된다는 생각들이 자리를 잡는 것 같다는 생각이 많이 있었죠.

우리가 흔히 팬들에게 보답을 하자고 이야기는 하는데 사실 단어적으로 보답에는 여러 가지 의미가 많잖아요. 팬분들은 당연히 영광스러운 옛 모습을 되찾는 걸 보답이라고 생각할 거예요. 그런데 그게 쉽지 않더라고요. 선수의 마음을 같이 움직이고 하나의 뜻을 갖고 한다는 게요. 그러면서 천천히 어려움을 계속 겪었던 것 같아요.

Q. 구단이 어려워지면서 팬들이 구단을 원망하는 목소리가 계속 커져 갔어요.

A. 경기가 있을 때마다 많은 팬이 보러 오시는데 그런 건 수원 팬들이 직접 만든 문화라고 생각해요. 그러면 구단은 팬들에게 계속 즐길거리를 제공해야 하고요. 팬들이 없어진다면 수원이란 구단도 몰락하겠죠. 그런 부분에 대해서 구단의 대응이 좀 늦지 않나 생각해요. 경기장에 클럽 숍도 상당히 늦게 만들어졌잖아요. 아쉬운 부분이에요.

가끔 인터넷에서 수원 유니폼을 검색해보면 옛날 유니폼이 고가에 거래되고 하는데 그런 건 구단이 아니라 팬들이 만든 문화잖아요. 그러면 구단이 그런 부분을 좀 더 존중해야 한다고 생각해요. 경기장에 있는 먹거리도 솔직히 팬으로서, 관중으로서 보면 형편없다고 생각해요. 엄청 기다려야 하잖아요. 저도 한번 기다려봤는데 그러면 경기를 못 봐요. 팬분들에게 감사함을 느끼고, 구단도 선수도 우리가 함께 가야 길이 된다고 생각해야 할 것 같습니다.

Q. 2023시즌 위기 상황에서 혹시 선수단에 연락한 적이 있었나요?

A. 아뇨. 제가 물어보거나 어떻게 내부 사정을 알게 됐다가 혹시 기사라도 나오면 서로 불편할 수 있잖아요. 강등된 지 몇 달이 지나서 한번 물어봤어요. 왜, 어떻게 그렇게 되었냐고요. 그래서 무슨 일이 있었는지는 항상 시간이 지나고 나중에 알아요. 하지만 제가 물어보는 것도 부담스럽고, 제가 무슨 일을 알고 있는 것도 부담스럽죠.

Q. 수원 팬들은 진짜 축구에 미친 사람들이구나 싶었던 장면이나 경험이 있을까요?

A. 수원에서 살다 보니까 공원에 가면 항상 수원 유니폼을 입은 팬을 봐요. 옷을 맞춰서 입는 커플도 보고요. 정말 어디를 가더라도 수원 팬들이 계세요. 그런 부분을 보면 대단함을 느끼죠. 은퇴한 지가 벌써 몇 년 됐는데도 수원이 이기면 기분이 좋아져서 술 마시고 저에게 전화하는 분도 계세요. 축구가 뭐라고 이렇게까지 좋아하실까요? 수원 팬 중에는 수원에 살지 않는 사람들의 비중이 더 크다는 조사 결과가 있었다고 하더라고요. 이런 문화를 만든 분들을 정말 존중하고 대단하다고 생각해요. 어쩌면 선수였던 저보다 더 축구를 좋아하는 부분이 존경스럽게 느껴질 때도 있습니다.

Q. 반대로 열정적인 팬덤이 부담스럽게 느껴질 때도 있었을 것 같아요.

A. 팀이 연패를 당할 때나 슈퍼매치, 전북전처럼 팬들이 꼭 이겨야 한다고 생각하는 경기가 있잖아요. 그런 팀들하고 해서 졌을 때 선수단이 버스를 타고 이동하는데 화를 못 이겨서 주먹으로 버스를 쳤던 분도 있었고, 앞에서 버스를 막고 세웠던 분들도 계셨어요. 그 감정들이 보이죠. 우리보다 더 억울하고 화난 감정을 보면 팬들은 진짜 축구를 사랑하는구나 싶어요. 사실 선수들은 돈을 받고 직업으로서 일하는 것이지만 팬들은 진짜 마음 하나로 돈과 시간을 쓰면서 하는 거잖아요. 팬분들은 보상이 정해진 게 없어요. 그래서 더 존중하고 존경스러워요. 그렇게 축구에 미친 사람들이 축구 문화를 만들고 축구 선수의 가치를 높여주는 원동력인 것 같아요.

Q. 좋아하는 수원 응원가가 있나요?

A. 수원 응원가는 다 좋아해요. '나의 사랑 나의 수원'을 좋아하고 '수원의 전사들'도 좋아요. 언젠가 저희 선수들이 수원 응원가 음악 CD 만들 때 녹음한 적이 있어요. 우울할 때 그 노래를 많이 들어요. 사회생활을 하면서도 부르는 레퍼토리가 있어요. 노래방에 가도 그 노래들을 불러요. 놀리는 사람도 있지만 저한테는 너무나 동기부여가 돼요. 저 결혼식에서 아내한테 '넌 내게 반했어'를 불렀어요.

Q. 팬들에게는 '곽대장'의 수원 방패 타투만큼 멋져 보이는 게 없는 것 같아요.

A. 일본 가기 전에 수원과 계약을 종료할 때였어요. 사실 저도 타투를 좋아하지는 않거든요. 뭔가 수원에 대한 제 기억을 강하게 기념하고 싶었고 뭔가 수원의 일원으로서 계속 팀과 팬을 기억하고 싶었어요. 제가 언젠가 다시 돌아가기 위해서도 앞으로 제가 할 일들을 더 잘해야 하겠다는 마음의 동기도 더 잘 잡게 하려고 그랬던 것 같아요.

Q. 수원 최고의 레전드라는 평가를 어떻게 생각하세요?

A. 너무 감사하고 진짜 영광스러운 부분이죠. 한편으로는 이제는 저를 대체할 만한 선수들이 더 많이 나와야 한다고 봐요. 세대가 바뀌고 다른 선수들이 새로운 레전드가 돼야 하는데 대부분 우리가 이미 잘 알고 있는 옛 선수들로만 고정돼 있잖아요. 새로운 레전드가 나와야 하는데 그런 부분이 안타깝기도 해요. 기억해주시는 거야 너무 감사하고 기쁜 일이지만요.

Q. 축구인 곽희주의 인생에서 수원이라는 팀 그리고 수원 팬은 어떤 의미일까요?

A. 수원은 한마디로 저에게 첫사랑이에요. 팬분들은 마치 생명의 은인이자 인생의 나침반 같고요. 제가 어느 방향으로 가야 하는지 방향을 제시해주는 그런 존재들이에요.

Q. 지금 꾸고 있는 꿈이나 계획 같은 것이 있을까요?

A. 아마추어에서도 만들 게 정말 많다고 봐요. 확신을 가질 수 있을 때까지는 우선 여기에 몰입하는 게 꿈이고요. 그런 과정들이 정말 완벽하게 만들어졌을 때, 저에게 또 다른 확신이 생겼을 때는 어려운 친정팀을 찾아가서 도와주고 싶죠. 친정에 헌신하고 싶고 수원의 자존심을 다시 끌어 올리고 싶어요. 그러려면 지금 제가 하는 일에 몰입하는 게 일단 제일 중요한 것 같아요. 우선 내공을 더 쌓아야 해요.

세상 어디에나 있는 수원 팬
박규병

2008년부터 수원을 지지해오고 있는 팬으로, 삼성그룹 계열사에서 근무 중이다. 현재 사내 프로그램의 일환으로서 중국 상하이에 체류하고 있는데, 수원은 물론 K리그와 한국축구에 대한 애정과 자부심도 커서 중국 축구계에서 활동 중인 한국인 지도자와 선수들의 경기를 보러 드넓은 대륙을 누빈다.

Q. 간단히 본인 소개 부탁드립니다.

A. 저는 올해 3월부터 중국 상하이에서 일하고 있는 수원 팬입니다. 2008년 서울에 있는 대학교에 진학하면서 K리그를 보고 싶다는 생각이 들었어요. 한국에서는 제일 유명한 경기가 슈퍼매치잖아요. 처음 상암 W석에 앉

앉는데 진짜 수원 응원 소리밖에 안 들리더라고요. 너무 멋있었어요. 그다음부터 수원월드컵경기장에 다니면서 수원을 응원하게 됐어요. N석에서 쭉 보다가 서른살 넘어서부터는 좀 힘에 부쳐서 W석으로 옮겼어요, 하하.

Q. 최고의 시즌에 딱 맞춰서 팬이 되셨네요?

A. 그때는 정말 너무 드라마 같았잖아요. 마지막에 흰눈 내릴 때 감동이 진짜 너무나 컸어요. 최근에 계속 좀 힘든 시기가 있어도 그 기억이 아직까지 수원을 응원하는 되게 큰 버팀이 되는 것 같아요. 감동은 우승할 때가 제일 컸는데 애정이 이후에 더 커진 것 같아요. 아직까지 제일 기억에 남는 경기는 슈퍼매치에서 5 대 1로 이겼을 때였어요. 정대세, 염기훈이 셀러브레이션하는 거 봤을 때가 제일 기뻤던 순간이죠.

Q. 다들 팬심의 대물림을 꿈꾸던데 본인도 그런가요?

A. 당연하죠. 결혼한 지 얼마 안 되어서 아직 애가 없는데 애가 있다면 무조건 그게 꿈이에요. 지금 2부에 내려갔어도 팬들이 계속 응원하고 있잖아요. K리그에서도 소위 말하는 '연고주의'라고 할까요? 부모부터 시작되는 팬덤 문화가 다른 데보다 강하다고 생각해요.

약간 다른 얘기일 수 있는데, 상하이에서 알고 지내는 한국 친구들이 있거든요. 축구 얘기하면 자기는 토트넘 '찐팬'이라고 하는 거예요. 내가 '말도 안되는 소리 하지 마라. 손흥민 팬이지, 무슨 토트넘 팬이냐?'라고 막 그래요. 그럼 친구가 '너도 강성이냐?'라고 물어요. 아뇨, 저는 강성은 아니에요. 유럽 축구도 좋아하고 대표팀 경기도 봐요. 그런데 일본만 가도 J리그 문화가 어마어마하잖아요. 중국도 그렇고 베트남도 자국 리그가 장난 아니에요. 우리나라도 자기 동네에서 K리그를 보는 사람들이 늘어났으면 좋겠어요. 만약에 전북이 강등된다고 해도 전북 팬들도 우리 수원 팬들처럼 계속 끝까지 응원해줄 것 같아요. K리그에서도 이제 그런 문화가 생기기 시작했다고 생각해요.

Q. 차범근 감독 이후에 윤성효, 서정원 감독으로 이어지던 시절은 어떻게 생각하세요?

A. 윤성효 감독 때는 이렇게 처질 스쿼드가 아니라고 해서 많이 답답했어요. 그때는 아직 '리얼 블루' 개념이 없어서 팬들이 딱히 심각하게 문제라고 생각하진 않았던 것 같아요. 서정원 감독은 제가 너무 좋아했던 감독이에요. 막판에 '쎄오타임'이라고 해서 말이 많았는데 어쨌든 책임진다고 물러났다가 다시 구단의 요청으로 복귀했잖아요? 그런 데에서 크게 감동을 받았어요. 매탄 출신 선수들이 서정원 감독을 너무 잘 따르고, 리그에서 준우승도 하고 FA컵에서 우승도 했어요. 아름다운 기억이에요.

Q. 팬들로서는 구단의 전반적 상황이 아쉽게 느껴지는, 원치 않은 방향으로 계속 흘러간 것 같아요.

A. 서정원 감독 때부터 팀의 운영 기조가 많이 바뀌었잖아요. 시간이 지나면서 지금은 현실을 많이 받아들였죠. 공격적인 투자가 있었을 때 성적이 더 잘 나왔으면 이렇게까지 안 됐을 것이라는 생각도 해요. 하지만 저도 삼성 계열사에 일하고 있어서 회사의 운영 기조가 전반적으로 보이거든요. 진짜 치열해요. 그렇게 큰 회사가 10원, 100원이라도 절감, 효율화

하라고 해요. 그런 상황에서도 서정원 감독은 되게 잘했다고 생각해요. 팬들의 의견이 많이 갈리지만요.

Q. '염기훈 사가'에 대해선 어떤 마음인가요?

A. 단순히 성적을 떠나서 이 팀은 왜 발전적으로 운영될 수 없는가에 대한 지탄이 컸어요. 사실 강등보다 그 이후에 염기훈 감독 선임이 모든 불만의 최정점이었죠. 염기훈은 제가 정말 좋아했던 선수였거든요. 선수 본인도 수원을 너무 사랑했는데, 그런 사람이 누가 봐도 준비가 안된 상황에서 왜 감독직을 받았는지 원망이 너무 커요. 이렇게 실패하고 나가면 나중에 다시 오기도 어렵잖아요. 강등됐는데 코치진이 양상민, 고차원, 신화용이라뇨? 양상민 너무 좋아해요. 고차원도 좋아하고요. 그런데 이 상태에서 이런 코칭스태프 구성을 누가 이해해요? 그 전까지는 의견이 갈렸는데 이때는 정말 모든 팬이 한뜻으로 분노했던 것 같아요.

Q. 역대 최고 레전드라고 해도 좋을 자원을 그렇게 잃는 건 정말 아까운 것 같아요.

A. 상심이 너무 컸어요. 수원 축구를 15년, 16년 본 팬이라면 염기훈에 대한 애정이 있어요. 원망은 해도 헤어지는 마당에 애정은 남아있거든요. 잘됐으면 하는 마음이 있어요. 그런데 새로 유입된 팬들은 이걸 이해할 수가 없죠. 이름은 많이 들어봤지만 머리로는 공감이 안되는 거예요.

Q. 모든 게 사실 승강 플레이오프부터 전조가 좀 보였죠?

A. 안양이랑 할 때는 오현규 없었으면 정말 떨어졌죠. 그때 그렇게 됐는

데 바뀌는 게 없어요. 다음 해가 시작돼서 보는데 초반부터 이거 떨어지겠다 싶더라고요. 이럴 바에 떨어지는 게 낫다고 말하는 팬들도 있었어요. 그래도 똥밭에서 굴러도 이승에서 굴러야 하잖아요. 사실 수원은 10년 동안 팀이 이렇게 될 동안에 아무것도 크게 못 바꿨어요. 서서히 내려갔죠. 감독, 선수 누구의 잘못이 아니라 운영의 문제라고 생각할 수밖에 없다는 이유예요.

Q. 운명의 그 순간에 본인은 어디서 뭘하고 있었나요?

A. 안양 플레이오프 때는 현장에 있었고요. 강등되던 순간은 집에서 보고 있었습니다. 왜냐하면 진짜 강등될 것 같아서 못 가겠더라고요. 말이 안 나오고 약간 멍하게 있었어요. 핸드폰이 계속 울렸어요. 주변 사람들은 제가 수원 팬이라는 걸 아니까요. 다음 날이 되고 그 이후로도 계속 힘들었어요. 1부든 2부든 상관없이 수원을 지지한다고 생각해도 갑자기 또 '2부가 말이 되나?'라는 생각이 드는 거죠.

그런데 또 바보 같은 게, 2024시즌 시작해서 유니폼 판매하고 블루패스 나오고 하니까 이게 좋은 거예요, 하하. '와, 예쁘다' 하면서 사고 있어요, 하하. 2부로 떨어져도 좋아하는 마음이 있으니까 또 새롭게 시즌이 시작되는구나 싶어서 좋더라고요.

Q. 변성환 감독에 대한 기대가 아주 큰 것 같아요.

A. 팬들이 느끼는 건 두 가지인 것 같아요. 첫 번째는 이전 축구와 많이 달라졌어요. 한 5년 동안 수원은 2선, 3선 간격 줄여서 기다리다가 나가는 식

이었어요. 우리는 그냥 계속 수비 구경만 했어요. 변성환 감독이 오면서 라인도 많이 올려서 압박하는 게 보였어요. 두 번째는 변성환 감독은 소위 '수원맨' 특유의 프라이드를 잘 읽더라고요. 요즘 라커룸 토크 같은 게 영상으로도 많이 나오잖아요. 거기서 '우리 아니고 다른 팀이 승격하는 게 말이 돼?'라고 하는데 되게 공감이 갔어요.

Q. 예를 들어 축구를 전혀 모르는 사람이 와서 '2부리그 팀을 왜 응원하느냐?'라고 묻는다면 뭐라고 대답해주고 싶어요?

A. 솔직히 그런 사람이 너무 많아요. 이해하지 못할 것 같아서 길게 설명하진 않지만 "내가 좋아하는 팀인데 힘든 상황이니까 우리가 응원해야 올라갈 수 있다. 떨어졌다고 응원하지 않는 건 그 팀을 좋아하는 게 아니다" 그냥 그 정도로 설명해줘요.

Q. 지금 상하이에서 서정원 감독을 보러 왔으니까 본인이 그 유명한 '어디에나 있는 수원 팬'이네요?

A. 얼마 전에 포항이 상하이로 아챔 원정에 왔을 때, 제가 선수단 숙소에 찾아갔어요. 한국인 팬이 저밖에 없었어요. 포항 매니저님과 수다를 떨고 있는데 포항 단장님이 오신 거예요. 인사하면서 수원 팬이라고 하니까 단장님이 '정말 개랑은 어디에나 있네'라면서 웃으시더라고요, 하하. 얼마 전에는 김대의 감독이 있는 수저우까지 혼자 경기를 보러 갔어요. 수원 유니폼 들고 있으니까 김대의 감독이 깜짝 놀라더라고요.

Q. 나의 최고 히어로는 누군가요?

__A.__ 서정원 감독이요. 2008년부터 수원 팬이었으니까 실제로 선수로 뛰는 걸 보지는 못했지만, 감독 하실 때 임팩트가 너무 컸어요. 선수 중에는 사실 염기훈이었어요. 이관우, 김대의, 송중국 등 스타들이 많았지만 선수를 한 명 꼽으라면 염기훈이었죠. 나중에 헤어진 모습을 보면서는 팬들이 아름답게 이별한 곽희주를 좋아하는 것 같아요. 사실 선수 때는 거칠기도 하고 실수도 많았거든요. 그런데 끝까지 최선을 다하는 모습 때문에 팬들이 곽희주와 양상민을 좋아하는 것 같아요.

Q. 내게 있어 수원은 뭘까요?

__A.__ 생활이죠 뭐. 일주일 기분을 좌지우지하고, 가족과 직장 외에 이 정도의 소속감을 느끼는 건 없어요. 삶인 동시에 프라이드이기도 해요.

Q. 10년 후 수원은 어떤 모습일까요?

__A.__ 예전처럼 '레알 수원'을 바라진 않고요. 정상화가 돼서 아챔을 노리고 제가 매주 응원하러 가도 화나지 않을 수 있는 팀이 됐으면 좋겠어요. 솔직히 성적을 떠나서 좀 더 안정적인 상황에서 제가 이 팀을 계속 즐겁게 응원할 수 있었으면 좋겠다는 생각인 것 같아요.

7

15년의 책임감
양상민

1984년 2월 24일 인천 출생

수원 선수 경력   2007~2022

수원 선수 기록   K리그(리그컵 포함) 261경기 6골 15도움

우승   K리그(2008), 리그컵(2008), FA컵(2009, 2010, 2016, 2019),
          팬퍼시픽챔피언십(2009)

수원 지도자 경력   플레잉코치(2022), 2군 코치(2023~2024)

* 국가대표 기록: 2경기

전남에서 프로 데뷔해서 잘 뛰다가 어느 날 갑자기 짐을 싸서 수원 클럽하우스로 들어왔다. 예상치 못한 신변 변화에 어쩌면 강요된 첫 만남이었다. 그렇게 짐을 풀었던 수원은 훗날 양상민에게 집이 됐고 삶의 이유가 되어 그의 모든 것을 형성했다. 수원을 위해 삭발하고 눈물을 흘리고 이곳에서 뼈를 묻겠다고 믿는 사람이 될 줄은 본인도 몰랐을 것이다.

2007년부터 2022년까지 양상민은 수원에서만 뛰었다. 많은 일과 긴 시간을 온몸으로 직접 관통했다는 뜻이다. 함박눈을 맞으며 리그 우승의 기쁨을 만끽했고, 매 시즌 사령탑이 교체되는 대혼란도 겪었다. 바깥에 있는 팬들이 "도대체 뭐가 문제인가?"라고 개탄했던 그 혼돈을 팀 안에서 양상민은 직접 체험했다. 슈퍼매치에서 보여준 투혼, 어떻게든 해보려고 몸부림쳤던 기억, 깊은 잠에 빠진 자존심의 멱살을 잡고 세차게 흔들면서 깨우려고 애썼던 노력이 수원의 양상민이었다.

'푸른 늑대'는 지금도 빅버드 바로 옆에 산다. 현역에서 은퇴하고 스태프로서의 일을 정리한 채 구단을 떠났어도 여전히 양상민의 물리적, 심리적 좌표는 빅버드와 아주 가까운 곳에 찍힌다. 수원과의 연결성이 어느 정도 정리됐다는 생각은 착각이었다.

"사실 인터뷰 질문지를 읽으면서 약간 좀 공황장애 같은 게 오는 것 같았어요. 이제는 좀 괜찮아졌다 싶었는데 옛날 생각이 다시 드니까 뭔가 머리가 띵해지는 거예요."

양상민은 수원을 잊을 수 없다. 수원의 역사에서 양상민이 지워지기도 불가능하다. 수원삼성이라는 생태계 안에서 양상민은 늘 팬과 마주친다. 때로는 수원 걱정을 토로하는 사람도 있다. 그럴 때마다 양상민은 미안함이 커져 마음이 무거워진다. 하지만 양상민은 수원의 지지자들에게 사과할 필요가 없다. 수원 팬들이 그를 지지했던 이유는 그가 화려한 스타플레이어라서가 아니다. 양상민이 수원을 얼마나 사랑했는지, 얼마나 아끼고 진심이었는지를 알기 때문이다. 가장 절절하게 이심전심이 가능했던 선수였기 때문이다. '우리'랑 같이 수원을 걱정할 수 있는 선수이기 때문이다. 그런 거, 팬들이 더 잘 안다.

Q. 전남에서 프로 기회를 잡았어요.

A. 제가 숭실대학교 3학년이던 2005년에 윤성효 감독님이 부임했어요. 선수들에게 제일 원하는 게 뭐냐고 하길래 '프로팀과 경기를 많이 뛰고 싶다'라고 했어요. 그해 동계훈련 내내 연습경기를 거의 프로팀과 했어요. 처음에는 성남에서 연락이 왔는데 감독님이 '지금 거기 가면 당장은 경기에 출전하기 어렵다'라고 하시더라고요. 그래서 남기로 했어요. 4학년 동계훈련 때 전남 허정무 감독님이 저희 학교 경기를 두 번 보러 오셨어요. 윤성효 감독님이 '전남은 지금 가면 바로 뛸 수 있단다'라고 하시더라고요. 그래서 전남과 계약했어요.

Q. 두 시즌을 뛰고 수원으로 갑자기 트레이드됐는데 어떤 사정이 있었던 거죠?

A. 3년 계약 중에 마지막 해가 됐어요. 허정무 감독님이 가서 재계약하라고 해서 알았다고 했죠. 구단 사무실에 들어갔더니 협상이 아니라 재계약 액수와 기간이 딱 정해져 있고 그냥 사인만 하라고 했어요. 아무런 의논도 없었어요. 농담을 좀 섞어서 '돈 좀 더 많이 주세요'라고 말하고 나왔어요. 그때 저는 감독님이 제 편이라고 생각해서 말씀을 드려봐야겠다고 했어요. 나중에 보니까 감독님과 구단이 이미 조건을 다 정해놓은 상황이더라고요. 제가 감독님께 사인하지 않고 나왔다고 하니까 '어린 놈이 건방지다'라며 혼을 내셨어요. 당시 저에게는 너무 큰 충격이었고 입을 닫아버렸어요.

동계훈련에서 뛰지도 못한 채로 힘들게 보냈어요. 부모님까지 빨리 구단과 감독님께 사과드리라고 했지만 그때는 저도 젊어서 '뭐 어떻게든 되겠지'라는 생각으로 버텼어요. 그러다가 어느날 갑자기 저도 모르게 트레이드가 성사됐어요. 그렇게 수원에 왔어요. 전날 바로 짐을 싸서 나와야 했어요. 광양에서부터 수원까지 혼자 울면서 운전해 갔어요. '내가 꼭 성공하고야 만다'라면서 다짐하면서요. 물론 수원이 좋은 팀이긴 했지만 그때는 그런 마음이었어요. 클럽하우스로 바로 들어갔는데 솔직히 그때는 그냥 전남으로 돌아가고 싶었죠.

Q. 그럼 수원에서 적응하기가 꽤 어려웠을 것 같아요. 어렵지 않았나요?

A. 당시 이미 시즌 중이었어요. 제가 전남에서 두 경기를 뛰고 왔거든요. 수원도 3연승하고 있었어요. 바로 다음 날 열린 경기에는 못 뛰었어요. 처음엔 적응하기가 좀 어려웠어요. 전남에서는 신인 때부터 뛰었고 형들과도 자연스러웠잖아요. 수원에 와서 라커룸에 들어가니까 오른쪽에 (송)종국이 형, 왼쪽에 (이)관우 형, 앞으로는 (김)남일이 형, 안정환 선배, 이운재 선배, 외국인 선수 마토가 있는 거예요. 진짜 너무 힘들었어요. 그런데 정말 감사하게도 바로 기회가 와서 출전을 할 수 있었어요. (곽)희주 형이랑 가장 친했어요. 신인 하태균이랑 방을 같이 썼고요. 처음에는 대학교 때부터 알던 박주성이라는 친구가 있었어요. 그 친구가 잘 대해줄 거라고 생각했는데 첫날 클럽하우스 미팅 장소에서 '여긴 왜 와?'라고 하더라고요. 얼굴이 벌겋게 달아올랐어요. 같은 포지션이었거든요.

Q. 전 소속팀 전남과 수원은 여러모로 달랐을 것 같아요.

A. 수원은 팬들의 영향력이 훨씬 더 크잖아요. 처음에는 그런 부분이 중압감처럼 느껴졌는데 경기장에서 작은 플레이 하나에도 크게 응원을 해주시더라고요. 그때는 GPS를 찼던 경기에서는 스스로 얼마나 뛰었을지 궁금할 정도로 진짜 미친 듯이 뛰었어요. 응원의 힘으로 몇 배는 더 뛰었던 것 같아요. 언론의 관심도 다르더라고요. 스포트라이트라고 하죠. 저는 막 스포트라이트를 받았던 적은 없었지만 그런 환경에도 놀랐어요. 큰 팀, 명문 팀은 정말 다르구나 싶었어요. 국가대표팀 선수가 7명에서 10명 정도 있었으니까요.

Q. 2008년에 우승했지만, 다음해에 바로 팀의 경기력이 떨어졌어요. 왜 그랬을까요?

A. 2008년에 우승을 하긴 했지만 진짜 원팀이라는 느낌과는 약간 거리가 있었어요. 제가 여기에 안 끼면 그냥 안 보이는 선수들 중 하나가 돼요. 정말 끼고 싶으면 수원의 일원이 될 수 있는 거죠. 그런 분위기였던 것 같아요. 다들 경기에 못 나가면 세상 다 끝난 것처럼 간절했어요. 그런데 2009년이 되면서 팀이 떨어졌어요. 전년에 워낙 잘 나갔던 탓에 팀이 위기에 처하면 어떻게 극복해야 하는지를 까먹었다고 할까요? 그런 부분을 약간 등한시한 부분이 있었어요.

Q. 차범근 감독이 떠나고 숭실대 스승이었던 윤성효 감독이 왔습니다. 좋은 일이었겠죠?

A. 남들은 다 좋겠다고 했어요. 숭실대학교 때 윤성효 감독님과도 정말 좋았어요. 전남에 가서도 에이전트가 따로 없어서 늘 윤성효 감독님과

상의했거든요. 그런데 딱 오시니까 두렵더라고요. 다행이라기보다 막연하게 두렵다는 느낌이었어요. 아예 제로 상태에서 시작하는 게 더 좋을 것 같았죠. 부담감이 안에 꽉 찼어요. 수원에서 감독님이 좀 안 좋게 나가셨잖아요. 그때 저는 경찰청에서 군복무 중이었거든요. 일이 그렇게 되어버리니 괜히 좀 멀어지는 기분이더라고요. 제가 더 다가갔어야 했는데 좀 아쉬워요.

Q. 경찰청 복무가 끝나고 복귀한 팀은 과거와 많이 달라져 있었을 것 같아요.

A. 제가 입대했던 해에 홍철이 영입됐어요. 그해 홍철 퍼포먼스가 엄청 좋았거든요. 도움도 15개인가 하고 워낙 잘하고 있어서 양상민의 빈자리가 느껴지지 않는다는 말을 들었어요. 솔직히 '이제 나는 팀을 떠나야 하는구나'라고 생각했어요. 제대했을 때는 서정원 감독님이었어요. 9월에 제대해서 12월까지는 어쨌든 수원에서 남은 시즌을 보내야 했어요. 그런데 감독님이 한 시즌을 홍철 한 명만으로만 치르지는 못한다면서 저에게도 기회를 되게 많이 주셨어요. 경쟁자가 있으면 둘 다 좋아진다고도 말씀해주셨죠. 그래도 저는 시즌 끝나고 떠나게 될 수도 있다는 생각으로 몸을 엄청 잘 만들었어요. 그런데 서 감독님이 센터백을 보면 어떻겠느냐고 했어요. 그래서 2015년 동계훈련에서 센터백을 연습했어요. 거기서 되게 잘해서 감사하게도 재계약할 수 있었어요. 그렇게 수원과 또 함께하는 시간이 늘어났어요.

Q. 양상민 인생에서 빅버드라는 곳은 어떤 의미일까요?

A. 다른 팀 선수들도 여기 오면 여기서 선수 생활을 한번 해보고 싶다는 마음이 드는 구장이잖아요. 그런 곳에서 제가 이렇게 오랜 시간 있을 줄 몰랐어요. 이 구장에서 평생 뭐든지 다 해보라고 하면 나는 그러고 싶은 사람이라고 생각했어요. 그런데 얼마 전에 계약해지서를 쓰러 갔거든요. 그때 여기서 제가 너무 고집하고 있었던 끈 같은 것들이 딱 보이더라고요. 이제 마음이 조금 정리가 됐어요. 물론 제가 여기서 그렇게 오래 뛰었다는 사실은 감사하고 소중한 추억이죠. 제 아들에게도 그렇고요.

Q. 일상 생활에서도 수원 팬은 자주 볼 수 있죠?

A. 알아봐주시고 인사해주시는 것에 대한 고마움이 있지만, 한 5년 전부터는 팬이 저를 알아봐주시면 항상 죄송했어요. '팬이에요'라고 하시면 뭔가 좀 알 수 없는 두려움, 죄송함 같은 감정이 먼저 들었어요. 아내까지 '오빠, 그때 웃고 있었어?'라고 걱정했을 정도였어요. 이 죄송함은 말로 표현이 안 돼요. 하지만 이제는 수원 선수였던 양상민은 누구든 편하게 대화할 수 있는 사람으로 남고 싶다는 생각이 들어요. 동네에서 편하게 만날 수 있는 그런 사람으로요. 그래서 요즘 팬분들을 만나면 저도 반갑게 인사하고 그래요.

이번에 광양 처갓댁에 갔어요. 광양에서도 약간 외지에 있는 계곡으로 놀러 갔는데 가자마자 바로 알아보시더라고요. 또 예전에 한번은 아들이 게임기를 사달라고 해서 한 아울렛 쇼핑몰에 갔어요. 팀이 안 좋을 때였어요. 게임기를 사니까 아들은 막 신나잖아요. 그런데 거기서 물건을 파시는 분께서 수원 팬이라고 하면서 요즘 성적 때문에 잠을 못 잔다는 거예요. 와, 아내랑 둘이서 얼굴이 빨개졌어요. 나중에 아내가 '지고 있을 때는 밖에서 웃고 다니지 마라'고 하더라고요, 하하.

Q. 수원에서 양상민의 점수를 매긴다면?

A. 저는 단순히 떠나는 게 아니라 그냥 아예 사라져야 한다고 판단했기 때문에 다시 돌아온다는 생각을 하지 않았어요. 우선 스스로 50점 이상 주기 싫다는 마음이에요. 그런데 나머지 50점을 채우고 싶다는 마음이 갑자기 생기네요. 갚아야 할 게 있다는 생각이요. 수원에서 보냈던 시간 동안 제가 받았던 건 100이 넘는 것 같거든요. 어떤 식이 될지는 몰라도 지금 갑자기 그런 생각이 문득 들었어요.

어떻게든 제가 채워도 좋고, 아니면 아들이 수원에서 축구를 해서 대신 갚아줘도 돼요. 아들이 수원에서 뛰면 너무 좋을 것 같다는 상상을 해봤거든요. 왜냐하면 아들은 워낙 어릴 때부터 수원 팬들의 사랑과 관심을 받고 자라서 너무 행복하게 잘 지내요. 이제 겨우 열 살인데 수원 팬분들이 자기를 알아보고 반갑게 인사해주시고, 그런 게 너무 좋나 봐요.

8

수원에 인생을 걸었던 매탄 1기
민상기

1991년 8월 27일 서울 출생
수원 선수 경력　2010~2017, 2019~2024
수원 선수 기록　(리그컵 포함) 통산 176경기 3골 1도움
우승　FA컵(2010, 2016, 2019)

10대 시절부터 민상기는 엘리트 유망주였다. 축구 종가 영국의 유소년 시스템도 왓포드에서 경험했다. 민상기의 잠재력은 야심 차게 출발한 매탄고의 선택을 받기에 충분했다. 2008년 볼보이 민상기는 통산 네 번째 리그 우승을 자축하는 대선배들의 모습을 바라보면서 밝은 미래를 꿈꿨다.

　수원 1군 생활은 고졸 신인에겐 버거웠다. 거대한 이름들 틈바구니에서 민상기는 인고의 시간을 거치면서 서정원 감독 체제에서 주전으로 도약했다. 아이돌이자 멘토 같았던 곽희주의 모습을 뒤에서 바라보면서 민상기는 수원 1군에 정착한 첫 번째 유스 출신이 되었고, 매탄고 후배들은 그가 만든 길을 따라 걸을 수 있었다.

　구단의 자랑인 매탄 레이블은 가끔 모든 행동을 조심스럽게 하는 걸림돌이 되기도 했다. 매탄 출신 최초의 주장이 되어서도 주변 시선 때문에 역으로 후배들을 챙기지 못할 때도 있었다. '우리가 중심을 잡아야 한다'라는 믿음은 가끔 강박처럼 큰 부담으로 다가오기도 했지만, 매탄 후배 오현규가 팀을 구하는 순간을 보면서 무한한 감사와 뿌듯함을 느꼈다.

　민상기는 내성적이다. 하고 싶은 말을 다 하지 못한다. 하지만 대화해보면 민상기는 축구선수를 따라다니는 편견을 모두 깬다. 생각이 매우 깊고, 현상에 대한 묘사를 듣고 있으면 그의 직업을 헷갈리게 할 만큼 인문학적이다. 수원 팬의 의미를 말해달라고 하자 그는 "그 자체로 어떤 느낌, 감정이다"라고 대답했다. 뻔한 단어나 설명이 아니라서 그의 대답이 더 와 닿는다. 민상기는 "수원에 인생을 걸었다"라고 말한다. 팬들로부터 삿대질까지 당하기도 했지만, 인생을 걸었던 곳이기에 그에게 수원은 언제까지나 타인에 의해 부정당할 수 없는 고귀한 가치다.

"내가 수원삼성을 느끼는 감정을 내 아이가 조금이라도 공유하면 얼마나 좋을까, 그런 꿈을 꿔요. 아이에게 '여기가 아빠의 인생이었어. 아빠의 전부였어'라고 말해주고 싶고, 그걸 아이한테 물려주고 싶어요."

Q. 매탄 1기로 졸업해서 드래프트로 수원에 입단했습니다.

A. 드래프트 현장에는 앞 순위로 뽑힐 것 같은 선수들만 가요. 저는 4순위로 뽑기로 약속이 돼 있어서 부모님과 함께 인터넷으로 문자 중계를 봤어요. 그런데 4순위에 갑자기 다른 선수 이름이 호명됐어요. 부모님과 저는 순간 충격에 빠졌는데, 바로 다음 5순위에 불러주더라고요. 원래 뽑으려던 선수가 앞에서 틀어져서 어쩔 수 없이 제가 뒤로 밀렸다는 설명을 들었어요. 어쨌든 '이제 시작이구나'라는 생각이 들었어요. 약간 기대감, 설레임 같은 감정이 들었어요.

Q. 당시만 해도 수원 1군에 직행하는 고졸 선수는 부담감이 컸을 것 같아요.

A. 그렇죠. 요즘과는 문화가 많이 달랐어요. 그때는 유스 선수가 바로 올라오는 게 흔하지 않았어요. 만 19살이었잖아요. 팀에서도 그런 선수를 어떻게 관리해야 하는지에 대한 데이터나 노하우가 적었을 거예요. 어쨌든 저는 되게 감사했죠. 훌륭한 선수들이랑 운동장에서 함께할 수 있다는 자체가요.

Q. 처음 프로로 올라갔던 2010년에 바로 데뷔 기회를 잡았어요.

A. 5월인가 6월에 리그컵에서 데뷔전을 치렀어요. 감사하게도 차범근 감독님이 저를 좋게 봐주셔서 훈련도 1군에서 같이 하고 엔트리도 한두 경기 따라갔어요. 그때는 사실 아무것도 모를 때였죠. 겁도 없이 프로에 가면 당연히 잘할 수 있다고 막연히 생각했어요. 어렸을 때부터 연령별 대표팀을 다 거치고 엘리트 코스를 밟았으니까요. 프로에 가도 경쟁력

이 충분하다고 막연하게 생각했던 시기였어요.

Q. 수원 1군의 라커룸 분위기은 어땠나요?

A. 1군에서 훈련할 때부터 매번 긴장했어요. 뒤에서 호통을 쳤던 선수가 (이)운재 형, 같이 훈련하는 선배들이 송종국 형, 김대의 형, 백지훈 형, 이관우 형 등 진짜 어마어마했거든요. 중국 국가대표였던 리웨이펑은 심지어 룸메이트였어요. 컨트롤 하나 할 때, 패스 하나 할 때도 부들부들 떨었어요. 차범근 감독님도 오셨고요. 진짜 살 떨리는 하루하루를 지냈던 것 같아요.

리웨이펑은 출퇴근했고 저는 숙소 생활을 했어요. 경기 전날 합숙할 때 방을 같이 썼어요. 새벽 2시, 3시까지 잠을 안 자더라고요. 전화 통화하는 톤도 약간 높았고요. 목소리가 커서 막 싸우는 것 같아요. 저도 2~3시까지는 잠을 못 잤죠, 하하. 언어가 통하지 않아서 소통은 거의 못했어요. 그냥 눈빛으로만 인사하고 그랬죠.

Q. 인상적인 동료들이 있었나요?

A. 너무 많죠. 훈련할 때 패스 게임 같은 걸 하면 관우 형, 지훈이 형이 정말 대단했어요. 지훈이 형은 진짜 말이 안 나와요. 패스 성공률이 너무 높았어요. '어떻게 저렇게 잘 차지?'라고 생각했어요. 하지만 고등학교 때부터 제가 제일 좋아했던 선배는 따로 있었어요. 곽희주. 지금도 희주 형 얘기만 하면 심장이 쿵쾅거려요. 그 정도로 희주 형을 좋아해요. 그런 형과 같이 훈련하는 동료가 된 거잖아요. 진짜 감격스러웠어요.

Q. 곽희주 선수가 실제로 도움도 많이 줬나요?

A. 그럼요. 진짜 많이 도움이 됐어요. 희주 형이 저를 많이 생각해주고 챙겨줬어요. 사실 따로 그러지 않았어도 저는 이미 형으로부터 많은 것들을 배우고 있었어요. 어렸을 때 희주 형이 선배로 없었다면 저도 프로 선수로서의 정신과 자세를 깨닫지 못했을 것 같아요. 희주 형과 나이가 열 살이나 차이가 나서 직접 많은 대화를 할 기회는 사실 적었어요. 그리고 희주 형이 생각보다 되게 내성적이거든요. 진짜 조용한 성격이에요. 순전히 운동장에서의 모습, 훈련을 대하는 모습만 보고도 되게 많이 배웠어요. 중간중간 큰 힘이 되는 메시지들을 많이 해주셔서 큰 도움이 됐어요.

Q. 둘 다 아저씨가 된 지금은 예전보다 친해졌을까요?

A. 그렇죠. 하지만 저도 내성적이고 좀 은둔형이에요. 많은 사람과 교류하지 않죠. 항상 마음속으로만 품고 있는 스타일인 거예요. '이 사람은 정말 나에게 감사하는 사람이야'라고 혼자 속으로 생각해요. 표현하지 못해요. 가족들한테만 '이 사람은 정말 정말 고마운 사람이야'라고 말하는 정도예요. 그래도 가끔 제가 먼저 연락해요. 얼마 전에는 꿈에서 나와서 연락도 드렸어요. 진짜 너무 그립다고, 연락 자주 못 드려서 정말 죄송하다고 카톡을 보냈어요. 지금은 만나서 밥도 먹으면서 진짜 얘기하고 싶은데 쉽지 않아요. 희주 형도 저도 각자의 삶이 있으니까요.

Q. 수원 팬들이 진심으로 인정하는 선수들은 공교롭게 전부 최후방 라인에 있더라고요.

A. 그런 것 같아요. 저도 인터뷰 때마다 '나무 같은 선수'가 되고 싶다고 말해요. 우리 수비수들은 빛날 수 있는 포지션이 아니잖아요. 항상 제일 많은 공격을 당하고 '안티'를 모을 수 있어요. 그런데 시간이 지나고 보면 그런 선수들이 많이 기억이 나고 그립다는 걸 어렸을 때부터 깨달았어요.

희주 형과 함께 제 이름이 거론되는 것도 진짜 영광이에요. 희주 형은 진짜 눈물 나게 하는 사람인 것 같아요. 이제 저도 노장이잖아요. 요즘 희주 형 생각이 더 나는 이유가 '이 나이 때 희주 형도 이런 마음이었을까?'라는 생각이 들어서 그런 것 같아요. 지금도 인터뷰하면서 약간 울컥해요. 희주 형을 존경하고 좋아한 것도 있지만 그런 형님들과 함께 동고동락했던 그 시절들이 너무 그리워요.

Q. 매탄 출신과 중간에 영입된 선수들의 마음가짐은 아무래도 차이가 나겠죠?

A. 차이가 있죠. 수원뿐 아니라 어느 팀에 있든지 누군가는 돈을 벌러 올 수도 있고, 누군가는 더 좋은 팀으로 갈 발판으로 올 수도 있어요. 또 누군가는 이 팀을 진정 사랑하고 책임감을 느끼겠죠. 집이라고 생각해서요. 선수마다 마음의 차이는 있을 수밖에 없어요.

2022년 승강플레이오프 때 (오)현규한테 진짜 고마웠어요. 사실 제가 되게 미안해요. 매탄 후배들을 더 잘 챙겨야 했는데 그게 또 조심스러운 부분이 있어요. 제가 매탄 1기라서 오히려 매탄 후배들을 챙기기가 더 조심스럽더라고요. 매탄 1기인 최고참이 매탄 출신 후배들을 챙긴다고 하면 다른 선수들에 대한 역차별처럼 보일까 봐서요. 파벌 얘기가 나올 수도 있고요. 그래서 더 매탄 후배들을 못 챙겼어요. 매탄 출신끼리는 서로 조심스러워하는 분위기가 좀 있어요.

되게 어려워요. 같은 대학교 출신끼리는 잘 어울리는데 우리가 그렇게 하면 괜한 얘기가 나올 수 있어요. 후배들이 보기엔 섭섭할 수도 있을 것 같아요. 그냥 좋은 취지로 밥 같이 먹으면서 그럴 수도 있는데, 그런 자리를 한 번도 가진 적이 없어요. 선배로서 얘기하기보다 운동장에서 그냥 열심히 하고 최선을 다하는 모습, 팀을 사랑하는 모습을 자연스럽게 보인다면 후배들도 자연스럽게 그런 선배가 되지 않을까 생각했어요. 그래서 현규한테 고맙죠. 그 책임감이 정말 어마어마했어요.

Q. 약간 슬픈 얘기일 수도 있는데 수원에서 비교적 안정적인 감독 체제를 경험한 마지막 세대가 됐어요.

A. 맞아요. 행운이었어요. 군대 끝나고 돌아와서부터는 진짜 정신없었죠. 한 경기를 준비하는데 일주일을 쓰잖아요. 하루 쉬고, 화수목금 준비해서 토요일 경기를 하는 루틴을 하기도 바쁜데 구단 분위기가 너무 정신이 없는 거예요. 선수들도 정신이 없어요. 뉴스를 보면 항상 안 좋은 얘기들이 많고, 지도자들도 자주 바뀌고, 대행도 계속 하고, 진짜 머리가 터질 것 같았어요. 온전한 정신과 컨디션으로 나가도 이길까 말까 하는 게 축구잖아요. 진짜 정신적으로 힘드니까 몸도 안 움직이고 결과도 안 따라왔어요. 몇 년 동안은 어떻게 말로 표현할지 모를 정도로 진짜 힘들었어요.

Q. 코로나19 팬데믹을 거치면서 새로 유입된 팬들은 수원의 우승을 한 번도 보지 못했어요. 우승하면 어떤 기분인지 알려주세요.

A. 새로 오신 팬분들께는 일단 수원이 항상 우승권에 있을 때도 있었다고 말씀드리고 싶어요. 우승하면 그냥 다 가진 기분이에요. 마지막으로 우승했을 때(2019년 FA컵)는 홈이었어요. 모두가 패밀리, 진짜 한 명도 빠짐없이 거기 있는 모든 사람이 패밀리, 그런 느낌이에요.

Q. 일반 사회 생활을 하는 사람들의 입장에서 보면, 당신의 충성심은 생경하기도 해요.

A. 인생을 걸었던 구단이잖아요. 아버지가 삼성에서 되게 오랫동안 근무하셨어요. 은퇴하셨지만 지금도 집안 자체가 삼성에 대한 프라이드가 엄청나요. 부모님이 삼성생명에 다니시다가 만나서 결혼하셨어요. 어릴 때 아버지 사무실에 놀러 가기도 했어요. 축구를 시작하기 전부터 이미 가족이 다 삼성, 삼성, 삼성이었어요. 언젠가는 에이전트가 J리그에서 좋은 오퍼를 가져왔어요. 나는 '여기서 이루고 싶은 게 있고 다짐했으니까 안 간다'라고 했어요. 수원삼성에 인생을 걸었던 거죠. 그런데 그걸 그만두고 떠난다니까, 나 자신과 했던 약속, 내가 걸었던 인생을 부정당하는 느낌이었던 것 같아요. 그런 걸 알면서도 가야 한다고 하니까 더 미치겠더라고요. 되게 힘들었어요.

Q. 개인적으로 기억에 남는 경기는 뭔가요?

A. 우선 프로 데뷔전이요. 2010년 경남한테 4-1인가 4-2로 졌어요. 전반전이 끝나고 라커룸에 들어갔는데 희주 형이 축구화를 집어 던졌어

요. 그걸 보고 저는 후덜덜 떨었어요. 또 한 경기는 2015년 부산전에서 제가 데뷔골을 넣었던 거예요. 저희가 선제골을 넣었고 부산이 퇴장당했는데 동점골을 먹었어요. 후반전 추가시간에 제가 공격으로 치고 들어가서 슛을 때렸어요. 진짜 저한테서 그런 슛이 나오기가 쉽지 않은데 무회전으로 날아갔어요. 골키퍼가 쳐낸 걸 (김)은선이 형이 넣어서 우리가 2-1로 이겼어요. 제가 치고 들어갈 때 다들 '상기야! 하지 마!'라고 했대요, 하하.

그리고 좋은 기억은 아닌데 우리가 우승했던 2019년 FA컵 4강전도 생각나요. 1차전에서 우리가 화성FC에 1-0으로 졌어요. 끝나고 버스 타러 나오는데 우리 팬들이 쫙 서서 기다리고 있었어요. 몇몇 팬들이 나한테 막 삿대질하면서 욕설을 하기 시작하는데, 아… 솔직히 그때는 정말 축구하기가 싫었어요. 진짜 진짜 싫었어요. '멘붕'이 와서 한동안 집밖에 아예 안 나갔어요.

Q. 수원, 한국은 물론 세상 어디에나 있다는 수원 팬 경험담이 있다면 소개해주세요.

A. 작년에 시즌 끝나고 12월에 아내랑 스페인으로 여행을 갔어요. 바르셀로나에서 가우디 투어 하려고 대기하는데 여자 두 분이 오시더라고요. 수원 팬이라면서요. 아내한테 부탁해서 사진을 찍었는데 주변에 있던 사람들이 '쟨 뭐야?'라는 눈빛으로 다 쳐다보더라고요. 하하.

아파트 이웃 중에도 팬이 있었어요. 동탄 아파트에서 꽤 오래 살았는데 옆집에 가족이 계시거든요. 평소에도 그냥 지나가다가 만나면 인사하면서 지냈어요. 올해 초에 만났는데 아저씨가 '부산에서 돌아오신 거죠?'

라고 말씀하시더라고요. 그냥 이웃이라고 생각했는데, 저를 알고 있었고 부산 임대 끝나고 돌아왔다는 소식도 알고 계셨던 거예요.

수원 팬은 진짜 너무 많아요. 분위기가 안 좋을 때는 밖에 나가서도 함부로 웃지 못했어요. 그런데도 웃어야 하는 상황이 있을 수 있잖아요. 손님이 있거나 예의를 차려야 할 때도 있으니까요. 그런데 팬들이 너무 많으니까 혹시나 보고 오해할 수 있으니까 되게 조심스러워요. 그래서 성적나쁠 때는 밖에 잘 안 나가죠. 진짜 유명한 스타플레이어들은 얼마나 힘들까 싶어요.

Q. 축구인 민상기의 인생에서 수원과 수원 팬은 어떤 의미일까요?

A. 수원삼성이라는 팀이 저를 어떻게 생각할지 모르겠지만 저는 수원삼성을 제 인생이라고 생각해요. 그냥 내 삶이에요. 수원 팬은 단어로 표현하기는 어려운 것 같아요. 팬은 그 자체로 어떤 느낌, 감정이에요. 말로 표현하기가 어려워요. 제가 인터뷰 중에 수원 팬들이 아름답다고 한적 있었잖아요? 경기장으로 들어갈 때 뭔가 전쟁터로 나가는 기분인데, 뒤에서 같은 편인 군대가 나를 지켜주는 느낌이에요. 그라운드 위에서약간 외롭고 고독하다는 느낌이 들 때도 있지만, 팬들은 항상 뒤에서 든든하게 저를 지켜주는 방패 같은 느낌이에요.

Q. 나중에 자녀가 태어나면 수원 옷 입혀서 함께 경기장에 가는 상상도 하세요?

A. 너무 좋죠. 사실 제 꿈 중의 하나가 수원 유니폼을 입은 아이를 안고운동장에 나가는 거예요. 아이가 저에게 선물을 주면서 은퇴하는 장면

그런 걸 꿈꾸는 것 같아요. 제가 수원삼성을 통해 느끼는 감정을 그 아이가 조금이라도 공유하면 얼마나 좋을까, 그런 꿈을 꿔요. 아이에게 '여기가 아빠의 인생이었어. 아빠의 전부였어'라고 말해주고 싶고, 그걸 아이한테 물려주고 싶어요. 예전에는 그걸 '소박한 꿈'이라고 생각했는데 그게 아니었어요. 정말 큰 꿈이더라고요.

뜨거운 팬에서, 냉정한 프런트로
이은호 프로

   대한민국 축구 서포팅 문화의 산파 멤버 중 한 명이다. 프로축구 현장에서 앰프와 치어리딩을 육성 서포팅으로 대체하느라 고군분투했던 선구자와 같은 '깨어 있는' 팬이었다. 축구 현장 지식과 뛰어난 외국어 구사 능력을 겸비해 대학교를 졸업하기도 전에 외국계 축구 온라인 전문 매체를 거쳐 수원삼성 구단에 취직한 능력자이기도 하다. 프런트로서 구단의 희로애락을 전부 현장에서 목격했고 기획했고 대응하며 수습했다. 한국 프로축구 업계에서 이론과 실제를 모두 가장 잘 안다고 할 수 있는 '척척박사'다.

Q. 지금 생각해보면, 1990년대 국내 프로축구 현장도 나름 재미있었죠?

A. 90년대에는 사실 프로축구 문화라고 할 만한 것들이 아예 없었어요. 치어리더 있고, 양쪽에서 앰프 틀고, 위에서 아저씨들이 삼겹살 구워먹고, 동대문운동장에서 하루에 두 경기씩 더블헤더처럼 하고 그랬어요. 그라운드에서는 선수가 다쳐서 들것에 실려 나가는데 관중석에서는 '남행열차' 틀고 막 춤도 췄어요. 저희는 축구 응원 문화를 제대로 만들고 싶었고, 그걸 수원만 제대로 협조해줬어요. '우리는 치어리더 쓰지 않고 너희한테 판 깔아줄게' 같은 느낌이었죠.

Q. 현장에서 그런 새로운 시도를 하기가 쉽지 않았을 것 같아요.

A. 북 하나 사서 본부석 맞은편에서 했는데 주위에 있는 사람들이 시끄럽다고, 안 보인다고 엄청 뭐라고 했어요. 사람들이 '왜 이 팀은 치어리더가 없냐'라고 구단에 민원을 넣었는데 그걸 수원이 구단 차원에서 다 막아줬어요. 팬들이 유니폼을 입고 싶어도 살 수 있는 시스템이 없었고, 그걸 판매한다는 개념 자체도 없었어요. 당시 팀들은 선수 지급용만 갖고 있었어요. 저희가 사겠다고 하니까 없대요. 그런데 수원삼성은 해주겠다고 했어요. 구단이 라피도에 선수용을 발주하면서 팬 대상 판매용도 추가로 발주해줬어요. 머플러도 만들었어요. 겨울용으로 만들어서 진짜 두꺼웠어요.

Q. 수원의 팬덤이 빠르게 늘어난 것도 여러 요인이 합쳐진 결과 같아요.

A. 수원 구단이 저희를 많이 도와줬어요. 원정 버스도 지원해주고, 판매용 유니폼도 준비해주고, 첫 시즌에 결승전까지 올라갔잖아요. 관중이 쭉

쭉 늘었어요. 월드컵이 유치되면서 분위기가 올라갔고, 1997년 '도쿄대첩'에서 이기면서 정말 빵 터졌어요. 수원의 그랑블루와 대표팀을 응원하는 붉은악마 숫자가 기하급수적으로 늘었고, 1998년 프랑스월드컵 끝나고도 또 늘어났고요. 거기에 고종수라는 10대 선수가 나왔잖아요. 이동국, 안정환까지 신세대 트로이카 나와주고, 수원이 1998년, 1999년 계속 우승했고요. 1996년 챔피언결정전 때 서포터즈가 100명도 안 됐는데 1998년 결정전 할 때는 경기장에 1,000명 가까이 모였어요. 그때만 해도 그랑블루의 절반 이상은 서울 사람들이었어요. 뒤풀이, 운영진 회의 이런 거 전부 수원 가는 버스가 있던 사당역에서 했어요.

Q. 원정 응원도 수원이 거의 처음이었죠?

A. 수원이 K리그에 서포터즈 문화를 전파했어요. 프로축구에서 우리가 원정 응원이라는 걸 처음 다니기 시작했거든요. 처음에는 상대 팬들이 그냥 웃긴 놈들 취급했어요. 그런데 수원 원정 팬이 자꾸 늘어나서 막 몇백 명씩 오니까 그쪽에서도 자극을 받기 시작했어요. 천안일화 서포터즈가 생기면서 '이제 전 구단 서포터즈 시대'가 열렸다며 축하하고 그랬어요.

Q. 그런 움직임에서 국가대표팀 서포터즈인 '붉은악마'까지 나왔다고 들었어요.

A. 한국과 일본이 월드컵 유치를 놓고 치열하게 경쟁하던 시기였어요. 그때 처음 각 구단 서포터즈가 연합해서 '붉은악마'를 만들었어요. 수원, 안양, 부천이 주축이었는데 운영진은 거의 수원 쪽이었어요. 그리고 1998년 프랑스월드컵 예선에서 '도쿄대첩'이 있었어요. 처음 도쿄에 원정응원을

갔는데 현장에서 충격을 받았어요. 일본은 이미 유니폼, 머플러, 각종 굿
즈, 서포팅 등등 전부 다 앞서 있었어요. 그때 저희는 엠블럼도 따로 없어
서 대표팀이 태극기 달고 뛰던 시절이었죠.

그러고나서 1998년 프랑스월드컵 갔다가 완전히 정신개조되어서 돌아왔
어요. 가져갔던 응원 장비들을 모두 압수당했어요. 보안검색이 있다는 걸
저희는 몰랐거든요. 상대팀 팬들은 남녀노소 전부 대표팀 컬러로 맞춰 입
었더라고요. 경기 전에 선수 소개도 우리는 대사관 직원이 국어책 읽듯이
명단 읽고 끝이었는데, 네덜란드는 복싱 링 아나운서처럼 멋있게 했어요.
경기 시작하기도 전에 이미 승부가 끝나버리더라고요. 4년 후에 2002년
월드컵에서도 이렇게 하면 정말 국제적으로 망신당하겠구나 싶었죠. 그때
부터 붉은악마가 정말 절박하게 움직였어요.

Q. 수원에는 어떻게 입사하게 됐나요?

A. 당시 '스포탈아시아'라는 회사에서 아시아축구연맹(AFC) 홈페이지에
올라가는 한국 대표팀 기사를 담당했어요. 회사가 사업을 확장하면서 수
원삼성의 홈페이지도 계약해서 관리했어요. 2002년 월드컵 후에 퇴사하
고 복학 준비하면서 쉬고 있었는데 수원 구단에서 연락이 왔어요. 그런 인
연으로 해서 2003년 8월에 입사했죠.

Q. 기억에 남는 업무가 있으면 소개해주세요.

A. 처음 들어갈 때는 정말 하고 싶은 게 많았어요. 그런데 막상 들어가서
보니까 안 되는 것도 많더라고요. 클럽에 정체성이 필요하다는 생각에 마

스코트 아길레온, 클럽송을 만들고 했는데, 전례가 없다 보니 그 업무를 진행하는 것도 쉽지 않았어요. 그때는 K리그에 장내 아나운서가 없었어요. 그래서 농구장에서 활약하던 '투맨 아나운서'를 데려와서 유럽 장내 아나운서 영상들을 보여주면서 이렇게 해달라고 하고 그랬어요.

경기 끝나고 만세삼창하는 것도 그때 처음 만들었어요. 처음에 (곽)희주한테 방법을 알려줬어요. 서포터즈한테도 연락해서 박자 같은 거 다 맞춰놓고요. 근데 희주가 안 한 거예요. 서포터즈한테 연락 와서 '왜 하기로 해놓고 안 하냐?'라고 욕먹었죠. 다음 경기에서 제가 희주랑 같이 팬들 앞 가운데로 나가서 시켰어요. 그렇게 하나씩 만들어 갔어요.

Q. 구단 프런트로서 일하면서 시선이 달라진 부분이 있을까요?

A. 밖에 있는 사람들은 아이디어를 많이 던져요. 하지만 책임은 구단이 져야 하는 부분이에요. 아이디어를 실행하려면 비용이 들어요. 회사 비용을 쓰는 건 어쨌든 공적인 부분이잖아요. 그러니까 직원은 결과에 대한 책임을 져야 해요.

한동안 서포터즈가 둘로 나눠지는 초유의 사건이 벌어졌어요. 일부가 N석 2층으로 올라가고 나머지 서포터즈는 1층에서 응원했죠. 팬들이 두 구역의 섹터를 아예 따로 팔고 1층으로 내려오는 동선을 막는 하드웨어도 구축해달라고 했어요. 구단은 반대했지만 계속 싸움이 난다고 해서 조치를 했어요. 게이트를 분리해서 출입도 나누고 바리케이드로 두 구역을 막았어요. 매 경기 현장 인력도 배치했어요. 1층과 2층 연간회원권을 따로 팔았어요. 시즌이 끝나고 보니까 2층 연간회원권을 산 구매자가 50명도 안 됐는데 구단이 쓴 비용은 1천만 원이 넘었어요. 나중에 감사팀이 '50명도 안 되는 사람들을 막으려고 1천만 원을 썼냐? 차라리 그 사람들한테 10만 원씩 주고 내려오지 말라고 하지. 무슨 일을 이딴 식으로 하냐?'라고 했어요. 할 말이 없더라고요.

Q. 느리기는 해도 K리그가 참 많이 발전했어요.

A. 유럽에서는 철저히 자본주의적 질서를 따르니 그게 서로 이해가 돼요. 그런데 K리그는 태생부터 그런 구조가 아니었기 때문에 이해를 못하는 거죠. 말씀드렸듯이 팬들에게 유니폼을 팔 필요도 없었고, 팔아서 돈을 벌 필요도 없었어요. 그런 걸 보면 진짜 엄청난 발전을 했어요. 꿈꿨던 것 중에서 된 것도 있고 아직도 한참 가야 할 부분도 있지만, 팬들이 있어야 구단이 존재한다는 인식의 변화가 이루어진 게 가장 크다고 생각해요. 유럽과 비교하니까 아직도 속 터지고, 경쟁 상대인 일본도 워낙 잘하고 있어서 저희가 많이 변했다는 걸 체감하지 못하는 거지 한국 프로축구도 진짜 많이 발전했다고 생각해요.

Q. 개인적으로 가장 기억에 남는 경기는 언제였나요?

A. 2003년 8월에 저희가 전남 원정 경기가 있었는데, 전남 원정 명단에서 제외된 정용훈이 교통사고로 세상을 떠났어요(향년 24세). 광양에 내려가 있던 선수단이 그 소식을 듣고 경기에서 이겼어요. 올라와서 선수들이 빈소를 찾아가 다 울고 막 그랬어요. 그리고 다음 대전 경기가 빅버드에서 있었어요. 이 경기를 정용훈을 위해 바치자는 분위기에 저희도 감성 레벨

을 최대치로 올려서 홈경기를 준비했어요. 빅버드를 국화꽃으로 뒤덮고, 검은색 완장, 정용훈 추모 티셔츠와 사진 등을 준비했죠.

선수들도 진짜 비장했어요. 전반전에 1-0으로 이겼는데 선수들이 너무 감정적으로 격앙돼서 오버페이스를 한 거예요. 후반에 역습을 맞아서 두 골 먹고 졌어요. 경기가 끝나니까 선수들이 다 우는 거예요. 저도 울고 벤치에 있던 선수들도 울고, 서포터즈는 울면서 '너희들이 사람 새끼냐?'라고 막 말을 하면서 소리지르니까 주장이었던 (서)정원이 형이 나와서 '우리도 이기고 싶었다고! 너희가 우리 마음을 알아?'라면서 싸우고 그랬어요. 장례식장에서 싸움 나는 경우 있잖아요? 딱 그거였어요.

우리는 이기고 나서 하려고 준비했던 걸 하나도 못 했어요. 어떤 상황에서도 프런트는 냉정해야 한다는 걸 그때 진짜 크게 깨달았어요. 항상 감정을 조절하고 최악의 상황까지 준비해야만 하는 거죠. 그날 이기는 경우만 생각하고 플랜B가 아예 없었거든요. 항상 플랜B를 준비하고 프런트는 냉정하게 최악의 상황도 준비해야 해요.

Q. 2008년 눈 내리던 날은 어땠나요?

A. 2007년도에 우리가 준비한 거 해보지 못하고 졌다고 생각하니까 2008년 남해 동계훈련부터 다들 진짜 와신상담했어요. 마지막에 서울과 챔피언결정전을 앞두고도 '동계훈련 때 했던 걸 보여주자'라는 분위기로 준비했어요. 그런데 챔피언결정전을 하는 날 아침에 눈이 내리고 얼어서 운동장이 하얗게 뒤덮였어요. 주변에 있던 제설기들 다 섭외해서 눈을 다 치우고 간신히 킥오프 시간에 맞췄어요. 그리고 아시다시피 후반 추가시간에

이기고 있는데 다시 눈이 내렸어요.

그날 행사를 진짜 완벽하게 준비했거든요. 결과에 따라서 플랜 A, B, C까지 전부 준비했는데 그게 정확하게 딱딱 맞아떨어졌어요. 준비한 대로 깔끔하게 맞았어요. 영어에 '디저브(deserve)'라는 말이 있잖아요. 딱 그거였어요. 우리가 마땅히 받아야 할 트로피를 받았다고 생각해요.

Q. 제일 기억에 남는 감독이나 선수는 누군가요?

A. 차범근 감독님. 정말 대스타, 슈퍼스타였어요. 취임 기자회견을 공항에서 했는데 취재진이 너무 많이 몰려서 홀 하나를 통째로 빌려서 했어요. 기자들도 누가 먼저 써버릴까 봐서 서로 싸우고 그랬어요. 거기서 처음 감독님을 만났어요. 그리고 감독님이 선수단과 처음 만난 날도 기억에 남아요. 인사하고 이임생 코치가 '뭐부터 할까요?'라고 물으니까 차 감독님이 '좀 뛰자'라고 하더라고요. 네 바퀴쯤 돌 때 선수들이 뭔가 잘못됐음을 느꼈죠, 하하. (이)운재 형이 먼저 퍼지고, 다른 선수들도 퍼지기 시작하는데 감독님은 계속 제일 앞에서 뛰었어요. 슛 연습할 때도 '이걸 왜 못해?'라면서 직접 차면 탑코너에 레이저처럼 팍팍 꽂혔어요.

2008년 우승하고 나서 차 감독님도 고민을 많이 했어요. ACL에 미련이 남아서 계속하기로 한 거예요. 마지막에 좀 안 좋게 정리됐지만, 정말 24시간 축구 생각만 하셨던 분이세요. 수원 팬들에게도 늘 진심이었죠. 전임 김호 감독님과 서포터즈의 관계가 각별했고 후임으로 온 차 감독님이 국민적 대스타이다 보니 오히려 수원에서는 온전한 평가를 받지 못한 부분이 많았다고 봐요.

Q. 구단의 일원으로서, 현장에서 냉정함을 유지한다는 게 말처럼 쉽지 않죠?

A. 알사드랑 쌈박질 벌였을 때(2011년 AFC챔피언스리그 준결승 1차전) 그날 제가 그라운드 행사 담당이었어요. 그날은 저도 좀 많이 흥분했거든요. 젊은 피가 끓어서 제가 막 상대 벤치 가서 소리지르고 상대 감독한테 삿대질하고 그랬어요. 내공이 부족했던 거죠. 흥분한 선수들을 제가 말렸어야 했는데 같이 흥분해버린 거죠. 선수 흥분, 관중 흥분, 코칭스태프 흥분, 기자 흥분, 그리고 저도 흥분, 그러니까 시야가 좁아지고 결국 관중이 그라운드에 난입하는 사고까지 발생했어요. 가수 콘서트로 치면 저희는 백스테이지에 있는 음향 스태프 같은 역할이에요. 관중을 흥분시키고 가수도 어느 정도 미치게 하는 게 맞지만 우리가 같이 미치면 사고가 나요. 항상 '톤다운'하고 '캄다운'해야 하는 게 필요해요.

Q. 수원삼성을 팬으로서, 프런트로서 열렬히 사랑하는 입장에서 서포터즈를 비롯한 모든 팬분들에게 하고 싶은 얘기가 있다면 말씀해주세요

A. 수원은 수원만의 특별한 매력이 있다고 생각해요. 황무지나 다름없던 한국축구에 팬과 구단이 힘을 합쳐 팬들이 주체인 응원문화의 씨앗을 처음 심고 이렇게 꽃피울 수 있도록 한 곳이 바로 수원이거든요. 저도 그렇지만 수원의 모든 구성원들이 이 부분에 있어 자긍심을 가져도 된다고 생각합니다. 제가 처음 수원과 인연을 맺은 30년 전에는 상상도 할 수 없었던 일들이 오늘날 현실이 되었어요. 앞으로 다가올 30년 후가 어떤 모습이 될지는 팬 여러분들의 손에 달려 있습니다. 세월의 흐름과 함께 선수도, 코칭스태프도, 프런트도 바뀌겠지만 팬들은 영원히 남아 있을 테니까요.

수원삼성
때문에 산다

SUWON 1995

초판 1쇄 펴낸 날 | 2024년 12월 13일

지은이 | K리그 에디터스
펴낸이 | 홍정우
펴낸곳 | 브레인스토어

책임편집 | 김다니엘
편집진행 | 홍주미, 이은수, 박혜림
디자인 | 이예슬
마케팅 | 방경희
사진 | 수원삼성블루윙즈프로축구단

주소 | (03908) 서울시 마포구 월드컵북로 375(상암동 1654) DMC이안상암1단지 2303호
전화 | (02)3275-2915~7
팩스 | (02)3275-2918
이메일 | brainstore@publishing.by-works.com
블로그 | https://blog.naver.com/brain_store
인스타그램 | https://instagram.com/brainstore_publishing

등록 | 2007년 11월 30일(제313-2007-000238호)

© 브레인스토어, K리그 에디터스, 2024
ISBN 979-11-6978-044-5 (03810)